漫娱图书
SINCE BOOKS

阶下匠

寒鸦 著

长江出版社
CHANGJIANGPRESS

漫娱图书

第一卷　如梦令

第一章 江月

一

"五哥，咱们已经等了约莫半个时辰，不如走吧？"小十三在椅子上坐不住，屁股扭来扭去，一脸烦躁。

赵驰瞥他一眼，道："莫慌。"

小十三赵景同是最没耐性的了，他招呼前面候着的寺人："那个谁，你过来。"

小太监倒也机灵，轻快几步就立在十三面前，佝偻着身子细声细语道："十三殿下，奴婢喜乐。"

"嚯……这名字真俗气。"十三嘟囔了一声，"何安什么时候回来？"

"督公今日去了皇庄盘账，去得早了，应是快回了，兴许再半个时辰便回。"喜乐答道。

"半个时辰前，你也这么说！"赵景同怒了，"还是你自己忘了之前说的话？"

"还请殿下再耐心等等。"喜乐弓着身子，和声细语道。

"哎！我说你这个奴才……"赵景同扬手要扇喜乐。

"十三。"赵驰喝止了他，"你这在何公公府上，生气了还要打人家仆役？"

"五哥！你看他扬着张笑脸，表情一丝不变，也不气恼，跟哄着我玩似的！"小十三气得不行，"连他何安都是咱们皇家的奴才，这小太监算什么，我怎么就打不得！"

"胡闹。"赵驰说。

他对喜乐道："喜乐公公，十三他年幼无知口无遮拦，你千万别往心里去。"

"殿下怎么教训奴婢，都是应当的。"喜乐恭顺道，"奴婢不敢做他想。"

赵驰点了点头，视线移到了放在桌边小几上的那只红木匣子。

离京数载，物是人非。

昨日回京后，赵驰先去了府上收拾。

大门打开的时候，一群乌鸦从院子里窜出去，"嘎嘎嘎"地叫起来，飞得老高。里面断壁残瓦，还有窜得老高的荒草。

一看就是多年没人收拾的荒宅。

灰尘从房顶上飘洒下来，白邱被呛得直咳嗽。

"你一个皇子回京就住这种地方？"白邱问，"都没人管管？"

"不然呢？"赵驰倒不在意，"我又没有封藩，不住这里，就只能去和老十三挤在一处，多不方便。这里好歹是个单独的宅子。小师叔不习惯？"

"倾星阁可没这种地方。"白邱还在咳嗽，"这多少年没人打扫过了？"

"有八九年了吧。"赵驰扶起了一把破旧的椅子，感慨道，"这府邸本是兰家旧产，当年兰家出事后，就将这一处宅子留给了兰贵妃。后来母亲在冷宫吊死了，这房子就到了我的名下。"

椅子摆好了，赵驰拂去灰尘："小师叔，坐。"

白邱在他对面坐下："殿下接下来有什么打算？"

赵驰想了想："这京城里的勾栏胡同，打东边儿起，院子没有十个也有八个……不着急，慢慢……"

"我说的不是这个！"白邱无奈道，"说正经的！"

"小师叔别生气，我说我说。"赵驰呵呵笑了，"明天一早我自然要进宫面圣，离开京城这么久，不去见见皇上，这个说不过去。"

"我料皇上不肯见你。"

"那也不奇怪。他现在住在西苑里，一心想要修仙长生，忙得很，哪里有空见我这个不成器的儿子。"

"皇上不见你，怎么办？"

赵驰想了想："皇上不见我，那我就去见东宫，毕竟是东宫出力把我这个在外流放了八年的人弄回来的嘛。"

他伸了个懒腰："哎，睡了睡了。小师叔不要担心了，兵来将挡，水来土掩。明儿再说吧。"

"你可真是……"白邱恨铁不成钢。

第二日，果然未见到皇上，赵驰便去了东宫。

"五殿下，太子在里面读书，您进去的时候，稍微轻着点儿，别扰了太子殿下的兴致。"小太监细声细语道。

"多谢这位公公，我知道了。"赵驰说，"小师叔……"

"这点心意请公公你收下。"白邱拿出银子来。

"嗨，这怎么使得，奴婢万万不敢收您的钱……"

"公公不要客气。"赵驰道，"以后也要常来东宫，凡事都得麻烦你。"

小太监喜笑颜开："那奴婢就恭敬不如从命，收下啦？"

"收下吧。"

"那殿下赶紧进去吧，别让太子久等。"

端本宫殿内燃了香，有些浓郁，赵驰进去，就觉得憋得慌，也不知道太子赵逸鸣到底是怎么忍受得了的。

他闷着声音轻咳了两声，把难受劲儿憋回去，这才往旁边的西书房转。

太子正坐在靠窗的榻上看书。

赵驰做足了礼，撩衣袍跪地叩首道："臣弟赵驰回京，特来给太子请安。"

太子翻着书，一页一页的。一时间只听见翻书的声音。

又过了一会儿，才听见太子慢吞吞说："是老五啊，这好些年没见，个子倒是蹿高了不少，模样也长开了。"

"是臣弟回来了。"

"嗯。"太子淡淡地应了一声，"起来吧。来人，看座，上茶。"

等赵驰坐在下首，东宫这才合了书，跟他攀谈起来。

两人聊了点少时趣事，记得当年一起烧了太傅胡子，又记得抄过庄嫔宫里那树上的鸟窝。谈了半刻，倒有点兄友弟恭的氛围。末了东宫淡淡道："五弟在外受苦了。"

"回太子的话，就是在外面闲逛了几年，耽误了不少光阴，也不敢言苦。"赵驰很是恭敬，"倒是要谢太子哥哥记挂五弟，想办法让我回了京城。"

"呵呵……"东宫逗了逗窗边的鹦鹉，道："这事要说论功，应该得算在司礼监的秉笔太监何安头上。"

"何安？"

"怎么？没听说过这个人？"

"是臣弟孤陋寡闻了。"

"你没听过也是正常，他也就是这几年爬起来的。那弟弟应该知道郑献吧？"

"臣弟记得，他是太子哥哥身边大伴，伺候您也有十余载。"

"郑献如今已经去了司礼监做了从三品的秉笔。"太子点头，"郑献当年拜了直殿监的掌印何坚为师父，何安就是何坚的干儿子，郑献的师弟。"

太子笑了一声："前些日子过乞巧节，皇上忆起当年那件事儿，又想起你的母亲兰贵妃。大概是触景伤情，又喝了两杯酒，何安旁敲侧击了几句，皇帝便心软了，许你回京。"

"那臣弟确实得感谢何公公了。"

告辞之前，东宫别有意味地笑道："听闻五弟在外巡游时，风流倜傥，留下不少风流佳话，回了京城，怕还是收敛一下的好。"

赵驰抱拳："臣弟谨记在心。"

今日临行之前，白邱对他道："刚得了消息说天亮城门一开，何安就出了京城。"

"那我应改日再访。"赵驰道。

白邱一笑："殿下，这正是拜访何督公的好时候。"

赵驰转念一想，便也明白了——自己去已是做足了姿态给东宫和郑献，人若不在，那也是没有办法的事情。

"那我叫上十三，也好做个见证。"赵驰道，"免得被人说三道四的。"

"殿下聪慧。"白邱抱袖行礼道。

赵驰待到巳时，便拉着没心没肺的十三皇子去了何安府上拜访。何安今日不在宫内当差，去了皇庄盘账。赵驰二人等了这么久，茶碗里的茶都换了两泡，何安依旧不见人影。

那红木匣子内放着一方价值不菲的端砚，下面压着五千两银票。如今孤零零地放在小几上……本就算好今日送不出去。

等了快要一个时辰，赵驰知道已是足够，又猜测何安应是快回来了，便决定不再等下去，站起来整了整衣袍。

喜乐一愣，问："五殿下这是要走？"

赵驰道："刚回京城两日，府内还有诸多杂事待办，改日再来拜访。"

喜乐又问："眼瞅着午时已过，不如二位殿下吃了午饭再走？"

喜乐这话说得没头没脑。两个皇子在太监家里吃饭等人，算怎么回事儿？都说现在大端朝内监贵人权倾朝野，但这也太过分了。

赵景同气得脸都红了："死奴才你说什么呢？谁给你们家何提督这么大的脸面，敢留两位皇子在这吃便饭？！"

喜乐知道自己说错了话，顿时一惊，连忙跪地道："主子们莫生气，是奴婢失言了，奴婢该死，奴婢该死。"

"罢了。"赵驰道，"十三，我们先走吧。"

走到了正厅门口，赵驰又转回来，把随身携带的那只红木匣子复又放在桌上，道："这方端砚，乃是我费心寻得，虽然不是什么稀罕物，也是一份心意。还请喜乐公公转交给何督公。"

三

何安今日去的皇庄，离京城有近百里路，等盘完了账回来，半路上才遇见报信的说五殿下和十三殿下到府上拜访。

"到了多久了？"他问。

报信的太监说："督公，也没耽误太久，兴许有半个时辰了。"

"半个时辰？怎么不早来报！"何安顿时一急，"赶紧回去，莫让殿下久等！"

他一夹马肚子，扔下侍卫不管不顾便往京城方向飞驰，这一路狂甩鞭子，不让马儿歇息片刻，一口气就进了京城。

他那宅子还是当少监的时候置办的，偏僻得很，入了京城又走了些许时间，才到了家门口，从后门进去，急问："五殿下他们还在吗？"

杂役们都纷纷摇头，表示不清楚。

何安气得跺脚，可想到前面五殿下等着，只道："回头再收拾你们！"

家里的仆役都知道他是个刀子嘴的人，也没有往心里去。

等进了卧室，早有手脚麻利的徒弟喜悦上来给他换衣服。等他归置得差不多了，喜乐已经到了屋外。

"五殿下在用膳吗？"何安在屋里问，"我这就过去伺候。"

"师父，殿下已经回去了。我留了人，没留住。"喜乐道，"殿下前脚刚走，茶还是热的。"

"回去了？"何安一怔，系着盘扣的手停了下来。

喜乐掀帘子进来，看他怅然若失的样子，怕他难过，连忙说："殿下等了有足一个时辰呢，是诚心要见您，实在是没等到这才走的。"

何安的眼珠子终于动了动，念叨道："也是，我这身份怎么好让殿下久等。"

"殿下还给您送了礼。"喜乐安慰他道，"是个红木匣子。"

"殿下给我的？"何安的表情终于活泛了点，"东西呢？"

"放在外面堂屋的茶几上，小的没敢动。"喜乐道，"怕动了殿下的东西您不高兴。"

何安扣好盘扣，径直就往前厅去了。

那红木匣子还放在小几上，旁边是大半盏没喝完的茶。

何安摸了摸茶碗，确实热着，仿佛透过这热气，能感受到殿下的体温。隔着岁月，触碰到了曾经那个人。

何安心虚，连忙把手缩回来，又去看那红木匣子，半晌才拿起来，那小心翼翼的劲儿比捧着玉玺还过分。

他坐下来，打开那红木匣子。

里面是一方端砚。

"是方好砚。殿下有心了。"那砚台旁边有一便笺上题了一行诗，字迹清秀整洁，瘦中有骨，乃是《春江花月夜》里的一句。

——江畔何人初见月，江月何年初照人？

何安一笑，眼中晶莹。

"五殿下果然还是记得我的……"

赵驰与十三在路口分别，眼瞅着十三往十王府的方向走了，这才径自回府邸。

府门外白邱早带着仆役在等候，见他到了，仆役连忙拿了脚凳上前伺候，赵驰也不等，飞身下了马，拉着白邱便进去了。

"殿下今日可曾见着何督公？"待赵驰坐定后，白邱问他。

"如参书所料，不曾见着。"赵驰道。

白邱点点头："那便对了。"

"这何安是个什么人物？"赵驰说，"以前我还在京城时为什么没有听过？"

白邱一笑："殿下离京多年，不记得也正常。况且这何安原本也不叫何安，是入宫后才改了名字。"

"哦？"赵驰道，"他还大有来路？"

"说起来这何安和殿下也还有些渊源。"白邱道，"殿下应记得二十年前一桩旧案。"

赵驰垂下了眼帘，问道："小师叔可是指陈宝案。"

"正是。"

陈宝也不是什么重要人物，不过是个五十出头才刚熬入司礼监当个抄录文书的太监。也没有犯什么大事，不过是入了司礼监三天，抄录的文书便错了五六个字。

可这文书偏偏是一份机要密信，陈宝因了此事获罪，赏刑二十大板。

板子不多不少，但偏偏被打死了。

宫里死个奴才本不算什么，但宫人在收拾陈宝遗物的时候却找到了金额过万的银票，还有与当朝多位大臣来往的书信——陈宝竟然买卖司礼监机要文书！

说起来是诛九族的罪。

皇帝震怒，命令彻查此事。抄家的抄家，问斩的问斩，流放的流放。朝野势力天翻地覆，无数风光的人物纷纷落马。

其中有一江姓人家，满门抄斩，只有幼子不过七八岁，按照惯例便送入宫中净身为奴，如今也已二十年过去了。

"你是说，何安就是江家小公子？"赵驰眉头微微一动。

"正是。何安入宫前名江月，乃是江家最小的孩子。皇上心善，不忍杀他，故送入宫中。原来的名字自然是不能用了，后来机缘巧合认了四品掌印太监何坚做干爹，这才有了名字叫作何安。所以殿下不认识他也是情理之中。"

"你说他叫江月？"赵驰皱了眉。

"正是。"

"我昨日选的那方砚台便唤作'江月'。顺手写了个笺，应那砚台的风雅，乃是《春江花月夜》里描写江月的两句。"赵驰道，"没料到这何公公原名江月，这怕是不妥。"

白邱一听，沉吟道："那殿下未来还是少见这位何公公为上。"

赵驰点头唏嘘道："宦海沉浮、翻云覆雨，今日这家楼起，明天那家台塌。江月不是因罪入宫第一人，亦不会是最后一人，本就是顾不过来的。"

"殿下说的是。"

三

何安第二天起了个早，穿了身藏青色曳撒，发髻让喜悦仔细盘起，又换了双新皂靴，等出了卧室喜乐一见，愣道："师父，今日怎么起得这么早，又不是您当值。"

"我今日去师兄处一趟。"何安道，"你把库房那对红玛瑙佛珠给我装上，还有之前江南进贡的那一盒子脂粉，再准备八千两银票。昨日五殿下登门拜谢，是想通过我谢郑献，这事耽误不得。"

"师父把那端砚送给师叔不行吗？"喜乐顿了顿，"师父是不是舍不得？"

"那端砚能值多少钱？"何安被他戳中了心事，皱眉说，"郑秉笔的胃口，你难道不知道？叫你去便去，怎么这么多废话！"

喜乐见他真的不耐烦了，也不敢吭声，连忙去库里取了东西装好，给何安备上，又让人备轿，送了何安去郑家宅子。

郑献那宅子就在皇城根下，离司礼监也不算远。

何安进去，郑献正在更衣。他便让人下去，自己给郑献穿衣。

郑献也没觉得不妥，斜眼瞥他，瞧他低眉顺目的，不阴不阳地笑了一声："师弟这是怎么了，今儿这么早来我这儿。"

何安讨好地笑了笑："昨儿寻了一方脂粉，瞧着喜欢，知道秉笔今日要去司礼监当值，早早给您送过来试试。"

"哦？"郑献道，"想必是好东西，那我倒要试试。"

说完这话郑献便在镜前坐下。

何安拿出那盒脂粉来，给郑献涂抹。

他们这群太监，长期站立躬身，又作息难定，全是跟着主子们来，轻松了，几日无事，一旦有事便三四夜睡不了觉，以致脸色憔悴蜡黄，故而多有人喜好涂点脂粉，遮一遮肤色。

等他给郑献上完粉，郑献细细打量，满意道："确实不错。"

"那这盒子脂粉，便放在此处了。"何安把那匣子打开给郑献过目，里面的镯子和银票都一清二楚。

郑献点头："师弟你有心了。"

"我这颗心，也就装着您，时时刻刻。"何安笑着恭维道。

"昨儿五殿下去了你处？"郑献问。

"是的。"何安道，"什么事都瞒不过您。"

郑献笑道："你说你何安是图什么？那个老五让皇上送出去，漂泊这么多年，京城里什么人事都倚仗不上，你非巴巴地求我在皇上面前说情，把他弄了回来，还浪费这么多银两钱财，何必呢？"

何安赔笑："师哥，他于我有恩。做人得知恩图报不是？"

"我看你这恩，是报不了。"

"师哥这话怎么说？"

"从大皇子往下数，哪个皇子不是成年便封爵，好了是个藩王，差点也是个国公，送去偏远封地，从此再不能回京。这五皇子因为外出游学这么多年没有封号，这次回了京城，怕是待不了几日，便要得了封号去封地了。你上下打点，辛辛苦苦把他弄回来……这心思怕是要落空。"

何安怎么能不知道五殿下前面这个坎儿，他缓缓道："嗨，这人各有命，我也只能尽力。总之是谢谢师哥了。"

"你要谢我，倒也简单。有一件事，你替我去办了。"郑献说，"皇后身边有个宫女叫采青，我看她年龄二十，无依无靠的，原本想纳了她，她却不同意，说是有个朱姓的情郎一直等着她，二十五岁出宫便要娶她。这我就难办了。"

郑献笑道："我让人打听了一下，听说那朱汾是在四卫营里当差。四卫营归你们御马监管，这事儿，恐怕得师弟出面。"

何安抬头看郑献。面前的秉笔太监，眼神里闪烁着欲念的光。何安也曾想过，到底宫里这些人算是什么，为何谈及人命如此轻巧。可他不得不与他们为伍。那些不愿意做这般姿态的，早就掩埋在历史的尘土内，连姓名都无。

他轻笑一声，压下心底泛起的自厌，与往常无异，甚至更亲昵地对郑献道："师哥放心，我一定动之以情晓之以理，让朱汾想通了这关键所在。"

回了何宅，何安想了会儿，叫了喜平来："四卫营里有个叫朱汾的，你去让人盯着，随便找个机会让他离京。对外按照老规矩，说他疯了、腿断了。"

"知道了。"喜平作揖后退下，喜乐、喜悦二人上前伺候。

"这时辰不早了，师父可要用膳？"喜乐问。

"五殿下今日要过来吗？"过了半会儿，何安问。

他这一句把喜乐给问愣住了，顿了一刻，喜乐才开口道："殿下怕是不过来了吧。这都午时了，也没见有人递拜帖来。"

"你昨儿不是说五殿下要改日拜访吗？"

这客套话也能往心里去？喜乐心里嘀咕了一下，知道自己家这尊神佛遇见了五皇子的事情就犯浑，只好哄着说："改日也不定是今儿啊。殿下多忙。"

"那倒也是。"何安觉得也是这个理儿，"那便吩咐备膳吧。"

过了大概三刻，后厨就道饭菜已经准备妥当。何安去了餐厅，坐下来后，仆人上了三个菜，全是素菜，清汤寡水的。

何安顿时眉头就皱起来了："这是怎么回事？"

"依旧是按照您的吩咐，今日午膳是下面小的们从五殿下府邸抄来了菜谱做的，和五殿下吃的一模一样。"喜乐说。

何安顿时就焦虑了："殿下回了京城，就吃这样的饭菜？长久了饿瘦了，饿病了可怎么好？"

"兴许殿下吃斋念佛呢？"旁边一直没说话的喜悦说。

何安瞪了他一眼："五殿下是世间最尊贵之人，吃什么斋念什么佛！"

他站起，来回踱步，然后对喜乐说："下午就让尚膳监安排厨子杂役去五殿下府上……不，让尚膳监、尚衣监、尚宝监，还有四司八局都给咱家去，看殿下府上缺什么、少什么，全都给咱家采办上，每一条每一项咱家都要亲自过目。但凡有不合适的地方，有办事不力之人，咱家饶不了他！"

喜乐应了一声，连忙出门办事去了。剩下脑子不太好的喜悦，他磨磨唧唧半天，肚子咕噜响了一声。声音不小，何安都听到了。

见何安瞅他，喜悦嘿嘿一笑，小声问："公公，要不咱先吃饭？"

"吃吃，就知道吃！"何安抬起兰花指就拧了喜悦脸蛋儿一下，"你瞧瞧宫里那些个跟你同批的小黄门，哪个不是削肩细腰的，贵人们才喜欢。你这副肥嘟嘟的样子，也难怪遭人排挤了。"

喜悦被他掐得眼眶含泪，还不敢哭出来，等何安掐够了他细嫩软弹的小脸蛋，意犹未尽地松手，喜悦才可怜兮兮地捂着半边腮帮子退到一边。

何安心情愉悦道："吃饭吧你！不是嫌素吗？要不要给你加个鸡腿啊？"

"好。"喜悦抽泣了一下，耿直地答应道。

何安：……

等喜悦满嘴嚼着鸡腿肉的时候，何安也只是掀了碗盖多喝了两口茶。

"公公，您不吃吗？"

"天儿热，没胃口。"何安道。

喜悦不疑有他，只说："公公还是吃两口吧，您都瘦成什么样子了，给主子当差是得鞠躬尽瘁，那您也得身体好不是。况且这一桌子菜，人家五殿下都吃呢。我又让人给您热了，您趁热吃，您这边吃一口，五殿下那边吃一口，这四舍五入，不就是一起吃饭了吗？"

"呸，说什么大不敬的话。"何安拉下脸来严肃道。

他从小在宫中长大，饭食基本没什么正点，且饱一顿饥一顿的时候多了，肠胃早坏了，饭菜热了冷了、辣了麻了都会难受一大阵子。饭量也小，比宫里保持身材的贵人们吃得还少。这会儿被喜悦说得不知道是戳中了哪一点心思，他拿起筷子就吃了起来，硬是吃了一整碗米饭，直看呆了喜悦。

喜悦鼓着腮帮子想，五殿下莫不是良药？

喜乐办妥了差事回来，已是下午，何安正在书房练字，五殿下给的砚他是万万舍不得用的，用了自己之前用惯的一方砚。

等喜乐掀帘子进来，就看见喜悦在一旁伺候，嘴巴鼓鼓的塞满西瓜，没个正形。

"喜乐哥，吃瓜？"喜悦热情邀请。

喜乐才不理他，进到里间藏书室给何安行礼道："督公，奴婢回来了。"

"都办妥了？"

"奴婢亲眼瞅着几位进去的，是殿下身边的白参书接待的，应是妥了。"喜乐道。

何安笔抖了抖，带了点希冀问："那殿下有没有夸我？说我办事办得好。"

喜乐安静了一下："那倒是没有。督公，咱们眼下可是太子一党，办事儿的诸位师父都以为是太子的授意，我瞧着白参书也是这么想。"

何安一怔："哦……"

他低头蘸墨道："殿下没有不高兴便好。"

喜悦端了瓜进来，傻傻地问："督公……要不要吃瓜？"

喜乐轻呸了一口："傻子。"

"嗯？我吗？"

"督公脾胃不好，吃不得凉。"喜乐说道，"你这盘子西瓜督公吃了怕是要难受一整宿。"

何安中午吃的那碗饭，到半夜终于还是发作了。他躺在床上觉得胃里绞着痛，十分难耐，翻来覆去的，睡一会儿醒一会儿。

晚上是喜乐在外面伺候，听到动静就来了。

"师父，可要吃药？"

"不要。"何安的声音闷着，喜乐只觉得不对劲儿，点了灯过去看，何安披散着头发，面色铁青，浑身跟水打了似的。

喜乐大惊："师父，我让喜悦去煎药！"

何安痛得浑身发抖已说不出话来。

喜乐又热了暖石用棉布裹着，给他偎着，何安靠在喜乐身上，这才缓过气来。

外面传来动静，是喜平掀帘子进来，看到何安这样一愣："督公这是又犯胃病了？"

何安忍着痛，皱眉道："说。"

喜平作揖："咱们的人回来说，殿下晚间吃了饭，十三殿下便约了殿下一同坐马车走了。听说是去看戏。"

何安听了只觉得更是痛得难耐，嘴硬道："看戏而已，有什么说不得的。"

"就刚才，我掀帘子进屋前，下面人说，殿下……花了两千两银子，包了那唱花旦的华老板一夜，人已经带走了。"

那华雨泽是最近京城大火的角儿，场场爆满，唱得好不说，样貌身段也是一流。京城里的达官贵人都争相砸银子听他唱戏。

何安却只觉得舌头到喉咙到心坎儿里都翻出一股苦酸苦酸的感觉，酸得眼角都泛红。

屋子里顿时就安静了下来。

过了半晌，他道："殿下外放多年，也没什么贴补……那戏班子的角儿要真养起来就是个无底洞，殿下会不会钱不够用？要不咱家给殿下送点银子过去？"

他话音刚落，三个徒弟不约而同地抬头，瞪了自家师父一眼。

此人，没救了。

四

折腾了一宿，何安那胃痛早晨才好了一点，稍微吃了点东西，还是坚持回了御马监。今日掌印太监关赞并不当值，御马监内只有些普通差役。

何安叫了掌司过来，掌司说最近恰巧有一批马从西北送过来，应是境外所产，何安便去了马厩亲选，大部分都不怎么合意，不是伊犁马便是三河马，有些普通。

倒是有一匹黑马显得与众不同。其身形高大，肌肉矫健，黑色皮肤上点缀星星点点的白色毛簇，乍一看仿佛天上银河。

"这是金帐罕国那边带回来的，极好的血统，名曰星汉。"掌司眼力极好，连忙对何安道，"督公若是喜欢，办个手续带走便是。"

何安瞥了他一眼："这马能是咱家骑的吗？也不看看咱们这些人的身份。"

掌司愣了愣。

"收拾好了，去库里挑上好的马具，给五殿下送去。"何安道。

"五殿下？"掌司有些蒙了。

"五殿下前几日刚回的京城，就让太子殿下招去，详谈了半个多时辰。"何安责怪道，"听说三监四司八局都去巴结过了，咱们倒好，仗着是御马监一点动静没有，你也不怕太子多心。"

掌司顿有醍醐灌顶的感觉："不愧是督公，您就是看得清楚。"

"办事儿上点心，别总让咱家提点。"何安挥挥手，"快去吧。"

"等等。"掌司转身欲走，何安又道。

"督公还有什么吩咐？"

何安犹豫了一下："那拜帖上记得写上关掌印和我的名字，莫要送了礼人家还不知道是谁送的。"

星汉下午就被送到了赵驰府上。

"御马监好大的手笔。"白邱道，"这匹宝马，怕是世上难寻。"

赵驰拿起那拜帖扫了一眼落款："关赞……何安……这也算是有来有往了。"

"五殿下打算怎么办？"

赵驰一笑："既然是匹好马，自然要出去遛遛。我瞧今儿天气不错，派人去知会十三殿下，再去寻了华老板，今日策马踏青去。"

因了选马的事儿，何安在御马监耽误了一阵子，快到中午才带了喜平，又率队十余人去京畿几处新增添补的皇庄盘账。

那边庄头早得了消息，带着庄内伴当、佃户等人在庄子入口等着何安，待他到了，连忙恭敬下跪。

陈庄头作威作福惯了，如今庄子入了皇产，下面的人苦不堪言，他倒是活得更滋润了。讨好过无数从御马监来巡视的宫人，见着何安了更是热情得不得了，想着巴结好了提督，未来还不是在这里可以一手遮天？

"草民等见过何督公。"这么想着陈庄头更加谄媚了。

何安这会儿倒是有了御马监提督的谱儿，也不下马，拽着缰绳，敛目瞥了一眼跪着的陈庄头，半晌过去了，才半冷不热缓缓道："这地上多凉啊，陈庄头自己起来吧？"

"督公一路辛苦了，不如到舍下落个脚，吃个便饭？"庄头谄媚笑道。

何安昨天胃痛了一整宿，听到"饭"字就觉得反胃，更不屑与陈庄头这样的人为伍。

"怎么的，还要咱家下马扶你起来不成？"他哼笑了一声，声音已经冷了下来。

"陈某怎么敢烦劳督公。"庄头有点蒙，也不知道自己就说了一句话，怎么就让这阉人不顺心了，连忙爬起来。

"咱家是替主子办事儿，公务在身，也不方便吃什么饭。"何安道，"把你们的账目带上，直接去田里瞅瞅，再回来盘账。"

这皇庄是最近抄家罚没的一处，田地丰沃，约有二十多顷，庄内佃户一并入庄，从此便算作是皇帝的私田。

这个时节，一季稻快收了，佃户们都在田内劳作。

见了何安这阵仗，纷纷抬头去看。

早有陈庄头身边的伴当凶神恶煞地扬着鞭子骂道："一群瞎了眼的东西，见了何督公不下跪行礼？！"

胆小的连忙跪在泥地里，等一行人从田埂上骑马过去，才起身。倒有几个硬气的，跪是跪了，待何安过去了，却呸一口，声音不大不小地骂道："狗仗人势的奸贼！"

喜平凑过来小声在他耳边道："督公，不如宰了？"

何安瞪他一眼。

陈庄头比他还生气，怒道："何督公在此，你干什么！来人，给我把他的稻田踩碎！"

伴当们立时就进了那佃户的田地，只踩得秧子全碎在泥水里，混沌成一片。

那佃户顿时脸色惨变。

陈庄头过来讨好道："何督公消消气。"

何安瞧那佃农丧家犬的模样，本应觉得痛快，倒不知道为什么心里堵得慌。

——要知道，皇庄税赋上浮三倍，佃户也是世世代代脱不了皇庄户籍，比牛马还要辛苦。如今这一糟蹋，今年的收成都不一定能抵得过税钱。

他瞧那陈庄头讨好的嘴脸，不阴不阳道："你可真是个会做事儿的。"

陈庄头谄媚："那怎么能让督公您操劳呢。"

何安冷笑一声，策马而去。

路上喜平上前，对他低声道："刚已让下面人查了下那佃户，平日就是个泼皮无赖，胡作非为的。现在家中妻子也是当初强娶了邻居家的，姑娘本来有婚配，被他玷污，才……督公莫要觉得过意不去。"

何安被他戳中心思，狠狠瞪他一眼："咱家难过什么？！他羞辱咱家，自然是要收拾回去！"

喜平知道他刀子嘴豆腐心，应了一句是，也不再多说。

然而何安脸色终于好了。

进了庄子，陈庄头连忙让人拿了年中的账本过来让何安翻查。

掀开第一页，平平整整放着一张二百两银票。何安瞥那庄头一眼。

陈庄头奴颜婢膝道："我等孝敬公公们的，这一路炎热，公公们回了京城买茶吃。"

"算是个聪明的。"何安说完这句，喜平便收起了银票，拿着一干账本核查去了。

虽说是在京畿，来去却也有七十多里地，又值年中，账查得细，等全都消停了从庄子出来，天色有些暗了。

"几时了？"何安问。

"瞧这天色，怕是酉时多了。"喜平回道。

何安皱眉："通知后面的，抓紧赶路，早些回去，莫错过了闭城门的时间。"

一行人匆匆赶路，没料走到半途，天边愈发暗沉，隐隐传来了雷声，隐约看见远处一片乌云袭来。不到半刻，哗啦一声，瓢泼大雨劈头盖脸地砸下来，直砸得人脸颊痛。

远处路也看不清，地面一片泥泞，这么走下去，铁定是赶不到暮鼓之前进京。

"督公，上了前面官道，有个末等驿站，不如就地歇息了，明日一早就走，寅时五刻门一开咱们就进去，耽误不了事。"喜平上来说。

风雨着实大，何安折腾了一天，曳撒湿得贴在身上，隐隐又开始胃痛，犹豫了一下，便道："带路。"

等一行人骑行到驿站外时，远远便见到驿站门口两盏昏黄的灯笼在风雨中飘摇。

等走得近了，何安下马，刚在喜平搀扶下往院子里走了两步，便见一驿卒撑着伞匆匆过来，急吼吼道："快走快走！今日驿站有贵人，旁的人往前走二十里，还有个驿站。"

这一路奔波何安已经累了，又是风又是雨，胃也开始痛，这小驿站也不过是个凑合的地儿，他堂堂御马监提督屈尊，竟然还让个小小驿卒嫌弃？

何安不怒反笑。

"让你们快走，听不懂人话吗？"那驿卒仍在啰唆。

何安懒懒开口："喜平。"

喜平手里还捏着马鞭，一鞭子就抽了上去："不长眼睛的东西！也不看看来的爷爷们是谁！"

那驿卒这才看清楚来的人都穿着内侍官服，脸都白了。

"是有贵人住是吧？"何安说，"得金贵成什么样的，这驿站连旁的人都容不得？"

"公公，公……"驿卒说话都不利索了，"咱们这儿真有贵人，地方、地方也小，就三间房，住满了。"

何安哪里理睬他，径直就进了驿站大堂。里面干燥明亮，几间屋子里确实都亮了烛火。

何安指了指二楼那间："喜平，跟我过去，我就住那间了。"

喜平扶着他上了二楼，驿卒吓坏了，紧跟着就上去了，站门口劝阻："公公，这间真不行啊！"

"滚开！还要吃鞭子？"何安扬鞭叱道。

他话音刚落，驿卒身后的门"嘎吱——"一声开了。

何安看清了里面的人，手里的鞭子吧嗒就掉在了地上。

那里面出来的，是他做梦都想见到的人——大端朝五皇子赵驰。

第二章 风雨

一

他无数次地偷偷瞧过他。

有些年节上，殿下会来后宫行走。那会儿五殿下的母亲兰贵妃还在世。何安一定换上舍不得穿的新衣服，浑身洗得干干净净，头发梳得整整齐齐，扑了攒钱从宫外带回来的香粉，戴着香囊，只怕自己身上有味道，一早就在兰贵妃住的栖桐宫外候着，五殿下远远来了，他叩首在地，头也不敢抬。

只有一次，五殿下走近了，他抖着声音说了句恭贺新禧。

五殿下停了步子。

"你看着不大，叫什么？"殿下问他。

"奴婢是直殿监的洒扫太监。"何安小心翼翼地回答，"奴婢叫小安子。"

"小安子。新年平安，倒是应景。"五殿下道，"抬手，赏你了。"

何安连忙双手捧着抬到头顶，接着一个红包就落入他的手里。

"压岁钱。"五殿下笑了一声，接着那双鞋子就消失在了自己的眼前。

何安在雪地里又跪了一刻才敢直起身来，五殿下给了他精致的红包，里面是一颗金镶玉、提溜圆的玉珠子，一看便并非俗物。

虽然风雪不小，他心却热得很。

再然后是殿下外出游学，八年杳无音讯……

终于把人给盼回来了，他整夜辗转反侧，计划着自己怎么收拾打扮去见五殿下，才显得体面。如今种种幻想都成了云烟，自己一身雨淋水泡的，狼狈不堪不说，还这样跌闯无礼。何安晓得自己这时候的模样定是丑态百出，偏偏让五殿下瞧了去。这感觉仿佛一桶冰水自头顶浇落，何安浑身都开始发冷发麻。

"殿下——！"何安声音也抖着，瞬时就跪了下去，"奴婢不知道是殿下在这儿，惊扰了您，奴婢该死！"他跪在地上，头也不敢抬，像是要等待最后的判决，浑身抖得筛糠一般。

喜平见何安跪了，也连忙跪了下去，驿站里一时就安静了下来。

"这位是……"过了好一阵子，赵驰开口缓缓问。

"奴婢……奴婢是御马监的太监何安。"何安连忙回话，"今儿出去西郊皇庄盘账，回来得迟了，说是找个地方落脚，这外面风雨又大……"

他咬了咬嘴唇。这话听起来就像是开脱罪责，要搁着御马监下面的人敢这么说，自己早让掌嘴了。

"是何督公？"赵驰问。

"是。"何安说，"殿下面前不敢称督公。"

何安视线里，一双皂靴近了，然后接着一双有力的大手，在他大臂下一托，他不由自主地便被抬了起来。他还没反应过来，就看见赵驰俊朗温和的面容出现在他的视线内。

"何督公是中贵人，起来说话。"赵驰道。

何安吓了一跳，连忙敛目，喃喃道："谢殿下。"

赵驰这才转去问驿卒："这是怎么回事？"

驿卒把前因后果讲了，赵驰笑了笑："既然如此，便把我这间空出来给何督公住便是。"

何安连连摆手："这可使不得，奴婢们在楼下大堂里凑合一夜就行。"

"嗨……"一个雌雄难辨的声音插了进来，接着便见着有个穿着白色里衣、胸膛半露，还披头散发的绝美男子懒懒地从里面出来，"这不简单吗？我那间屋子横竖也是住不着的，不如就让给这位督公好了。我呢……就在殿下房间睡吧。"

赵驰瞪了他一眼，嘴里却道："华老板这个提议不错，督公意下如何？"

华老板？华雨泽？刚才在殿下房间里？接着还想待一整宿？

"皇上对外说的是龙体抱恙。我在宫里的探子来报，年前太医院那边撤了好几个人的职，后来司礼监又命东厂偷偷寻访神医。私底下大家都心知肚明，皇上年迈，怕是撑不了多久。"华雨泽懒懒地靠在榻上，窗外的雨砸得窗框啪啪作响，他说话犹如唱戏，声音圆润，娓娓道来，只让人觉得是珍珠落玉盘，分外好听。

"不是如此，我也回不来。"赵驰道。

"我是觉得你回来迟了。"华雨泽说，"七皇子赵谨仁一党做大，现如今，朝堂内是太子一党与七皇子一党鼎足而立，地盘早就瓜分完了，哪里有你的立足之地？"

赵驰道："我没想过要当皇帝。你知道我为什么回来……师兄。"

华雨泽笑吟吟道："哎呀，五殿下终于记起咱们是师兄弟了，我还以为您花那两千两是要养我。"

"师兄莫要开玩笑了。"赵驰叹息，"我回京是想查明旧事真相，因此要借你青城班的探子一用。"

"查明真相？"华雨泽问，"只是如此？"

赵驰安静了一会儿，接着嘴角一勾："当然，知道了真相后，冤有头债有主，我自会送他们上路。"

华雨泽听了他这句话，轻声笑了起来，笑了好一阵子，才慢慢停息，叹了口气："几个师兄弟里，只有你是最能忍也是最狠的……怕是谁不留意，就要被你咬得鲜血淋漓。"

"师兄说得是。"赵驰也不反驳。

两人又聊了几句，就听见楼下一片骚乱，隐隐间有人说着什么，接着脚步便近了。

华雨泽与他对视一眼。

"我去看看。"赵驰说完起身走到门口。

打开门的那一瞬间，只听有人怒道："滚开！还要吃鞭子？"声音有些尖急，倒不难听。

开门一看那人着装，应该是个内侍官，接着就听到对方说自己是何安。等何安匍匐在地的那一瞬间，赵驰其实有点意料之外。

虽说出身摆在这里，然而御马监皇上亲执，除了司礼监便是这掌管着四卫营的太监衙门最是权力滔天。别说是提督，便是下面的掌司、提监出去了谁不是横着走，哪个朝廷大员敢不让着三分？

赵驰心中有些困惑，然而依旧不动神色，上前将人扶起。

他托了何安曳撒的袖子，然而袖子出乎意料的肥大，半天才摸到药店龙骨般的大臂——这便是之前自己拜访而未曾得见的御马监提督太监何安？

等把人扶起了一瞧，何安浑身湿透，马面裙也贴在裤子上，此时是极狼狈的，被赵驰这么一看，脸色顿时讪讪的。

他瘦得厉害，脸颊上一点肉也没有，倒是眼睛炯炯有神，只是视线一直向下不敢看自己，显得恭顺有礼。尖帽掉了，发髻也散了一半，乌黑的头发贴在脸上与纤细的脖颈上……

华雨泽懒懒地靠过来，装作亲昵，提议将自己的房间让给何安……

赵驰道："华老板这个提议不错，便让华老板和我同居一处，督公自去那间屋子住下，不知道督公意下如何？"

"奴婢以为不妥。"何安躬身垂头小声回话。

本来就是问一句走个形式，何督公回个好字，这事儿就算是了结。他和师兄住一间，何督公一间，小十三一间，相安无事。结果何安说了这么一句，在场的各位都愣了。这何督公恼羞成怒，要发难了不成？

"那何督公是想住我这间雅房？倒也可以，我去住华老板那间便是。"赵驰说。

此时还未到与太子一党翻脸的时候，随便住哪间也无所谓，犯不着为了住哪间屋子跟何安争执。

"奴婢不是这个意思。"何安声音有点发抖，他扫了一眼华雨泽，连忙又低下头道，"殿下万金之躯，今夜风餐露宿的，要是受了罪，哪里不妥帖了，回头奴婢们也担当不起啊。奴婢想着，不如就由奴婢在耳房里伺候着您，起个夜、喝个水……"

"何督公，你是朝廷重臣，御马监提督，这种事情无须你亲力亲为，大家都是被风雨耽搁，凑合一夜就过去了。"赵驰连忙推脱，"没有让你贴身伺候我的道理。"

"那不是的。奴婢虽然是陛下给脸封了个提督，但奴婢心里清楚得很，皇上是奴婢的主子，您是天潢贵胄，自然也是奴婢的主子爷。"何安说到这里，越发的恭顺了，弓着身子小心翼翼道，"还请殿下成全奴婢这点心意。"

赵驰被何安一番义正词严的话说得有些哑口无言。他转头看华雨泽，眼神示意让他想个招。

华雨泽却仿佛没看见，伸了个懒腰，跨出大门往自己房间去了："算了，我去睡了。"

赵驰：……

三

赵驰那间房本就是驿站最好的雅房，客厅、卧室、耳房一应俱全。他本来想直接拒绝，又顾虑伤了何安的面子，得不偿失。于是他现在不得不莫名其妙地坐在床榻上，看着何安带着他手下几个太监忙前忙后。

"殿下，十三殿下那边奴婢也安排了几个人过去伺候着。"何安让人端了洗脚水放在脚踏上，自己跪地卷起袖子就准备去给赵驰脱靴。

赵驰一怔，缩脚道："督公，这个就不用了，我自己来。"

何安的手就悬在了空中，好半天才缩回来，他讨好笑道："奴婢以前在宫中也是服侍过贵人们洗脚的，技艺还不曾丢了，殿下莫要嫌弃。"

"我不是嫌弃你，何督公。"赵驰说，"出门在外，一切从简吧。"

赵驰说完这话，便自己脱了靴袜，放入盆中。水温正好，水没至小腿，在这风雨天里确实舒服。接着一杯泡了红枣的安神茶递到手边，赵驰接过来呷了一口，味道自然一般，然而茶温也是恰恰好适合入口，一点茶渣都没有。

外出游学这么久，他早就活糙了，然而这享受一来，也忍不住舒服地叹息。

赵驰抬眼去看何安，他正安静地站在一旁，身上还穿着那件湿漉漉的曳撒——何安既然是外出盘账，肯定没有备什么换洗衣物。

想到这里，他擦了脚起身，打开藤箱，拿出一套叠得整整齐齐的贴里。

"何督公，我今日出门踏青，华老板有马车随行，便顺手多带了套备用的衣物。你不如换上？免得受了风寒。"

"这是给奴婢的？"何安一怔，心头有点压抑不住欣喜。

"正是……何督公是嫌这衣物简朴吗？"赵驰感觉他这反应有点不对劲，"这大雨谁也没料到，将就一夜明日回府了再换。"

他话音刚落，何安已经把衣服接过去，抱着衣物贴在自己胸口，躬身道："殿下，容奴婢退下收拾仪容。"

何安躬身退出了卧室，直到走到门槛边上才转身出去，又贴心地将门合上。

赵驰皱着眉，狐疑地盯着那门框，没有琢磨透何安这是唱的哪一出。

那边五皇子没想透何安的心思，这边何督公拿了衣服出来，到耳房里换了。

这是一套淡蓝色贴里，上有银丝竹叶纹路，很是淡雅。

身高大小倒还勉强算合身——想到华雨泽那身高……何安猜得到这是给谁准

备的了。

衣服上面有沉木香味，何安闻了又闻，自觉刚才那些举动不算是失仪——最后五皇子给赏下衣物的时候，他是不是应该跪谢恩典？又怕自己太殷勤了吓着殿下。

等穿好贴里出来，喜平已经在门外伺候着，见何安出来，低声道："十三皇子那边已经伺候着睡下了，这边可要安排人守下半夜？"

"我自己来便是。"何安道。

"督公身体不比前几年了，还是别熬夜的好。"喜平说，"回头喜悦又要骂我了。"

"左右也就一夜。"何安说，"平日也难得有这么个机会，你便去了吧，好好照看那个华雨泽。"

"奴婢明白。"喜平说，"定做得人不知鬼不觉。"

"……我是让你看好他别来打扰殿下休息。"何安被噎了一下，反省自己平日里对喜平是不是太苛责了，怎么净是些打打杀杀的念头。

赵驰早晨起来推门而出，便瞧见何安已经在外等候。

他身穿那件淡蓝色贴里，还没来得及做出什么卑躬屈膝的神态，正打开门跟外面的随从说了句什么，然后抿嘴一笑，接过了茶壶。窗外的晨光正照进来，显得他身形修长，面容沉静，若他还是江家公子，怕也是个温润如玉的世家公子。

他正想着，何安已经端了水转身，瞧见站在里间的赵驰，顿时眼前一亮，那世家公子的模样、风范好像是幻觉一样，烟消云散。脸上扬起半是讨好半是谄媚的笑容，凑过来，躬身道："殿下，奴婢已让下面人准备好了早膳，待伺候您洗漱后便可用膳。"

"辛苦督公了。"赵驰道。

何安拧干帕子，试了试温度递过去："这怎么辛苦，都是奴婢应该做的。"

递过来的帕子干湿正好，温度之前应是微烫的，到了自己手里便恰好的感觉。

何安那恭谨的态度不像是作伪，面对自己这个无权无势不受宠爱的皇子，还如此滴水不漏，难怪他这么年轻便能坐到提督的位置……

此人不可小觑。

还是应该按照白邱所言，尽量少打交道，敬而远之。赵驰有些心不在焉地擦了手脸，心里有了定论。

"吃了早饭后督公便带人先走吧。我们有马车，脚程慢，随后入京。"

何安一听，应了声"是"，显得分外乖巧，然而等到真的用完早餐，收拾了随身物品出发往京城方向去的时候，何安一行人偏偏又走得极慢，并没有先行一步。

小十三是个藏不住事儿的，问："喂，你跟着我们干什么？"

"十三殿下，前面路段昨夜受了雨淋，不好走。"何安应道，"奴婢们随驾伺候着，确保万无一失。"

"呸……"小十三低声抱怨了两句，策马到赵驰身边，"五哥，他们这群人苍蝇一样，真是烦人。什么确保万无一失，是怕昨天闹腾那一出咱们不满意，回京城找父皇告状吧。"

"能告状的是你，我连陛下的圣颜都没见到。"赵驰说道。

小十三吐了吐舌头，再不敢多说什么，骑着马赶到一行人前面去了。

然而十三所言并非没有道理，何安如此细心谨慎之人确实有可能怕什么闲言碎语传到太子耳朵里。赵驰推测自己这一天一夜怕是还有些冷淡，让何安不能放心。

"何督公，还未曾多谢御马监的这匹宝马。"赵驰拍了拍座下星汉。星汉甩了甩脖子，打了个呼噜。

"御马监本就有些马匹留着供王爷皇子们挑选。殿下回京也确实需要匹好坐骑，奴婢也就是尽了份心意，谈不上谢不谢的。"何安道，"殿下喜欢就好。"

何安回答得一板一眼，标准的奴才式答复。赵驰嗯了一声后，二人再找不到什么话题好聊。

又行了几步路，远处已能看到皇城墙。何安突然开口道："奴婢知道殿下久离京城，左右怕是也有些差事得找人去办。奴婢虽然没什么大能，但若是殿下有事吩咐下来，奴婢一定尽自己所能，为殿下分忧。"

他说完这话，赵驰一愣，接着下意识看了他一眼。

何安这会儿眼帘下垂，态度谦卑，说话不似作伪……这是什么意思？

走过场？这个过场未免走得太认真。

拍马屁？落魄皇子，无权无势，何必。

表忠心？这种忠心难道不是应该表给太子吗？

赵驰想到这里心头微微一动……还是说，何安并非太子一党。

赵驰不动神色笑了笑："我一个闲散皇子，能有什么忧愁？何督公操心了。"

何安眉头颤了一下，似乎想说什么，张了张嘴，变成了一句喃喃："那……那也是。是奴婢想多了。"

赵驰一笑，行至马车附近，翻身一跃上了马车，在何安眼皮子底下钻入了马车内，接着马车里便传出华老板慵懒的笑声。

一路无事。先送了华老板回青城班，又送了十三皇子回王府街，最后才将赵驰送至府邸。

"殿下，奴婢让喜平送您回府，奴婢便回御马监了。"到了岔路口何安开口道。

他心情沮丧之极，觉得自己定是最后说错了话，让五殿下不喜——本来也是，一个御马监提督，莫名其妙地说这种投诚的话，无事献殷勤，谁能不忌惮。

"等等。"赵驰在马车上道，"何督公借一步说话。"

何安一愣，连忙让人停了马车，自己下马凑到窗边："奴婢在这儿了，殿下。"

帘里的赵驰影影绰绰看不太清，就听见他淡淡道："督公知道我回京后面圣，圣上并不见我。"

"此事奴婢有耳闻。"

何止耳闻，赵驰还没出宫，他就已经拿到了线报。

"我离京多年，对父皇思念之心甚切，十分想见他一面。督公若能帮我，未来必有重谢。"赵驰道。

何安一愣，这意思是让自己去办差事？他心头一阵雀跃，喜上眉梢："奴婢知道了，奴婢一定尽心尽力。"

"那就先谢过督公。"

三

送走赵驰，何安一路飘飘然进了御马监。

"哟，这谁回来了？"刚迈进大门，就听见有人阴恻恻地开口，何安抬头一看，是掌印关赞抱着双臂从里面缓缓地踱步到院儿里。

何安脚步微停，复又抬腿上前，作揖道："掌印。"

关赞五十来岁，鬓角皆白，脸颊消瘦干瘪，一双小眼眯成一条缝上下打量他，半晌哂笑道："这何提督昨儿拿了牌子出京办事，一夜未归，我还以为你是跑了呢。正琢磨着去司礼监陈秉笔处通报，捉拿逃奴，你这就回来了。瞧你这一身衣服都换下，昨儿去什么温柔乡里混了呀？"

关赞在御马监掌印上待了十五年，他心心念念司礼监掌印的位置，疏通多少关系都升不上去，瞧不上何安这么年轻就升上来的太监，觉得他们定是靠了不入流的手段才爬得这么快。因此看着何安总觉得戳中心里的痛，瞅着一点不顺心的就开骂。

这一顿夹枪带棒的话何安只当没听到，站在下首恭恭敬敬地把这一夜的来龙去脉说了个清楚，关赞倒不好发作了，又笑了一声，问："我听王掌司说，你把那匹星汉给老五送过去了？"

"是。"

"本来吧，我是打算等着哪位王爷公主生辰的时候送出的，你这手笔倒是不小，没和我打个招呼，就送了人。"关赞说。

原来是因为这个事……

何安垂首道："掌印，这我冤枉。五殿下是太子要拉拢的人，十二监四司八局都抢着送礼，咱昨儿送礼已是迟了，再等就更不合适。本来昨天来了监里就想找您的，您昨儿不是不在吗？这一来一去就耽搁到今儿了。"

关赞冷笑道："何安，少拿太子的大帽子来压我。"

"何安怎么敢呢，关爷。"

关赞让他憋得也再说不出第二句，只能狠狠道："忙去吧！下不为例。"

何安回了自己在御马监里的居所，抬脚刚进门就见喜悦在里面候着。

"你怎么来了？"

"昨天夜里听人说您没回京城，我心里挂念，北安门一开就来了监里候着。"

"哼，嘴里抹蜜，还不知道心里是怎么着希望我死在外面呢。"何安张口讥讽。

喜悦笑嘻嘻的也不往心里去，上前给何安换衣服，那贴里往手里一掂量，"咦"了一声："师父，您昨个儿出门穿的不是这套啊。"

"这是殿下赏我的。"何安有了几分骄傲，眉眼都变得温柔，"你给我仔细着点。"

"好嘞，那我给您洗干净了晾晒好了，整齐还给殿下。"

"洗什么啊。"何安拽着贴里袖子闻了一下，"回去挂起来熏上好的香，供起来。"

"不还了啊？"喜悦道。

何安摸着那衣服，半天舍不得道："殿下是什么人，你也好说这种话。咱们这种人穿过的衣服，还给殿下，怕是也嫌弃得紧，说不定回头就让下人们烧个干净。你给我置办套新的，过两天送殿下府上去就是了。"

"好嘞。"喜悦见怪不怪，应了声。

"你等等。"何安整理了一下襟子，问喜悦，"殿下说想要面圣，你可有什么想法？"

喜悦琢磨了下，回道："这事儿也不难，皇上是个念旧情的人呢，不然也不会让殿下回京了。只要触景生情，又有人在旁说上两句，殿下要面圣有何难。您和皇上身边的大珰李公公素来交好，我替您去传个话，李公公必定帮忙。"

何安瞥他，瞥得喜悦发毛了："我说错什么话了吗？"

"你是我肚子里的蛔虫吗？"何安问他，"怎么我想什么你都知道？"

"小的跟了您这许多年，那是当然猜得中啊。"喜悦连忙笑起来。

"那你还不快去！"

何安不轻不重地踹了他屁股一脚，喜悦卖了个巧，一溜烟地跑了。

赵驰回了府中，找了白邱过来，将这一夜的事情说给白邱听了。白邱负手在屋里走了几圈，问赵驰："殿下觉得何安是什么意思？"

"他很有可能并非太子一党。"

白邱皱眉："不应该啊。不与太子为伍，反倒来讨好无权无势的皇子，他图什么？殿下以前是否认识他？"

"从未见过。"赵驰想了一会儿摇头道，"就算见过，宫里的小太监千千万，我怕是也不记得了。"

白邱点头："殿下说得对。"

"兴许是我太过敏感，何安就是这么个人呢？"赵驰说。

正说着就有下人来报，说宫中有公公来传话，让五皇子即刻进宫面圣。

两人听了面面相觑。

从何安离去，不过半日，这才后半晌消息便来了。

赵驰起身整了下衣袍："本来是想按计划走其他门路面圣，说这话也只想试他一试，既然如此，我便入宫，见见皇帝吧。"

「四」

偌大的皇宫金碧辉煌，彰显着这大端朝的最高威严。

在内侍从官的引导下穿过朱红色大门，赵驰感觉到的是一种难以言喻的窒息。太和殿前广场之上除了一些侍卫和打扫的太监，也并没有其他人，寂静得可怕。

等近了内庭，到了西苑门外，皇上身边随侍的太监李兴安便迎了赵驰往里去。

从院子里过去的时候，李公公躬身笑道："殿下在外这么多年，安然回来，定是贵妃保佑，待会儿陛下见了也应该是高兴的。"

赵驰听了这话，微微一笑，从怀里掏出个锦囊，给李公公塞过去："听说是公公帮忙，我才得以面圣。这点小小心意，公公笑纳。"

李公公嘴上百般推脱，手上却不推辞，末了说了声"折煞了老奴"便塞入怀中。

在廊间七转八拐，走到最里面的寝殿。这会儿已经是三伏天，门口却还挂着冬天的厚帘子，暗沉暗沉的，从缝隙里传出些药味儿来。

"自从大前年乾清宫失火，皇上就搬到西苑了。殿下容老奴进去禀报。"李公公掀开帘子进去，那药味儿更重了一些。

又过了一刻钟，李公公才出来，小声道："殿下进去吧，说话需轻巧些，莫打扰了陛下修仙。"

赵驰抬脚进去，外间昏暗无比，他站了一会儿才勉强看清周围的样子。里面厢房里放了一个通天的炉鼎，下面烧着红碳，袅袅烟雾从炉鼎里飘散出来，掺杂着一股气味，闻了让人昏昏沉沉。

皇帝盘腿坐在炉鼎边，正闭眼念什么咒。

"可是驰儿？"老皇帝咳嗽了一声，开口缓缓问道。

赵驰立刻匍匐在地，声音悲戚地唤了一声："父皇。"

他在地上跪了不知道多久，皇帝才缓缓从里屋踱出来，坐在了榻上道："起来吧。"

赵驰起身，用余光去看皇帝。

皇帝比自己走时老了许多，脸上都是皱纹，颊边还有老人斑。他身着麻布道服，头发披散在身后，脸色蜡黄，胸口频频起伏。

"朕听李兴安说，你这回来了，对朕分外想念，非要见上一见。"他声音也犹如破风机般的刺耳。

"做儿子的，怎么能不想念父亲。"赵驰垂首道，"外出游学八年，然而无论离京多远，儿子最思念的就是父皇了。"

皇帝一双眼睛鹰眼一般的锐利，上下打量赵驰，缓缓靠在椅背上，笑了一声："尽是些无稽之谈，你会想朕？你可别忘了，是朕让你在外游荡了这么些年。"

赵驰马上又跪地朗声道："儿子说的话都是发自肺腑、情真意切。"

"哦？"端文帝微微直起身子问他，"那朕让你再出去个十年，你可愿意。"

赵驰跪地抱拳道："儿子叩谢隆恩。"

赵驰只觉得端文帝一双锐利的鹰眼正在他身上来回扫视，仿佛要挖掘出他真正的所思所想。皇帝老了，然而自他身体里散发出来的那种威压却丝毫不曾减弱。

屋里安静了片刻。

端文帝笑起来，轻轻咳嗽了两声："你这样貌长开了，倒是极像你的生母。"

赵驰低着头，心里那股恨意排山倒海地掀了起来。

他并非兰贵妃亲生，他的生母是兰贵妃殿中的一个宫女，只得了一次圣恩，就有了赵驰，之后便犹如这宫中的沙砾一般被遗忘在了角落。后来母亲病逝，是兰贵妃收养了他。

如今皇帝提及他的生母，这是什么意思？

"父皇还记得我的生母？"赵驰问道。

"本是不记得的，看到你的模样，依稀想了起来。"端文帝叹息，"柳叶眉、桃花眼，顾盼生姿，活泼可爱……年轻真是好啊……"说到这里，端文帝爆发出一阵剧烈的咳嗽。

赵驰站在下首，安静听着。

李公公从外面赶紧进来，又是递茶又是揉背，好半天皇帝才顺过气来。

"你想见朕无非为了封藩的事。"皇帝说，"你自己怎么想？留在京城，还是给你块儿封地？"

"儿子全凭父皇做主。"

"让朕做主？"端文帝忍着咳嗽笑了两声，"李兴安，传朕的话，让内阁那边就五皇子封藩的事宜商议个办法出来，回头送司礼监，让王阿他们也给出个办法，再送折子过来。"

"是。"李公公作揖道，"奴婢这就去办。"

"那就这样了。"端文帝挥了挥手，"朕乏了，你先退下。"

李兴安将赵驰送出西苑，身边的太监就不再跟随他前行，又走了几步，就瞧见拐角处有一个小太监候着，见赵驰过来，细声细语道："五殿下，万贵妃有请。"

赵驰早就料到会有这么一遭，只"嗯"了一声，便随着小太监走了惊鸿街，转入了南华殿。

这殿里跟西苑又有不同，轻纱幔帐间点缀了种种奇珍异宝，烟雾袅袅中尽显殿主人奢华雍容的风貌。有一四十岁左右穿着丝质宫服的女子正躺在贵妃榻上，青葱一样的手指捏了个话本正心不在焉地看着。

"儿子来了，娘娘安泰。"赵驰行礼道。

这万贵妃瞥了赵驰一眼，半是哀怨半是玩笑道："听闻五殿下进了京，见了皇帝、见了东宫，也不见来看本宫一眼。不是本宫差人去请，怕是还不来呢吧。这几年里，总共也没见着两面，书信来往都是虚情假意，五殿下怕是早忘了我这个老人家。"

"娘娘这是生气了？"

"本宫怎么好跟五殿下生气。"万贵妃道，"就是一想到您那母亲是当年和本宫平起平坐的兰贵妃，本宫就觉得心里堵得慌。"

"娘娘也知道，我生母不过是宫女，兰贵妃也不过是看我可怜收养了我。我这心里头，装的可只有娘娘您了……毕竟当年若不是您拦着，我早就被圈禁了不是？"

"原来殿下还记得呀，我以为您早忘了……"万茹不阴不阳笑道。

赵驰心底知道万茹是在试探自己，装作不在乎的样子，谄媚回答道："那兰贵妃本就不是我的生母，却因兰家的事情还得牵连到儿子身上。儿子沾染这不祥之人，悔还来不及呢。"

"本宫想起来了，当年五殿下还去冷宫骂那兰氏不忠不孝，骂得西五所人人听得见，回头兰氏就自缢了不是吗？"

"是娘娘怜惜儿子，给儿子指了这条明路。"万茹的话说到这里，若是旁人早就气得发抖，赵驰内心亦然，可是他记得自己这八年走过的路，记得自己的母亲为了让自己离开这污秽的宫殿丢了性命，他比刚才更加恭顺，道，"兰氏早与儿子无关了。"

他言语恳切，又过了片刻，万茹才缓缓靠回软垫，欣慰地对他说："你还记得本宫这点儿提点便好。"

"儿子不敢忘。"

"今日叫你来，原本也是有个嘱托。瑾仁是我最喜欢的孩子，也是你七弟，又得皇上宠爱，前途无量。你若有心，就多帮帮他，算是不枉我救你一场。"

赵驰殷切道："儿子明白，定为弟弟筹谋。"

"嗯，有你这话，我便放心了……"万茹叹息一声，"也没旁的事，你便退下吧。待久了让人说闲话。"

赵驰从东华门出了内庭，天已经全黑，宫灯都点上了。

远处天边传来滚滚雷鸣。

他放着星汉自己溜达，待没人的时候，这才松开左手掌心，刚才握得太紧，把掌心都掐破了，口子里露出血肉，几缕鲜血顺着掌中纹路流开。

他长长地松了一口气。

今日入宫，皇帝处应该是没有露什么破绽的，万贵妃处也是安抚好了。

万贵妃……

赵驰想到这三个字，只觉得恶心。他微微垂目，手掌又缩了回去，在衣袖上急不可查地擦了擦，这才拽了缰绳，行至东华门。

按时间东华门那边已经落了锁，要找当值的领班去开小门出去，估计还得一阵工夫。说不定雨下了，又要淋一阵子。

然而等赵驰到了东华门却发现值房内外灯火通明。何安穿着那身淡蓝色贴里站在值房外，正往这边看着，见他一人一马过来，眉头一展。

"殿下。"何安上前作揖道，"殿下可是准备出宫？"

"这是……"

"奴婢听李伴伴说您面了圣，又瞅着这天儿不对，怕东华门落了锁您出去还得耽搁，就过来候着了。"何安牵了马，已有当值的卫军轰轰隆开了半扇朱红色的大门。

"殿下早些回府歇息吧。"何安将他送出了皇城大门，"这雨来得急，莫要淋湿了才好。"

赵驰精神疲惫，也再说不出什么客套话来，只说了句多谢，引马而行。

星汉带着他走了百步，回头去看。

何安消瘦修长的身影，还站在城门口宫灯下，正看过来。

此时滚滚乌云低压，呼啸的风肆虐着整个皇城，连星汉都在不安地嘶鸣。

然而何安却并未受影响……

那目光依旧炯炯，只独看向他一人。

第三章 照夕

二

夜已深了，东安门合上的一瞬间，就像是隔绝了两个世界。

"督公，咱们也得回御马监了。"喜乐拿了雨披过来，"这雨怕是要下大。"

何安下意识摸了一下腰间挂着的那只锦囊，点了点头："回吧。"

这边早有四卫营的亲兵备了轿子等候，只等何安来了，一群人作揖道："见过提督。"

"脚程紧点，走北安门回府。"喜乐道。

何安这才回神："回什么府，去御马监值房。"

"督公，您这明儿又不当值……"

"我说去便去，怎么越来越啰唆。"何安在轿子里对前面开路的亲卫道，"回御马监。"

喜乐见何安心情不好，也不敢再顶嘴，轿子一摇一晃就回了御马监，等进了值房，何安磨了墨，抬笔将书，一时又愣在那处一动不动。

一滴墨落下，晕出了一个黑点。

他这失魂落魄的模样，看得喜乐真有点心疼了，小声过去唤了声："师父，这五殿下的性子，您也是知道的，得放宽了心……"

"喜乐，你在我身边多少年了？"何安答非所问。

"小的跟师父最早，也有七年了。"喜乐道，"师父把我从死人堆儿里捡出来，给我疗伤喂我良药，喜乐这才有了第二条命，这辈子跟定了师父。"

"那你看我这字写得好不好？"

何安提笔写了"有枢"二字。

那是赵驰的小字。

喜乐连忙道："师父的字是极好的，多少人求您一字墨宝，心心念念而不可得。师父写的字，京城里都快抄上天价了。"

"我原本是不识字的。"何安说，"一个洒扫小火者，需要懂什么字。内书院选拔，早有人塞了银子给大太监们，我身无分文，也挤不进去听课。那会儿以为自己一辈子就是这么个被人欺凌、操劳致死的命。"

喜乐从未听何安说起过这段，也有些诧异。

不能进内书院，不会读书写字，对于太监来说确实就几乎算是升迁无望。

"后来，我想着不能稀里糊涂地死，好歹死时给自己立个碑，就花钱求了人写了个'安'字给我。偷闲的时候，自己拿树枝在地上写。"何安似乎想到了什么，忍不住一笑，"路过的五殿下看到了，他说我字……写得不错。"

"你这小火者，字写得不错。"

光是看到来人衣袍一角，便知道其尊贵的身份，小安子丢了树枝，跪在地上一动不敢动。他今儿的工还没做完，便偷摸练字，到时候让上面当差的瞧见，少不了又是一顿毒打。

"想写字？"预计的打骂没有出现。

"奴婢不敢。"

"问你想不想，不是问你敢不敢。"来人说，"进了内书院了吗？"

小安子那会儿年纪还小，耿直得厉害，真就答了一句："想，还没。"

对方扑哧就笑了。

小安子也不知道他笑什么，偷偷抬头去看……他认得宫里所有的贵人，这位便是常往兰贵妃宫里去的五殿下。

"倒是耿直。"五殿下道，"我让母妃回头跟李伴伴说说，看看能不能破格让你入内书院。"

小安子又惊又喜，连忙叩首道："多谢殿下。"

"你有慧根，练字应该是块好料子，好好读书，好好习字。人只有懂得多了，才敢想得多。"五殿下最后道。

小安子冲着殿下的背影使劲叩了个响头。

"后来因为这一手好字，被直殿监掌印何坚看上，让我去给他抄佛经，认了我做干儿子。若不是五殿下……我哪里有今天。"

"殿下要我好好读书，我便读书，殿下要我练字，我便练字。为什么读了书，就敢想得多了，我那会儿是不懂的……"何安道，"这十多年来，三九严寒、三伏酷暑，都不曾耽误了写字，一日十张，从不间断。"

他又蘸墨，提笔，缓缓写字。

"殿下要怎么做，要做什么，要和什么人做……做奴才的也只能是听着、看着、候着……其他的，不敢多想。"

喜乐看着他的字帖，咬了咬嘴唇，小声道："师父，道理我都懂……可是您这说着话，手里提笔就写个'妒'字，这未免……"

太言不由衷了吧。

何安一怔，狠狠剜他一眼："又多话，这些年别的不见长，舌头倒是长了！再多话，让喜平来给你短短？"

喜乐顿时闭住嘴，无辜地看他。

何安这才仔细去看自己笔下那个妒字。心怀忌恨，还能伺候得好殿下吗？

殿下说，懂得多了，就能想得多……

可是他懂得越来越多，却越来越不敢想多。

三

赵驰从侧房榻上醒来，照夕院的红灯笼高高地挂了起来，他衣冠半解，浑身还带了这院内诸多姑娘们的味道。一时恍惚，竟然不知道身在何处。

八年漂泊，前两年哪天不是醉生梦死，醒来的时候往往都已经是这个时间。

兜兜转转，竟然没变……

不，大约是变了吧。

他刚才那场大梦，梦里竟然出现那么一个人，那么一双眼。

是何安。

赵驰将将撑起半个身子，倚着栏杆往外瞥了几眼，照夕院在勾栏胡同最西头，乃是专供达官贵人享乐的官妓院落。这样的院子，在京城，没有二十，也有十五个了。

整池夕阳毫无遮拦，尽收照夕院的范围内。

一日荒唐竟过得如此之快，如今这会儿，灯亮了，楼下车水马龙，来往的皆是朝廷大员。

接着有人推开了他的房门，外面嬉笑娇嗔的声音传来。

"五殿下，前厅七殿下命婢子过来看看您醒了没有。"进来的鸨儿躬声问道，"若是醒了，便到前面听曲儿。我们这边的盈香姑娘正摆了琴，准备开唱呢。"

赵驰嗯了一声，那鸨儿便上前服侍赵驰更衣洗漱。

"殿下，您这两身衣服，换哪一套？"鸨儿问他。

赵驰平时有多备一身衣物的习惯，他素来洁癖，最不喜有其他人的味道长期沾染在身，来了勾栏院，自然更要备衣服，以备不时之需。

他抬眼一看，一套是深蓝色的直服，一套是何安后来差人送来的贴里——也不知怎么的下人竟把这身衣服也装了过来。

与自己之前拿给何安的那身极像，但确实不是同一件。

这套天青色贴里，以银线绣了竹子点缀，交领反过来，才知道另有乾坤。这绣工是双面绣，贴里里面乃是祥云样式，光是绣工一项，只比自己当时随手送给何安的那件好了许多倍。

想到刚才梦里，何安着贴里站在东安门外看着自己的那一刻，赵驰鬼使神差地便道："穿贴里吧。"

鸨儿应了一声，给赵驰换了衣服，又帮他系上网巾，更显得他剑眉上扬，眼目飒爽。

那鸨儿不过二十来岁，打扮完了五皇子，看他俊朗的样貌，竟然脸都羞红了。

"殿下这身打扮真是英姿飒爽。"

赵驰并不在意这些，拿了桌上那把折扇，推门而出。

七殿下赵瑾仁正在和身边的娘子说话，见他出来，揶揄道："五哥真是千金般的仪态，后晌要小憩，末了还得更衣才肯见人。这一身再加上这把叠扇，真是风度翩翩，倜傥得很……你看在座的诸位小娘子都羞红脸。你们谁要伺候五殿下？"勾栏院里的女人，哪个矜持，七殿下一发话，几个人便缠了过去。

"奴婢等要伺候五殿下。"

老七哈哈大笑："你一来，我就受冷落了，五哥，你不应该啊。"他话里有话，赵驰笑了笑，只假装没听懂，来者不拒，将女子们左右拥入怀中。

"这便是盈香姑娘？"他看向老七身边的女子问道。

盈香这边款款行了个礼："婢子便是盈香。殿下可要听曲儿？《桃花面》《仙圆》《佳期》奴婢都会。"

赵驰本想说句随意，可是老七在这里，今儿来照夕院也是老七的安排。谁都知道七皇子与太子各成一党，对皇位虎视眈眈。自己如今带着东宫的标签，老七非大张旗鼓地喊自己来这照夕院是存了什么心思？

想到此处，赵驰嘴角一勾，笑道："那就唱个《挂枝儿》吧。"

官妓院里的鸨儿大部分是罪臣妻女罚没，又接待朝中大员，最讲究附庸风雅。赵驰点这小曲儿就不是什么正经的曲目。盈香听了脸色都白了。

然而不过是个卖笑人，又怎么敢不听从恩客的话。她调了调琴，开始哥哥长妹妹短地唱了起来。

何安翻完了照夕院的账目，夕阳从账房窗口撒了进来，落在他指尖，他一愣，缓缓合了账本。旁边自教坊司赶来的奉銮徐礼连忙端上杯茶，恭敬地递在何安手上。

何安掀了茶碗，抬眼从徐奉銮和这院主还有鸨母的身上扫过去，笑道："这茶不错。"

几个人听了何安这话松了口气。

徐奉銮笑道："大人要是喜欢，我让照夕院明日送一些去府上。"

何安也不说要，也不说不要，吹了吹雾气，呷了一口茶水，合上碗盖，放在了旁边小几上，然后他站起来，对喜平说："得了，这天儿也不早了，回去吧。"

此时就听得有一清冷女声摆弄了琴唱道："俏冤家，想杀我今日来到。喜滋滋，连衣儿搂抱着……搂一搂，愁都散。抱一抱，闷都消。便不得共枕同床……"

何安一愣："这是？"

徐奉銮顿时脸色憋红了，瞪眼看向院主："这谁，唱这么低俗的曲儿，也不怕丢了照夕院的脸面。"

院主也很无奈，干看着徐奉銮："奉銮，咱们这院子里，还不是大人们点什么，姑娘们唱什么……这……我也没办法啊……何况楼上是七殿下和五殿下的包场。"

两人正在你瞪我，我瞪你。

就听见一直端着谱儿的何提督，顿时声音变得又紧又快，问院主："五……五殿下在呢？"

那鸨母见这位御马监的大官问起来，应该是十分重视这事儿，为了表功，连忙开口道："大人，五殿下之前都在前面几个胡同的院子里，这是第一次来照夕院。似乎是七殿下邀请，午前来的，找了好些个姑娘们去做伴。"

何安听了鸨母的话，心里有些不快，只道："殿下去哪里、做些什么，你个鸨母怎知道得这么清楚。"

"这不是怕督公您不知道吗？"

"督公什么事情不知道，想掌嘴了是吗？"喜平狐假虎威，那鸨母吓得连忙闭嘴求饶。

"我当然知道。"何安皱了眉头嘴硬道——殿下什么都好，就是素来爱寻花问柳，以前在外游学的时候，也总能传出几段风流佳话，如今回来了，京城这里繁花似锦，定是要闹腾好一阵子的，他心里清楚得很，没资格也不敢管。

可是今儿……

老七？

前几日殿下刚进了内廷面圣，皇后那里也没过去，接着直接去见了万贵妃，京城里大家都知道得清楚。如今没隔几天，老七就来照夕院飨客？

那个笑面狐狸，诓骗五殿下来了这地儿，指不定是想做什么呢。

兴许是要离间殿下和太子之间不算稳固的信任？如果真是这样，封藩之事迫在眉睫，可不太妙了……一旦落人口实，给五殿下站了老七的队，在太子那边怕是无法挽回。

一行人本来都走到了后院门口，何安顿下身形，回头道："带路。"

徐奉銮带着一干人候着，正抬手作揖："督公慢——啊？"

"带我过去。"

三

那盈香姑娘弹完了一曲《桂枝儿》再不问赵驰想听什么了，自己坐在一旁，弹些不成曲调的声音，十分敷衍。

酒过三巡，气氛正酣。

老七放下杯子，笑问："五哥，这次回京有什么打算？"

赵驰不动声色："什么打算？"

"在外这么多年，诸多兄弟都封了爵位，三哥、四哥都在藩地上自给自足，好不逍遥。"赵瑾仁笑道，"我不久前也得了个仁亲王的封号，五哥倒是落后了。如今五哥回来了，是想讨个爵位封地，还是想在京城有一番作为？"

赵瑾仁说话不绕弯子，比起东宫来不知道是直接了多少。

赵驰只当没听懂，反问他："以七弟的看法呢？"

"咱们兄弟十七人，除了几个还在襁褓里的弟弟我记不得名字，其他大部分都封了藩。前面几个除了老六夭折，其他人最差都是个王，再后来老八老九他们已经是封到郡王了。加上历代皇子封藩的大有人在，肥美之地都封了个精光，再封下去，怕是无地可封。"赵瑾仁道，"依我看，五哥还是留在京城吧，也许未来有所变化还未可知。"

赵驰瞥他一眼，笑道："七弟真不拿我当外人。"

"自然不是外人，我们乃是亲兄弟。"赵瑾仁道，"当年我母亲万贵妃就与兰贵妃走得近，如今我们亲兄弟之间更不能见外，这也是……我母亲的嘱托。"

他这语气直指赵驰与万贵妃私下的往来。

"仁亲王这建议不错。回头我奏明东宫，请太子哥哥为我定夺。"

"太子。"赵瑾仁毫不客气地嗤笑一声，"太子若能给五哥你定夺，他早就定夺了，何必等到今天，我听说皇帝已经让内阁和司礼监在议给五哥封藩的办法。太子能左右谁？"

"七弟的意思是？"

"咱们大端素来以内阁为首，六部之事，无论何种，大大小小皆要上报内阁，由内阁出票拟，报司礼监。司礼监整理了之后，原本是要给皇帝来批红，然父皇年迈，醉心修仙，懒得管理朝政，这批红之权就放在了司礼监。"赵瑾仁屏退了左右，站起来，行至老五面前，"如今朝廷局势，五哥难道看不清？虽然内阁首辅於睿诚是皇后之人、东宫太傅，可司礼监掌印王阿深得圣上信任，内行批红之权，外掌东厂大印，就算内阁本事再大，也得向王阿低头。你的事情，不过是王阿一句话、一行字而已。"

赵瑾仁一笑："他东宫有什么，郑献吗？一个刚爬到秉笔位置上的奴才？虎视眈眈东厂厂公的位置这么多年了，还不是被王阿牢牢把持着？哦，要不然就是御马监提督何安，御马监虽然手握禁军，牢牢护着大内，可他上面还有个关赞，那老家伙身体硬朗，怕是一时半会儿死不了，腾不出位置给何安了。"

都说万贵妃仗着自己的父亲乃是内阁次辅，又有司礼监掌印王阿给她撑腰，权力滔天，因此七皇子也是趾高气扬，锋芒毕露。如今看起来老七确实是相当嚣张，话里话外已是不将太子放在眼里。

事出反常必有妖……这种态度，若是放在别人身上，早在京城里死了几回了。可老七还好端端地活着，甚至拉了张大旗，隐隐有要取代太子之意。

这样嚣张又极其直白，直白到赵驰有点不敢信他。

"七弟容我再想想吧。"赵驰敷衍道，"今日不胜酒力，脑子一团混沌，怕是想不明白了。"

赵瑾仁还要再说什么，外面有龟奴来报说御马监何提督在外，听说二位殿下在此，特地过来问安。仁亲王听了微微一笑："你瞧，说曹操曹操就到。太子是多不放心五哥，这才出来喝了顿酒，就找了由头差人过来探听。我瞧着太子是外强中干的典范了。五哥可要见他？"

"今日这酒是七弟请，主客有别，还需你定夺。"赵驰笑道。

"那就让何提督进来呗。"赵瑾仁坐回榻上，又道，"让那些个刚走了的小娘子们都回来吧，喝花酒没有花儿怎么叫花酒？"

何安进去的时候，宴席再开，一边是殷殷切切的小曲儿，一边是院内娘子们围着二位殿下走行酒令。

他上前几步，躬身作揖道："见过仁亲王，见过五殿下。"

"何督公也巧？过来喝酒？"老七问道。

"奴婢在楼下办差，听闻二位殿下在此间，过来行个礼问个好，也不知道是否叨扰了。"何安垂首道。

"叨扰什么，一起来喝酒。"老七指了指右下首位，"给何督公看座。"

何安本就是来解围的，既然老七说了这话，他也就假装没听懂是个客套话，谢了恩，一撩曳撒坐下来，刚一抬眼，就看见坐在对面的五殿下正看过来。

他虽怀中搂着位娘子，可何安看得清楚，殿下身上那套贴里，正是自己前几日差喜悦送到府上的那套天青色贴里。

殿下今儿个戴了网巾，又配了折扇，剑眉星眸，清新俊逸。那扇子一扇，竟使得何安一时失神，亏得及时想起来旁边还坐着位仁亲王，连忙垂眼敛目，这才定下了心神。

仁亲王对盈香道："姑娘随意唱些什么吧。"

那盈香不知道为什么也有些走神，听了这话，好半天才应了一声，摆弄了一下怀中琴，开口唱道："迢迢牵牛星，皎皎河汉女。纤纤擢素手，札札弄机杼。终日不成章，泣涕零如雨。河汉清且浅，相去复几许！盈盈一水间，脉脉不得语。"

优美的女声撩人心魂。

何安又偷偷去打量五殿下。

"何督公在看些什么？"赵驰察觉他几次窥探，忍不住出声问。

何安顿时一惊，慌乱中连忙瞅着他那把扇子道："奴婢瞧殿下这扇子不错，扇骨似乎是桃花木的，虽然不曾展开，但是扇面也定是精致。"

赵驰一笑，唰地一声开了扇子，那扇面两面皆素，未有装饰。

"素面浪费了这么好一把扇子了。"老七插话进来，"真巧了，何督公在此，五哥你赶紧求一求墨宝吧。"

何安连忙道："仁亲王，奴婢的字怕是要污殿下的眼。"

"哦？何督公字写得好？"

"呵呵，五哥，你这就是孤陋寡闻了。"仁亲王笑道，"何督公当称当世书法大家，便是几位书法界的泰山北斗也赞誉有加。只是何督公的墨宝市上少有流出，平时难得一见。"

"仁亲王过誉。"何安道，"奴婢的字也就那样，只是枉受了大家几句点评，众人以讹传讹，便真以为我写得好了。"

何安紧张得心肝都要拧在一处了，他这字也配上殿下的扇面？一个奴才的字……太折煞殿下了。可他又有些窃喜，自己要是写了扇面，那以后是不是殿下一展开扇子，便能想到他何安。

仁亲王把何安捧得这么高，赵驰也不好再说什么，大不了以后这扇子不带出去便是，免得落人口实。他顺水推舟道："既然何督公字写得好，不知道能否为我提一个扇面？之前还正在发愁这宝贝扇子上面写些什么。我可千金求字。"

何安连忙站起来，道："奴婢怎么敢让殿下破费。殿下若不嫌弃奴婢，这扇面我定好好地写。"

"哈哈。"赵瑾仁抚掌道，"那便让人端了文房四宝伺候。"

"王爷，这可能是不行的。"何安道，"这地儿嘈杂，心静不下来，也写不出什么好字。若是殿下同意，奴婢就斗胆带了这扇子回去，过几日沐浴更衣写好了再给殿下送至府上。"

"这有何不可。"赵驰一合扇子，递了过去。

何安上前两步恭恭敬敬双手接了扇子，又让喜平妥当收下。

几个人又天南海北地胡扯了一阵子，赵驰和赵瑾仁都喝得有点多，夜也深了，便散了宴席。

楼下院外早有马车等候，仁亲王先上了车，对赵驰道："五哥别忘了我说的话。"

"自然不会。"赵驰又敷衍了两句，送走了仁亲王，自己准备骑马回府。

"殿下喝多了，照夕院有轿，让他们送您回去吧。"何安跟在身后，极恭敬地说，"您若嫌弃他们的轿子腌臜，奴婢也差人送了轿子过来，正在半途，殿下等一等便可。"

"哪里那么多忌讳。"赵驰又不好说自己装醉，骑马也无碍，"我就坐院内轿子回去便是。"

何安垂首应了声是，转身交代跟过来的院主，选了最精壮的轿夫抬了院内最好的轿子过来。等轿子的时候，何安瞅着周围没人，凑到殿下身边。

"殿下，仁亲王是万贵妃的亲子，如今声势正旺。"何安说，"常在河边走哪有不湿鞋，奴婢斗胆提醒您一句，千万离他远远儿的，莫到时候让太子知道了心底忌讳。犯不着的。"

"何督公果然是受了太子之命过来监视我？"赵驰问他。

何安一惊，连忙道："殿下，奴婢绝没有这种心思，殿下切莫被仁亲王挑拨。"

赵驰不答。

何安也不顾这在照夕院门口人来人往的，一撩马面裙，顿时就跪在了赵驰脚边，求道："奴婢有罪，说了大不敬的话。可奴婢掏心窝的都只是为了殿下着想，奴婢绝不敢耽误殿下的大计。"

"何督公快起。"赵驰一把抓住他手臂，几乎是顷刻拽了起来，"这周围都是达官贵人，真叫谁看见，御马监提督当街下跪，传出去督公的颜面还要不要了？"

何安脸色惨白，勉强笑道："一个奴才要什么脸面。殿下若因为这事儿生了奴婢的气，奴婢才真是生不如死了。"

赵驰觉得自己也就是提了一句，况且何安本就是太子一党，也不至于弄得要生要死吧？他复又安慰了何安几句话，然而何安一直脸色惨淡，情绪颓废。

再接着轿子来了，赵驰也不方便多说什么，撩了袍子坐上轿后，一琢磨今晚，总觉得何安虽然自称一直是奴婢，但是面对赵瑾仁的时候，跟单独面对自己的时候，态度似乎有些不同，感觉更细致恭敬。

他于是开口道："何督公……"

"殿下，您叫我何安就是。"何安连忙说。

果然……确实有些不一样。然而哪里不一样，这一时半会儿也是琢磨不清楚的。

"我那扇子，便请你费心了。"赵驰说。

"奴婢省得。殿下安排的差事，奴婢一定好好办。"何安郑重其事道。

「四」

盈香收了琴下楼，远远看见何安的背影，咬了咬牙拉住了之前陪着何安的鸨母，小声问："嬷嬷，那位大人是谁？我听七殿下叫他何督公，是御马监那位提督吗？是不是叫何安？"

鸨母道："就是那位，名讳也应该就是这个。"

盈香谢过了鸨母，等了一会儿，待何安送走了赵驰，正准备走的时候，她像是下定了决心，把琴放了，几步走到何安身边。

喜平连忙把她拦下："小娘子做甚？"

盈香咬了咬嘴唇道："大人，不知道可否借一步说话。"

何安瞥了她一眼，垂下眼帘，面色冷峻，嘴都不想开。

喜平道："下九流的货色也配和大人说话？快快退下！"

"大人，您还记得江家吗？求大人借一步说话！"盈香眼眶红了，眼泪在眼角涌现，就差落泪。

只一个"江"字，何安就顿了下来。

他上下打量了一卜盈香，脸上的表情更是阴沉："喜平，带她找间偏僻的屋子说话！"

何安最讨厌听到一个"江"字。

喜平知道他这是怒极了，打了一个寒战，连忙带着盈香让鸨母找了个安静的房间。何安随后就到，掀袍坐在官帽椅上。

"说！"何安冷道，"你最好是真有什么事儿和咱家说，不然今儿咱家就送你去乱坟岗，席子一裹，谁也认不出谁来。"

盈香站在那里，面容悲恸，身形已是摇摇晃晃，仿佛下一刻就要倒下，她抖着声音道："江月，你真认不出我了吗？我是江盈，是你的亲姐。"

她话音刚落，喜平踹了她腿窝，盈香下盘不稳，顿时跪倒在地。

"跟督公讲话，跪着说。"喜平道。

"喜平，一个小娘子而已，你出手太不客气了。"何安从袖子里拽出条素面帕子，擦了擦鼻尖，缓缓对盈香说，"你刚要讲什么，来，再说一遍。"

盈香跪在地上，还没怎么回过神来，怔怔地看着何安，豆大的泪水就落了下来："江月……不，督公……我是你姐姐，我是江盈。"

何安阴恻恻地笑了："咱家自从有品阶、着补服开始，说是咱家姐姐的没有三十也有十五。一年不知道要处理多少个姐姐，我倒有些记不清了。喜平还记得吗？"

"回督公，奴婢上个月刚处理了几个冒头假认亲的，拔了她们的舌头，转手就卖到最低等的窑子里做姐儿。"喜平说。

盈香听了浑身发抖，然而却依旧极为坚定："督公……我是江盈，我没有冒充别人，我是你的亲姐姐，我是如假包换的江盈。您后脖颈往下三寸有个月牙形的胎记，我还记得清清楚楚，这胎记的位置总不可能有假。我们都是户部郎中江思阮之子，若不是当年陈宝案被牵扯其中，又怎么会……"

盈香这边话没说完，何安的眉毛便拧在了一处，他不慌不忙地理了理袖子，开口道："喜平。"

喜平答应了一声，抓着盈香的脸，毫不客气，啪啪啪啪就扇了四下。

盈香那张有些风霜的脸顿时便肿了起来。她捂着脸，只觉得眼冒金星，直接被突如其来的巴掌扇蒙了，半天没回过神来。

何安轻笑一声，弯腰捏住她的下巴，把她拉近了，盯着她的眼："什么江家，什么江思阮，什么姐弟？你一个官妓也真是敢讲。"

"你……你……"她看着上面坐的那人，阴冷消瘦的面容，丝毫找不出小时候熟悉的模样。

这人真是她的弟弟？若不是她塞了无数的银子，托人入宫打听，确定当年江家之子确实已经成了御马监提督，起了名字叫何安，她真有些不敢认了。

"咱家自幼在宫中长大，从来没有名字。"何安说，"宫里的太监们拿着字典一个一个往后起名，咱家正好到了安字，便叫作小安子。后来拜了何坚做干爹，于是姓何。跟什么江家没有半点瓜葛，跟你也没有半点瓜葛。"

"可……"盈香还要再说什么，急急开口，"可你我姐弟……"

"什么姐弟。"何安松开了手，用那帕子擦了擦捏过盈香下巴的手指，淡淡道，"你弟弟早死了。"

说完这话，他站起身，转身走了出去。

外面早有轿子已经从何安府上赶来，何安坐上去，又接过喜平之前小心收着扇子的匣子。他瞥了一眼在外送行的院主和鸨母，便道："替咱家赏盈香姑娘一百两银钱，回头到我府上取钱去。她伺候得不错，咱家很是满意。"

何安的轿子刚过北安门，只见前面有一队人马缓缓而来。

前后左右八个番子引路，着东厂白襟玄衣戴尖帽，其中一人做档头打扮，中间两个宫人随侍护着顶青色轿子。

"师父，是司礼监掌印王阿的轿。"喜平说。

何安停了轿子下来站立恭候，青色轿子停在他面前。

"何提督。"轿中人声音平平，尚算柔和悦耳，不似个太监。

何安行礼道："御马监何安，见过老祖宗，老祖宗这是刚从大内回来？"

"嗯，陛下召我去乾清宫，差事没办好，听了训，天黑了这才出来，准备去东缉事厂。"王阿说话很是温和，任谁也联想不到说话之人就是一手遮天的司礼监掌印、东厂厂公，"你这是做甚？"

"回老祖宗的话，刚从照夕院查账回来。"何安道。

"自从领了这御马监的差事，就鲜少见你在大内行走。"王阿说，"倒是听到你御马监在外面不少闲事，惹人议论。这人呐，最重要就是不能忘本。有空还是得定时定点地到内廷来走动走动。万一跟主子们生分了，别说你御马监提督，就算是我这个司礼监掌印，当与不当还不是主子一句话的事儿。"

"老祖宗教训得是。"何安垂首道，"是我疏忽了，一定谨记您的话，不敢怠慢。"

"五殿下和仁亲王在照夕院里喝酒，听说是你作陪的？"王阿又道。

何安抬眼看他。王阿微笑如故，仿佛片刻前发生的事情，他知道也不过是稀疏平常之事。

"是，正好办差遇上。"

"早听说五殿下在外就不太讲究，惹了不少风流债，一回京城就带着七殿下去了勾栏胡同。又说五殿下回来后就包了青城班里的华老板，陛下闲聊问我，我一问三不知。本来也不是什么事，陛下倒生气了，说我这东缉事厂都是吃干饭的，硬是训了我三刻钟。"

"这是我考虑不周。"何安连忙道，"下次定会劝阻。"

王阿笑了一声，掀开帘子。他长相阴柔俊美，有些雌雄莫辨，年龄不过三十出头，便已经是这天底下最大的太监，是人人谈之色变的东厂厂公。

"你挑了这么个时间，在此时遇见我，定非巧合。说吧，等我作甚？"王阿问道。

何安本也没打算隐瞒，作揖道："何安有所求。"

"有所求？"王阿语气冰冷，反问，"什么所求……是求我对五殿下封藩一事手下留情？"

"求老祖宗看在昔日情分上，帮何安这个忙。"

王阿呵呵一笑："你真是糊涂。这事儿我管得了？你仔细想想，自五殿下回来后，皇后娘娘召见过他吗？这事儿……关键还是在皇后那里。"

王阿一语惊醒梦中人，何安连忙道："多谢老祖宗。"

待王阿轿子走远，何安这才松了口气，对喜平道："走吧，我们也回府。"

早有喜乐在院内等着，轿子入了侧门连忙上前掀了帘子，等何安下来，便跟着何安往府内走。

"师父，小炉里热了碗小米粥，我让喜悦看着火呢，您若是饿了，吃两口。"喜乐道。

"不吃了。"何安道，"乏了。"

说完这话，何安一掀帘子进了寝室。喜乐回头看看喜平，喜平面无表情地看着喜乐。

"这怎么了又？出门时还好好的，回来就不高兴了。谁惹督公生气啦？"

"本来督公心情是不错的，在照夕院子里还瞧见了五殿下。"喜平说，"结果临走时有个叫盈香的姑娘硬说是督公的姐姐，还要认亲，督公听了生气。回来路上还遇见了司礼监王……"

"盈香？"喜乐一惊，"你怎么她了？"

"她乱说话，我自然是教训了她。"喜平一脸淡然，"在督公面前也不知道收敛。"

喜乐一阵眩晕，拽着喜平的袖子扯到拐角："你是不是疯了！"

"怎么了？有何不妥吗？"

"你知不知道江思阮江大人是督公的父亲！"喜乐道，"江大人膝下一对子女，当年陈宝案期间，江家人都死绝了，就剩下这对姐弟。姐姐入乐籍做官妓，弟弟罚没入宫充为黄门。"

"这又不是什么秘密，我怎么不知道。"

"那你跟了督公这么多年就没想过，以督公神通广大能不知道他姐姐是谁？在哪里做营生？你就没想过盈香姑娘偏偏这么巧怎么就在照夕院里，这可是归咱们御马监管辖的皇店啊。你这木鱼脑袋就没想过，是督公特地从其他勾栏院里给安排到照夕院里的？"

喜平一愣："那我岂不是伤了督公的姐姐？"

"出去了可不能这么说。"喜乐小声道，他指了指天，"这上头还是那个'天'，陈宝案一日不能翻案，这姐弟就一日不可相认，不然就是杀身之祸。咱们依附师父这棵大树，一荣俱荣一损俱损，且得当心了。"

第四章 忠心

二

清晨，五皇子府上。

白邱已早早到了书房，手里端着副骨牌把玩，没过多久门外便有声响，赵驰推门而入，见白邱已到了，便唤了句："小师叔起得早。"

白邱"嗯"了一声，起身问道："殿下面圣至今有几日了？"

"今日应该是第四日。"

"殿下要一世平安，自然还是封藩出去的好。"白邱又劝他。

赵驰安静了一下："小师叔你应该清楚，八年前我母亲兰贵妃甚得圣宠，我外公兰靳又是大端朝龙威将军。怕是风头太甚，遭人嫉恨，无端那陈宝案又被掀了起来，说是一失踪多年的罪人未死，东厂抓入昭狱，所得罪状直指兰家。兰家倾覆，我母亲也被送入冷宫。后来……想不开，一丈白绫自尽了。"

"这些属下知道。"白邱道。

"故而我要一世平安做什么？"赵驰说，"养育之恩不可忘，我苟且偷生不能替母亲与兰家翻案报仇，与禽兽何异？更何况，如今那些阴险狡诈之徒把持朝政，蠹国害民，我身为大端皇族，又怎么能坐视不管？"

白邱叹了口气拿起一张骨牌，写着"太子"："殿下看起来是太子一党，但是东宫怕不会支持您留在京城。兰家虽然倾覆，然而廖玉成乃是兰家军旧部，您的堂舅亦在他庇护下。如今廖玉成官至开平都司都指挥使一职，手握重兵，这是太子的心头之患。您回京后封藩入封地，从此远离权力纷争，皇后和太子才可放心。"

"此时，内阁那边诸位辅臣应该或多或少有了结论。"白邱又把写着"内阁"二字的骨牌放在桌上，"以内阁首辅、大学士、太子太傅於睿诚为首的内阁辅臣，还有杭浩歌、谭翁，本就是坚定的太子党人士，只要皇后或者太子一句话，便能出票拟，递交司礼监，司礼监批红，此事尘埃落定。"

"嗯，我也这么想。"赵驰道，"多半今日，至多明日，内阁的票拟就能到司礼监了。"

"司礼监掌印王阿乃是万贵妃宫中旧人，您与万贵妃本就有些微妙的关系，再加上昨日七殿下宴席上的有意拉拢……"白邱道，"然而就算是王阿，这么多双眼睛盯着，也只能公事公办。所以关键还是在太子……其实也就是皇后的意思。"

骨牌陆陆续续放在桌面上，左侧乃是太子一党人士，右侧乃是七皇子党朝臣。

两派拉锯，此起彼伏。

只待皇帝宾天，便斗个你死我活，届时血洗殿前石阶，皇城有了它新的主人后，同样的戏码又会再度上演。

"对殿下最有利的局面，就是两党制衡。只要皇后不示意，东宫没明确表态，首辅就不会贸然送票拟去司礼监。票拟都没送到，何来司礼监批红，封藩一事自然就无从说起。殿下才可以长长久久地留在京城，做您想做之事。"

"督公，听说五殿下出门去了。"

何安本收拾了要入宫，听到这话问："出门也要来报？"

"是。五殿下今儿个去了……去看戏，城东头瞻花苑，今天是青城班华老板登台。"喜乐胆战心惊地说完这句话，轿子里安静了一会儿。

何安声音可算得上有点咬牙切齿了："又是华雨泽，这阴魂不散的家伙！他不就长了张狐狸一样的脸吗？到底哪里好，迷得殿下隔三岔五就去看他！"

"督公……"

"不是在瞻花苑吗？我也去！我现在就去。"何安气闷，"都给我愣着干什么？！耳朵聋了吗？去瞻花苑！"

祖宗一生气，所有人都不敢吱声了，喜乐连忙让轿夫们转道去往瞻花苑。

到了瞻花苑，戏唱到一半，早没位置了，这华老板的戏异常火爆。

喜乐找了苑主，又使了银子，硬是叫二楼雅间给空了一间出来，何安往里一坐，抬眼一看，巧了，对面就是赵驰。赵驰此时应也是看到了他，正冲他打招呼。何安手里还捏着喜乐的耳朵，跟受惊一样，连忙松开了。

"完了完了，你怎么不早说！"何安气得偷偷踹了喜乐一脚，"叫五殿下看见我这么不稳重的模样！"

"……我怎么早说？"喜乐无奈地揉自己耳朵，"您还不快过去。"

"什么？"

"五殿下这不是招呼您过去的意思吗？"

"是吗……"他怎么感觉殿下就是客气地抱拳而已？

"是啊，是啊！"喜乐为了自己图个清静，良心也不要了，张口就胡诌。

何安这才罢了手，有些不安地整了整衣襟，走到门口还不忘对喜乐威胁道："等我见过了殿下回来再收拾你！"

杂役领了何安绕行一圈，在赵驰所在雅间外站定。等杂役走了，何安这才有些紧张，抬手敲了敲房门。

"请进。"

何安轻轻推门而入，余光瞥到坐在一旁的身影，连忙低下头，手在身后一动，便把门闩从里面锁了。

"殿下，您叫奴婢过来？"

赵驰一笑："倒没什么事，我在京城熟人不多，见到督公心里高兴。"

赵驰给何安倒了碗茶，也不说破："督公来坐，一起听戏。华老板的嗓子啊，响遏行云，值得细细琢磨。"

他倒完了茶，手里的茶壶刚要放下，何安就已经小步到了他身边，接过了茶壶，本来垂首的何督公如今抬眼，看了赵驰一眼。

何督公道："奴婢站着伺候殿下就好，殿下看着奴婢高兴……奴婢就站近些。"细声细语之中带着些真情实意的欣喜。

赵驰回头看他。那天东安门下的何安，那双亮晶晶的眼睛跟现在重叠在了一起。

说不上来是个什么眼神，却让赵驰心头微微一动。

"何督公坐吧。"赵驰道，"这戏且得一会儿，您往二楼这么一站，明天京城里怕是要传开了。"

"是。"何安也不好再推辞，侧身坐在赵驰下首，心不在焉地听了会儿戏，想到封藩的事，已经有点坐不住了，凑过去小声说，"殿下，封藩的事……"

他话刚起了个头，赵驰本来慵懒的眼扫过来，锐利得犹如刀子一般，看得何安瞬间清醒，顿时闭了嘴。

赵驰又听了一刻钟，把窗子关了，这才起身坐到靠里的榻上。

何安连忙跟着走到面前，躬身站着。

赵驰问他："何督公怎么忽然不讲了？"

"奴婢多嘴了。"何安说，"殿下莫怪，殿下……封藩的事儿，奴婢还是想劝劝您……"

赵驰素来不是什么不识风情的傻子，束手束脚放不开，这会儿重新去打量何安，倒看出几分不一样来。

安静，恭顺，体贴入微。身形修长不佝偻，腰带束着显得他腰细致得很。

最好看的就是他那双眼睛。平时里见他对其他人惯是冷漠，一到自己面前，眼睛就水汪汪的，跟只兔子似的，乖觉得很。也不知道自己是哪里长得吓人了，跟自己说句话也是鼓起勇气义无反顾的样子。

"何督公可有家眷？"赵驰莫名其妙地问他。

何安一愣，但是下意识地已经顺着殿下的话作答："奴婢一个太监，没有家眷。"

"宫中不是兴对食吗？"

"奴婢没有对食。"

"何公公倒是洁身自好。"赵驰道。

"奴婢不敢。"

"何公公，可有人说过你模样清秀？"

说到这里，何安脸上顿时有些烫了，结结巴巴地开口问："殿……殿下问奴婢这个是什么意思？"

"想着说何督公要是府上没人，给你送两个美姬过去。"赵驰逗他。

果然何安脸色白了白，连声说不用了。

有趣。

可惜了，这么有趣的人是御马监提督。

赵驰心底暗叹了一声。楼下的戏也快唱完了，赵驰起身道："我还有些别的事，就不陪督公听戏了。改日再见。"

"可……殿下……"何安愣了愣，"那封藩——"

赵驰张口随便找了个理由打断何安的话："督公，我那折扇就拜托你了。待空了我去你府上拿。"

果然何安就上了套，连忙躬身说："奴婢怎么敢让您来拿，赶今儿个我就给您送过去。"

"那我先告辞了。"赵驰说完拱手而去，留下何安在原地。

这一琢磨，整一个下午，赵驰愣是没让他说出封藩的事儿。

原来殿下……还是不信他？

三

喜悦这才从厨房里蹭了盘点心，拿着酥油泡螺狠狠沾了一圈儿蔗糖霜，刚心满意足地塞到嘴里，腮帮子还鼓着，就听见门房喊了一句："督公回来了。"

喜悦在身上擦了油腻腻的手，一溜烟跑到前面院子，何安已经出了轿子，瞅着他满口泡螺的模样，没好气地说："就知道吃！"

喜悦憋着嘴唇子使劲咬泡螺，都没敢吱声。幸得何安心思根本不在这儿，骂完了连忙就往书院那边奔。等何安关了门进去，喜乐掖手在门口站了会儿，喜悦才吃完了泡螺晃晃悠悠地进来。

"喜乐哥，吃不吃泡螺，后厨张大爷做的，好吃得很呢。"喜悦从袖子里掏出个酥油泡螺，献宝一样小声道。

那泡螺本身就是用酥油做的，张厨子一直疼爱喜悦，这次也是恨不得下了半只猪的油进去，油腻腻地把喜悦袖子都弄湿了。

喜乐看那样子，实在是有点敬谢不敏："你自己吃吧，我不饿。"

"那我自己吃了。"喜悦一口塞进了嘴里。

喜乐看了他一会儿，书房门嘎吱开了，何安拿着五殿下的折扇从里面出来。

"师父。"

"去把我刚升提督那会儿皇上赐的飞鱼服拿过来。"何安道，"暗红色那套曳撒，给我换上，然后叫喜平过来。"

喜平来时，何安坐在镜前正在梳头发。

他本就面容清秀，还带了几分女气，平日里他阴戾得很，没几个人看得出来。这会儿只着里衣散发，倒显得他柔弱了。

"督公。"喜平抱拳站在客厅里。

"你一会儿去五殿下府上送拜帖，说咱们今儿晚上去拜访。然后让后面人给准备顶不起眼的二人轿，咱们过了戌时就出发。"何安嘱咐道。

他正要告辞时，喜乐给何安披散的长发挽了个发髻，何安里衣松垮，露出光洁的脖颈。

喜平身形一顿，照夕院里盈香所说的一句话又浮现在脑海里。

——您后脖颈往下三寸有个月牙形的胎记，我还记得清清楚楚，这胎记的位置总不可能有假。

可是何安的脖颈下方三寸，根本没什么月牙形的胎记。若盈香记得没错，江月脖子后面是有胎记的，而何安并没有。

那究竟是盈香记错了，还是何安根本就不是江月？若真是如此，江月人呢？在何处？若督公冒充江月，这可是比姐弟相认更大的罪过。

欺君之罪。

喜平只觉得眼皮子一跳，然而却并没有再说什么。

"奴婢知道了。这就去办。"喜平声音平稳道。

"去吧。"

喜平安静地退了出去。

"师父放心喜平？"喜乐问，"平时您梳头都只有我在。"

何安瞥他一眼："忒多话。"

喜乐讨饶地笑了笑，已是心照不宣。

待太阳西边一落，何安拿了装扇子的匣子便上了轿。藏青色轿子由喜乐和府里另一可靠不多话的轿夫一路抬着，嘎吱嘎吱就出了府，不走大路，专挑胡同小道。

何安有点紧张，抓着匣子的手心微微出汗。他知道自己这要去纳投名状，殿下也不一定信的。天下忠心的奴才千千万，也不缺他这一个。

师出无名，总得有个理由吧。

就因为当初殿下多看了他一眼，送了他去内书房？这是殿下垂青，自己感激就好了，难道还要拿这个邀宠不成？

何安就这么胡思乱想，直到轿子停进了五皇子府邸，也没想出个眉目。

"何安今天找你，果然是为了封藩的事？"

"正是。"赵驰说，"今天听戏的时候，他提了几次，都被我岔开了话题。"

白邱听了赵驰的话，眉头紧皱："他权力不算小，御马监提督。然而比起其他几个大太监，还是年轻了几分，倒让许多人没把视线放到他这边。"

赵驰想到在瞻花苑的会面，有些心不在焉起来。

"不过这些早年入宫的人，在那么个底层大染缸里摸爬滚打，什么非人的折磨都受过，不往上爬就是死路一条。更何况，他们没有情感寄托，对金钱权力的执念更是深了不止一些。何安虽然是后起之秀，如今看来，野心也是不小的……"

自己走时，何安那欲言又止的眼神，浮现在赵驰脑海中。

"殿下？"白邱唤他。

"嗯？"赵驰回神，看到白邱那探究的眼神，连忙说，"小师叔说得对。"

"……殿下听到我说什么了吗？"白邱问。

赵驰正襟危坐："还请小师叔赐教。"

所以说还是没听就是了。

白邱无奈地重复了一次："大端朝外设内阁六部，内设十二监四局八司，本就是一一对应。司礼监掌批红，御马监管亲军，权力滔天，早就远超外庭。殿下若想成事，必然要跟一位大珰往来，只是要选哪一位而已。然而无论选哪位，何安都绝对不是上上之选。"

"哦？小师叔为什么这么认为？"

"何安上有关赞，司礼监还有郑献、陈才发、王阿，哪一个都不是好对付的人，都是经历血雨腥风才爬到这个位置的。何安不过二十八岁，算是提督以上年龄最小的一位，资历又浅，目前也都被认为是郑献的师弟……尚未有自己的势力派系。"白邱道，"咱们时间有限，何安不是个好选择。"

"我倒不这么认为。"赵驰强辩道，"这位御马监提督年纪轻轻就能身居高位，未来的发展不可限量。诸位大珰都已有派系，现在再去拉拢怕是费力不讨好。倒是何安这种，水深水浅，一试便知。"

白邱跟赵驰认识多年了，瞧他脸上的表情，就知道他想什么。

"殿下又开始胡诌了。"白邱说，"前几日自己还说要离何安远点，这才见了几次，不知道是哪儿合你心意了？"

"嗯？"赵驰被人戳破心思也不尴尬，"嗨，朋友多了好办事嘛，这不也是小师叔您教我的吗？"

两人正说着，有下人来报，说何提督府上有人送了礼过来。

白邱看了赵驰一眼，出门接过那狭长的匣子，复又回到书房递给赵驰，赵驰打开一看，乃是自己前一夜交出去的折扇。

"咦？"白邱困惑，"这不是我的扇子吗？怎么被殿下拿走我还不知？"

赵驰诚心实意地说："去勾栏胡同，脂粉气太重，怎么能用我自己的宝扇，也只能拿参书你的扇子充充场面了。"

白邱无语："我这扇子可不简单，您拿我扇子干什么去了，怎么被何安差人送了回来……"

接着就看扇面边缘有些墨迹看不清，白邱大惊，一把抢过扇子，怒道："殿下！我这扇子可是乌木玉骨，求了苏扇大家夏玉书，花了五六年的时间才制成！这是夏玉书封山之作，千金难求啊！这么多年我都没舍得在上面书字，一直都是把裸扇。您这倒好，出去逛个窑子，回来扇子就毁了！"

"参书别急。听说何安是当世书法大家，我才特意求了墨宝的，肯定配得上你的扇子。"赵驰心虚地劝慰，一边拿了碗茶要喝。

白邱瞪他，气得发抖，唰地撑开那扇面，半晌没话。

赵驰奇道："怎的？何安的字有那么好？"

只听白邱声音低沉，隐约似咬牙切齿道："字是不错，今世罕有，就是这内容……"

他一转扇面给赵驰。赵驰抬眼就看清了上面写的诗。含在嘴里的茶"噗"的一口就喷了出来。

那字笔酣墨饱，游龙惊云，世间少有，行云流水，确实是一手好字。就是那诗吧……哎……嗨……也实在是太粗鄙了——

殿下是天奴是地；

我把殿下放心里。

让奴往东不往西；

殿下带笑我欢欣。

落款何安。

三

"我请告老还乡。"白邱一脸生无可恋。

赵驰噎了一下："不至于不至于。至少何督公这字好嘛。"

"我……"

赵驰岔开话题回头问送扇子过来的侍从："送扇之人在哪里？"

"引人入了清幽茶室。"侍从道。

"内容虽然粗鄙，但是这意思倒也透彻直白。扇子肯定不是旁的什么人送来的。"

赵驰说，"你消消气，我过去会会他。"

"殿下。"白邱道，"不如还是如上次一般，我进去会他，您在旁边隐室旁听，且看看这何安来去折腾一圈到底是作甚。"

赵驰想了想："也有理，那便如此吧。"

说完这话合扇交给白邱，然后逃也似的去了。

白邱依然心痛手中的扇子，三两步便到了茶室，他稳了稳心神，这才推门而入。

何安正在茶室里候着，见他来，皱起了眉头："怎的是你？"

白邱不动声色地拱手道："竟然是督公亲自送扇？"

"咱家要见殿下。"

"殿下不得闲。"白邱回答道，他回答得干脆利落，隐隐有一种说不出来的拒绝，直让何安皱了眉头。

"咱家今日不见到殿下不会走的，白先生应能看出咱家的诚意。"

……诚意？诚意就是在我的扇子上面乱涂乱画吗？

后面的窗框响了一声，白邱这才回过神来，赵驰已是到了隐室之内。

"来人，上茶。"白邱静气凝神在左侧坐下。

"白邱白先生。"何安忍了忍，拱手道，"咱家今儿是真有事想拜见殿下，还请行个方便。"

说完这话，何公公自袖内拿出一封信递给白邱。

白邱接过来，轻飘飘，恍若无物。打开一看，里面是一张三百两的银票，顿时大怒——他一个白面书生，又跟随天算子师兄学习多年，觉得自己才华盖世、算无遗策。这会儿倒被一个宦官递上个银票，瞬间拉入了凡尘俗世，莫名其妙被羞辱了一番。

他将那信忙不迭扔在桌上，愤愤道："何督公这是何意？"

何安只俯首作揖："请白先生通报一声。"

门外有侍童端了茶进来，茶刚一放下，白邱铁青着脸就端起了茶碗赶客："殿下是真的不得空。"

何安脸色也沉了下来。这人跟随赵驰有六七年光景，可以说是五殿下身侧最信任之人。瞧他的态度分明是拒之千里，瞧不起自己。说白了，这些读书人，是看不起一个阉人的。

可在朝中办事，管你有什么经天纬地之才，真能比一个阉人还有用？不过又是个眼底浅薄，来争宠的，说来说去跟自己有什么不同嘛。

"茶，咱家看白先生这意思就不必喝了。"何安抬眼瞥了白邱一眼，"倒是殿下，今天咱家必须得见。白先生若不肯通报，咱家便出去在门口等候，殿下什么时候空了，什么时候见。"

话到这里，已经说僵了，两个人怒目相对，大有要吵起来的架势。赵驰心里暗叹一声，推开隐室之门，走进茶室。

白邱皱着眉头，连忙起身行礼："殿下——"

一旁的何安已经连忙上前两步，躬身跪在了赵驰身前："殿下，奴婢惊扰您了。"

赵驰神情复杂地看着低头垂首的何安。他今日着了件暗红色的曳撒，戴乌纱帽，如今款款下拜，跪在自己脚边。马面裙上，猩红的颜色仿佛是一摊铺散开来的鲜血，似乎预示着在这京城之中，即将掀起的血雨腥风。

赵驰这次没着急让他起身。

他手里那把扇子上面的字句，荒唐中透露出一种真诚。赵驰抬脚进了屋子，从何安身边经过，他还是那么恭恭敬敬地把头埋在双臂间跪着，随着赵驰的走动，调整了面向。

赵驰道："督公起来说话。"

"奴婢跪着回话就行。"何安连忙说，也不羞讪，只迎奉道，"主子问询，做奴才的哪儿有站着的道理。"

"怎么是督公亲自送扇子来呢？"赵驰问，"我以为是府上哪位公公，故而让白先生过来给了银子打发了。"

何安规规矩矩地回答："奴婢这写了点东西只能说与殿下听，自然也只能奴婢自己来送。"

"倒让督公久等。"

"不曾久等。"何安回道，"烦劳殿下挂心。"

"督公这墨宝……"赵驰从桌上拿起那柄被何安写坏了的扇子，张开来挥了挥，"字是好字，就是这意境可真是……"

何安笑了笑，道："奴婢一个宫人，没什么大学问，写不出什么好词儿来。字好看徒有其表，少了精神气儿。可这上面说的每一个字、每一句话都是奴婢情真意切发自肺腑。"

说到这里，他仰头去看赵驰。那一双眼睛里带了些许讨好，却又把这巴结讨好展露得坦坦荡荡。

赵驰那心就忍不住又活泛了起来。

"您回了京,奴婢当年是受过兰贵妃照顾的,有恩情在,奴婢想报答兰贵妃对奴婢的恩情。"

赵驰虽然常年混迹青楼酒肆,然而心里是真的厌烦那些逢场作戏、迎奉讨好,可这一大段巴结讨好的庸俗话,让何安说着倒不让人腻歪反感。什么兰贵妃的恩情,他是不信的,可这些车轱辘话让何安说着似乎还真透露出几分情谊来。

大约是因了何安说话比寻常人要快那么一点,声音清冽,就跟岩壁上滴落的冷泉的噼啪声一样。

白邱在一边咳嗽了一声,他才回过神来。

"过往旧事无须再提。"赵驰道,"督公不用太挂怀,我母亲心慈,对下人们一向是这样的。"

"奴婢也不敢再让殿下垂询,只能自个儿都说了。"何安又道,"奴婢年岁比不得王阿、郑献之流,再怎么努力也只能被认为是郑献从党、太子附属,再折腾也折腾不出什么浪花儿来,总想着抱个大树才踏实。"

"督公莫不是找错人了。"赵驰虚伪地推脱了一下,"我可不比太子,更比不上仁亲王。"

"您一回京城,先是太子召见,后又有七殿下拉拢,奴婢看得明白的。"他顿了顿,说出了自己思前想后最合理的一个理由,"奴婢……奴婢就想跟着您谋个前程。"

"我一个闲散惯了的人,怕是给不了督公好前程。"

何安抬头,深深看了赵驰一眼,又飞快地叩首下去。

"说句大不敬的话,奴婢的前程好不好……您说了不算。"他小声又飞快地说,声音还有点发抖,"这得奴婢自个儿心里清楚。"

颤巍巍的样子把赵驰逗笑了。

赵驰再绷不住那架子,起身把何安扶了起来。

"督公年少有为,位高权重,我有心深交还找不到门路。您这突然就登门而来,我能不高兴吗。"赵驰说。

何安这会儿心底才放平稳了一些,听着赵驰这场面话,信以为真。

"真的?"他先是惊喜,又有点懊恼了,"若知道您是这个意思,奴婢应该早点跟您说清楚的,是奴婢之过。"

"这也不晚。"赵驰拉着他的手,挨着坐在了榻上。

何督公手心干燥,手指修长光滑,平时应是保养得极好的一双手,像是一块儿上好的绢子一般。

赵驰给他倒了杯茶："督公请用。"

何安连忙躬身双手接过，又恭恭敬敬地放在自己身边的小几上。也不敢坐实了，只敢贴了点边，虚坐着。

两人一时竟然无言。

又过了一会儿，何安觉得自己腿酸屁股痛的，正要起身。

"督公平时用什么香？"赵驰又问他。

"奴婢用点玉兰香。"何安连忙正襟危坐回话，有点心虚，勉强笑道，"宫里当差的各位公公们都爱擦点香粉香脂，免得身上有味冲撞了贵人们。殿下若不喜欢，奴婢以后就不擦了。"

"怎么会。"赵驰又把茶杯往他那边推了推，淡淡道，"清新淡雅，好闻。"

赵驰声音淡淡的，表情也随性，自有皇亲贵胄的雍容气质散发出来，跟何安梦里见过的仙人一模一样。

何安放下茶杯，站起来说："殿下，封藩的事儿……"

说到正事，赵驰回头对白邱道："白参书，何督公正说到封藩一事，我们一起听听。"

白邱拱手在一旁坐下。

何安站在赵驰下首道："殿下最近忧心之事，想必是以封藩为首。不知道殿下是什么打算？"

赵驰与白邱对视一眼。

"以督公之见呢？"

何安沉默了一下，拱手道："瞅着您最近的举动做派，奴婢斗胆猜测殿下近期是不想离京的……再深的奴婢也不敢妄自揣测。"

"正有此意。"赵驰说，"好不容易回了京城，舒坦几日，又要被赶去某个边疆弹丸之地，我不喜欢。"

"殿下若想留京，办法也是有的，一是拖，二是替。"何安琢磨着措辞搭话，拿出的精神比回皇上话的时候还要多了十分，"拖只是一时的，还是替好一些。殿下要是在陛下或者皇后那里谋个不大不小的差事去办，这一时半会儿的，封藩也封不到您头上了。"

这与赵驰他们之前的思路不谋而合。

"督公可是已有办法？"赵驰问。

何安又跪了下去，深深叩首道："殿下若信得过奴婢，便由奴婢去办。奴婢定竭尽全力，肝脑涂地。"

四

待何安坐了轿子在深夜中离去，白邱忍不住皱眉："殿下真要用他？"

"刚想睡觉就有人送了枕头过来，不是好事吗？"赵驰道，"如今，太子一党与七皇子一党在朝中横行，屯田并地，收受贿赂，百姓苦不堪言。这次回来，不只是报仇，更要肃清朝野。如今已到了千钧一发之时，此时就算不用何安，也得用其他人，且让他试一试，并没什么坏处。"

"这群踩着千万宫人爬上来的大太监，心思极多。我怕凭着这么一首打油诗，殿下就真的信了他。"白邱道，"可真猜不透他的心事。"

"他不是说了吗？他谋他的前程，我行我的主义。"赵驰展了一下袖子，打了个呵欠，"罢了，莫操心了，走一步看一步吧。实在不成再给王阿送礼嘛，你不是都备好了吗？"

他一负手，也不顾白邱的眼神，慢慢踱着步子，就往自己的院子走。这府邸荒废了多年，修缮得不妥，几处院子都还长满荒草，青石墙上蜘蛛网长得肆意，周围也不见个侍从。

赵驰也不怕。

他抬头去看月亮，今夜是十五，月亮分外的皎洁。

月辉洒下，清冷的光芒中，连人影都一清二楚。

这会儿没了他那些红粉知己，也少了做伴之人，形单影只，孤零零的，分外可怜。这一刻，他有点想把何安叫回来再喝上几杯了。

如果何安喝醉了，是什么模样……

也不知道何公公喝不喝酒？他有一搭没一搭地想着。或者还有没有机会请他喝酒呢？

赵驰鲜少有这样的时刻，平日里诗酒作乐，流连于风月场所——一个被美酒佳人耽误了的皇子，才算得上没有什么威胁，故而这样的安静来得极少，他有些喜欢这荒废院子里的清静。

然而他也最怕这样的时刻。

不管是从什么地方醒来，月光下那影子，永远只有他一人而已。

又过两日，乃是小暑到了。

皇后去了仁德殿祭祀，回来只觉得头晕乏力，刚半躺在榻上闭了眼，便有宫人来报，说五殿下过来探望。

皇后垂了目，半响没说话。

她身边的大宫女冷梅劝道："五殿下回京已有小月日子了，毕竟您是他的嫡母，皇后娘娘再不见，怕是也不太好。"

"他前些日子面圣，也没过来拜会，倒直接去了万贵妃那里，你让我怎么见他？"皇后说。

冷梅笑了笑："万贵妃这些年来的脾性您不知道吗？肯定是半路截了道，把五殿下叫了过去，五殿下不敢不去，去了万贵妃那里，再来咱们坤宁宫，更是失礼了。万贵妃这么做，就为让您不高兴，也为了让您母子生间隙。今儿五殿下借着小暑的名目过来探望娘娘，也算得上合情合理。婢子也是妄言，娘娘斟酌。"

"你这么说，倒是有几分道理。"皇后沉思片刻道，"让他进来吧。"

赵驰今日穿水色常服，绣了衮龙纹，戴云纹莲花金冠，束网巾，身形挺拔，一入坤宁宫便有些许宫女飘了视线偷偷瞟他。冷梅引了赵驰进入正殿，又等了一刻钟，皇后才从阁里出来，坐在主座之上。赵驰规矩行礼后起身，二人顺着这话题聊了些风土人情，又聊了些家常。

说了有一刻钟，赵驰开口道："这次回京，全靠太子哥哥从中斡旋，儿子心里感激得很。就是多年不曾关心过朝内大事，也不知道能为太子殿下分什么忧。"

"既然想着给你兄弟分忧，怎么一回来就混迹花街酒巷？听闻你还养了个戏子。"皇后道，"皇帝可是最讨厌人做这些事。"

"母后这就冤枉我了。"赵驰笑了笑，"我去照夕院，那是仁亲王喊的，去时还曾问过太子是否同去。太子殿下洁身自好，我又不得不去，这才前往赴约。"

皇后听到这里，才算是消了几分对赵驰的疑虑。

"儿子听说母后一进夏就不适，带了副消暑汤的膳食方子过来，看能不能帮母亲解了这宿疾。"

皇后示意宫女收了赵驰的方子，自己打开来一看："昆仑丘土、扶桑国花、望丘山石、赤水鱼……这世间哪里有这些地方？这消暑汤怕是配不起。"

"母亲是这大端朝的国母，母仪天下，是最尊贵之人，自然应用这样的方子。"

赵驰答非所问，"材料虽然难配，但是儿子都收集齐了，母后不妨让尚膳监拿去做了试一试。这消暑汤常常服用，亦有延年益寿之功效。"

"这方子不一般，从何处来？"皇后问。

"是之前游学时拜在天算子门下所得。"

"哦？"皇后稍微有了些兴致，"天算子我也略有耳闻。听说是大隐于世的修士，通天窥地、占往察来、言无不验、鬼神不测？"

"这都是世人以讹传讹。"赵驰道，"老师确实智慧非凡，对当世诸道多有独到见解，言无不验、鬼神不测却是大大夸张了。这消暑汤的方子也是倾星阁试用过的，的确有些功效。"

这些年，端文帝一心修道，举国上下也对寻仙问道得长生的事分外上心。皇后为了讨皇帝欢心，走访名家无数，得了宝贝都要献给皇帝，这才让皇上能忍了东宫之前的许多荒唐事。赵驰说是给皇后治宿疾，拿出的东西却是修道长生可用的，分明就是投皇帝所好。

皇后已经信了赵驰的胡诌，收了方子和药材，道："不管如何，拜这等不出世的大家为师，也是好机缘。"

"母后说得是。"赵驰道。

"你这刚回京，多去东宫处走动，也多联络联络你的兄弟们。"皇后说，"若真有什么难处，也可来找本宫。"

赵驰等的就是她这句话，起身躬身抱拳道："回京了闲得很，想走正路，怎奈欲济无舟楫，求母后给指派个不大不小的杂事做做。"

皇后话说到这里了，也不能说不行。但是思前想后，也没找到分量合适、不轻不重又无利害关系的事情派给这老五。正发愁，外面有人来报，说御马监何安入宫送账本，过来给皇后娘娘请安。

"让他进来吧。"皇后微微松了口气。

过了一会儿，何安就轻声小步进来了，刚迈进门槛就拱手作揖，复又跪下行礼："见过皇后娘娘。"

"起来说话吧。"皇后道。

何安应了声，起身走两步到了赵驰的视线内。

"今儿也是赶巧了，五殿下也在。"他拱手作揖，带着温婉的笑。

"何督公好。"赵驰客气了一下。

他发现何安仿佛有好几张面容，如今这会儿，他恭谨得体，稳重安静，似乎真的是皇后身边忠心的奴才。而只有在自己面前的时候紧张慌乱，又谦卑得不行。

"小安子来得正好。"皇后把刚才赵驰求差事的事情给何安说了一通，"你给出出主意。"

何安笑了笑，回话道："这个事儿吧，奴婢觉得不难，娘娘要同意，奴婢就斗胆提一个。就看五殿下是否真的有心吃得了这个苦。"

"小安子说来听听吧。"皇后说，"是什么苦差事。"

"二十年前工部给事中徐之明上书《水利议》，说从江浙一带运粮食过来，要数石米的费用，才能运来一石米，不划算；京畿种稻，若能开凿河运，广修水利，则京畿粮食翻倍，不需要再运粮食过来了。本来是个好事儿，然而那会儿京畿种稻之人寥寥，广修水利必然劳民伤财，故朝廷是没有同意的，这事儿也就算了。现在徐之明成了工部尚书还对此事心心念念，听说今年又上了折子给内阁。如今京畿种水稻盛行，若水利完善，产量必将大增。"何安看了眼赵驰，缓缓道，"可这事儿本身就吃力不讨好，又不是个特别大的事，拨款也薄，做起来定要吃苦。这都议了一两个月了，还没人愿意去弄。"

"嗯……这事我也听说了。"皇后点头，"可这前朝的事情，我这边也做不了决定。"

"娘娘多虑了，京畿皇庄遍布，那可都是皇家的米粮，皇上自然是同意的。"何安说，"这自己家的田地，自己家的粮食，怎么能光听外臣的意见呢？更何况，此事若成，利国利民，必定千秋称颂，是大功德。娘娘若觉得合适，和皇上说上一声，下个懿旨，让郑献把名字报上去便是了。"

何安这囫囵话说得义正词严，谁也找不出毛病来。

皇后想了想，赵驰还在旁边等着，她也不好想太久，便问："驰儿怎么想？"

"能为我大端做些有用之事，儿子愿意。"赵驰一撩袍子，跪地道，"还请母亲从中斡旋。"

「五」

何安在殿内又待了片刻，便托词说要替郑献给采青送礼物，待皇后娘娘首肯后退了出来。

冷梅随后而出。何安正在回廊里等她，见她过来，笑着拱手道："谢谢冷梅姑姑替殿下执言了。"说完这话，从怀里拿出一只精致的小袋，冷梅打开一看，里面是一把金瓜子。

"公公客气了。"冷梅推却了一下，便纳入怀中，又问，"这位五殿下谈吐得宜、进退有度，我在娘娘身边多年，见的人多了，五殿下这般的，未来肯定大有作为。到时候公公飞黄腾达，不要忘了我才好。"

"姑姑放心。"何安道，"咱家何尝是那般的人。再说了，皇子皇孙这么多，保不齐抱谁大腿能上位，也只能是广撒网了。"

"何督公是替郑秉笔来看采青？"冷梅话锋一转，问他。

"正是。"何安拿出早就准备好的一只翠绿钗子，"替郑公公送聘礼来了。"

"这郑公公倒是有心。"冷梅道，"就是采青可不怎么乐意。上个月还在娘娘面前要死要活，说是早就心有所属，绝不嫁给郑献。"

"哦？这还是第一次听闻呢。"何安道，"那不知后来怎的又同意了？"

"嗨，她那情郎说起来还在您麾下四卫营当差，小半个月前不知道怎的人就失踪了……找也找不到了。"冷梅叹了口气，"咱们这宫里的人，干什么还惦记宫外的事儿，拖累自己也拖累旁人。"

"姑姑说得对。"何安道，"那采青姑姑是同意了？"

"这……大约是同意了吧，我带你去。"冷梅引着何安转入配房院子，那采青住所房门紧锁，里面拉了帘子看不清楚，冷梅敲了敲门，"采青，何公公替郑秉笔来看你了。"

半晌院子里没人答话，何安便开口道："采青姑姑，郑秉笔托咱家给您送了聘礼过来。"

又过了好一阵子，里面才传来一个幽幽的声音："一个太监娶妻纳妾的还要送人聘礼，不嫌臊得慌。"

"姑姑这话就不对了。"何安也不生气，缓缓道，"郑秉笔诚心实意和您对食，正大光明的，不怕人说。"

"呵呵……"屋子里的采青笑起来，"郑献四十多岁，家里妻妾已经有五房，又喜欢欺负人，疯了死了的已经有三个了，还诚心实意……嫁给他只怕生不如死了。"

"采青姑姑……"

采青打断他的话道："何安，我问你，朱汾的事，是不是郑献让你做的？"

"姑姑何出此言。"何安道，"四卫营虽然是归御马监管，可四卫营下三万两千户，咱家可不能都知道姓名啊。姑姑多想了。"

采青不再理他，房间里一片沉默。

"郑秉笔官居五品，嫁给他于您自己不是什么丢人的事儿，于皇后娘娘也是个助力。姑姑好好琢磨着咱家的话吧。"何安说完这话，也不再等，将聘礼给了冷梅，自己拂袖而出。

出了坤宁宫听喜乐言五殿下已经先走了，便不再等，带人回了御马监。

路上喜乐问何安："见到采青姑姑了？"

何安沉默了一下："没有。"

"那她……"

"郑献家中美眷五人，京城众人皆知，咱家又怎么会不知。"何安冷冷地笑了一声，"可是采青嫁给他这事，不仅是咱家推波助澜，更是皇后娘娘乐见其成。郑献现在已是秉笔，未来必定会成为太子身边的得力心腹。不过是要一个宫女而已，给了便给了，至于这宫女怎么想，那是不在算计内的。"

郑献折磨家中妻妾的事情人尽皆知，嫁给他，肯定没什么好下场。可谁在乎这个。只有太监贼心不死这事儿，成了大家茶余饭后的笑谈。

世态炎凉，没什么稀奇。

过了几日郑献上报京畿水利一事，恳请五皇子督办。

内阁无异议。司礼监批红，呈报皇帝。私下自然有人议论纷纷，然而皇帝翻阅票拟，笑了两声，也没说不行。

五皇子赵驰便被安排了去督办京畿水利，他封藩的事此时不好再拿出来提，便暂时搁了下来。

至此，事情算是暂时落定。

第二卷　少年游

第一章 春风

一

　　自皇后处见面后，为了避嫌，何安已经十余日不敢探问五殿下的情况，也没去给五殿下问安。每日在御马监等着消息如坐针毡，饭都没怎么吃，眼瞅着天气热了，人瘦了一圈。

　　等消息一传到值房，何安立刻坐不住了，回御马监的住所换了衣服便催促喜乐："走走走，出宫给殿下贺喜去。"

　　"公公，太着急了吧？"喜乐说，"值房的消息都是太监们传来传去，这会儿说不定圣旨还没出司礼监呢，您不等等？"

　　"回去换身衣服，圣旨肯定就到了。"何安道，"我这不赶紧去，迟点去贺喜的人怕是要踏破殿下家的门槛。"

　　"我觉得您想多了，谁会这时候为这个苦差事去给殿下贺喜啊。"

　　何安被他说得不耐烦，脸色都冷了："舌头要不要了？"

　　"要的要的。"喜乐见公公真生气了也不敢多话，连忙备马，一行人从北安门就出宫回了家。刚一下马，喜平已经上来道："殿下接了圣旨就出府了。"

　　何安一怔："这么快，殿下去了哪里？"

　　"在安康斋里与人饮酒。"

　　"谁？"

"工部郎中徐逸春，这次京畿修缮水利也是他上的折子。"

何安听了就炸了："怎的不早点来报！"紧赶慢赶还是有人赶在自己前面去给殿下道喜。

第一个道喜的，赏银多不说，那在主子心中的分量更是一等的。以前搁在内宫里，谁敢不分品阶位分领头道喜，回来一干公公们准得收拾得他生不如死。

谁都想做第一个，第二个、第三个那就是拾人牙慧，无趣得很。

按照何督公的计划，圣旨一到，他就过去贺喜，往殿下脚边这么一跪，说几句吉利话，显得自己尽心尽力。殿下一高兴，定会多看他两眼，还会夸赞他几句，最后就会给个赏赐。

——他早看上殿下的那块绢子帕了，这次要来了就能正大光明地揣在怀里。他还要偶尔拿出来显摆，显摆自己家主子给的赏。

如今这倒好，不长眼睛的还敢越过自己这个大功臣过去邀宠。被人抢先拔了头筹，扫兴至极！

"徐逸春是吧？"何安咬牙切齿，"工部郎中位置坐久了，想挪地儿了吗！喜平，我们走。"

"师父，喜平你们要干什么？"这阵仗吓得喜乐连忙把两人拦住，"徐逸春是当今工部尚书徐之明的儿子，徐逸春也就是个郎中，可他爹是正二品啊。"

"二品怎么了？二品还不是个外臣！"何安又怒又委屈，"五殿下可是我主子！"

"祖宗，可悠着点啊，您怎么一遇到殿下的事情就跟毛猴子上身一样。"喜乐急了，"喜悦？喜悦还不来帮帮我？"喜悦茫然地从一盘子椰蓉包里抬眼看看喜乐。喜乐绝望了，合着这屋里除了自己没个正常人。他一个人怎么拦得住何安和喜平，只能眼睁睁瞅着两个人骑马往安康斋去了。

何安领着人风驰电掣，转眼到了安康斋。

"五殿下和徐逸春呢？"喜平抓着小二衣服就问。

小二吓蒙了："徐大人带了贵客在二楼天字间里小酌，不让我们进去。"

他话音未落，何安就噔噔噔率先上了楼，他正要推开天字间的门进去，就听见门内传来讲经论道的声音。

"神京雄踞上游，兵食宜取之畿甸，今皆仰给东南。岂西北古称富强地，不足以实廪而练卒乎？夫赋税所出，括民脂膏，而军船夫役之费，常以数石致一石，东南之力竭矣。"

徐逸春他也是见过几次的，这声音一听就是他的，一个文绉绉的书生，只醉心山川水利，说出来的之乎者也，反正何安是听不懂的。

"徐大人一针见血，此乃利国利民的良言，还请徐大人畅所欲言。"这是赵驰的声音，声音里有对待有识之士的恭谨。

徐逸春一笑："我父徐之明早前寻访京畿之地，写作了《水利议》一书，其中多有见地。既然殿下接了京畿水利这差事，我定知无不言言无不尽。"

"愿闻其详。"

"我京畿至开平都司北起辽海，南滨青、齐，皆良田也。宜特简宪臣，假以事权，阻浮议，需以岁月，不取近功。或抚穷民而给其牛种，或任富室而缓其征科，或选择健卒分建屯营，或招徕南人许其占籍。俟有成绩，次及河南、山东、陕西。庶东南转漕可减，西北储蓄常充，国计永无绌矣……"

两人又往下深聊起来，何安哪里还听得下去。

殿下……可从来没用这样的语气跟他说过话啊……

就算他费尽心机，能给殿下做点打下手的事情，可徐逸春这样的朝廷栋梁、国之良臣，他是做不来的，也做不了。

他这会儿恍惚有些羡慕起这个徐郎中来。

喜平已是随后上楼，跟在他背后，问："督公，咱们进去吗？"

何安摇了摇头，往后退了两步，在楼梯旁边站定，小声说："莫扰了殿下与徐大人聊大事，咱们在外面候着便是。"

"好！"喜平道，"待姓徐的出来，我一击必中。"

"什么乱七八糟的？"

喜平一头雾水："督公，我袖里剑都快出鞘了，您不杀他了？"

何安看白痴一样看他："咱家什么时候说要杀徐大人！你疯了吗，这可是工部郎中，他爹可是当朝二品大员。"

喜平有点不明白了。既然如此，带着自己急吼吼地来此做甚？

他不敢说，又不敢问，只能跟着何安在楼梯旁边站定。

太阳正透过窗花洒进来，落在何安脚边上，投射的阴影似龙似蟒又似花，总让人看不清楚。何安只失落了一小会儿，便又振作了精神。

如今这一切已经是他能得到的最好的结果，并没有什么"如果、也许"可让他去选。

他在殿下身边，只能是现在这样的身份。又正是因为宫人身份，他才能够与殿下如此亲近。瞧瞧那些个后宫枯井里的骨灰，瞧瞧那些个乱坟岗上的野鬼，还有什么好不知足的。

三

不知道过了多久，门嘎吱一声开了，相谈甚欢的二人携手而出，见了何安俱是一愣。

"殿下，徐大人。"何安已上前行礼。

徐逸春素来看不惯内臣，态度冷淡地打了个招呼，便先行告辞，留下了赵驰和何安二人。何安躬身站在赵驰面前，身上一股淡淡的清香就钻到赵驰的鼻子里，这十来天没见，他模样倒是又瘦了两分。

"殿下，奴婢在值房听闻圣旨已下，便想着给殿下道喜。"何安躬身说道，"刚出了宫门就听人说见着徐大人约了您在安康斋。"

他不好说自己派了番子暗中跟着殿下，只能随便找了个借口——然而这借口也太拙劣，怕是要挨殿下的骂。

"督公吃饭了吗？"

何安一愣。这都哪儿跟哪儿？

"不……不曾。"

"那督公进来坐会儿，再点两个菜，你吃了午饭再说。"赵驰说完，也不顾何安反对，抓住他的手腕就拉到了包厢内。

赵驰找了小二上来，问了何安的忌口，真就点了几个精致的菜，又要了两壶酒。

何安坐在他对面，被他看着有点坐立不安，等酒菜上齐了，他连忙站起来整了整衣冠叩首道："殿下，奴婢来给您贺喜，恭喜殿下得偿所愿。"

赵驰本来已经给自己斟了杯酒，正端起来，见何安又如此多礼，他还真有些没料到。

"这本就是督公你一手操办，我得偿所愿也全仰仗督公您了，要说喜也是同喜。"赵驰想扶他起来，这次何安却没起身。

"何督公？"

"殿下……奴婢……"何安咬了咬嘴唇，鼓起所有的勇气，颤巍巍地说，"奴婢想讨个赏。"

一瞬间，赵驰的心冷了下来，有些想笑。

看吧，无论再殷勤再忠心的人，无论曾经多么满舌生花，最终都要把这点关系，付诸利益往来。他见过的太多，也并不差何安一人，更何况这种事也无可厚非。

"督公想要什么？"赵驰问他，"香车宝马？金银玉器？美人珍奇？"

"不用不用。"何安跪在地上，殿下的声音从头顶传来，他更不敢抬头，也看不见赵驰有些怅然若失的神色，只敛着目，小声地说，"奴婢想求殿下一贴身之物，做个念想。"

赵驰一愣，他周身上下也只有拇指上那只翡翠扳指还算是个稀罕物件……

"督公言重了，一只扳指而已，不是什么值钱的东西。"

"奴婢不敢求殿下的扳指。"何安仓皇说，"奴婢瞧着殿下怀里那只帕子绣工精美，想求殿下赏。"

赵驰抬手正要取下扳指，何安的话一说，他几乎以为自己听错了："你要什么？"

"奴婢知道这有点儿僭越了。"何安不安得更加厉害，头垂得更低，语速又快了两分，隐隐带了几分祈求，"但还求殿下看在奴婢办事得力的份儿上……"

"你要这只……帕子？"赵驰从怀里拿出了那只藏蓝色的绢子帕。

何安飞快地看了一眼，然后又垂下头去，小声道："嗯，求殿下……"

他话音未落，赵驰已经拽着他起身，然后把帕子塞进了他的手心。那只藏青色帕子，乍一看朴素，仔细去看，绣工又极为精致。

"谢殿下赏赐。"他忙跪下谢恩，却被赵驰托着手腕，无法下跪。

"还要旁的东西吗？"赵驰定定看着他问，"这块帕子我用了许久，并不值钱。"

"就是殿下的物件，才算得上珍贵。"说这话的时候，何督公眉眼都染上了喜色，他本来消瘦的轮廓柔和了许多，眼角弯弯有了几分笑意。

赵驰落魄后，世态炎凉见得多了，以利换利才是人间常态。如今有这样一个人……竟并不计较这些。

为了什么呢？这个何安。

"殿下？"

"吃饭吧。"赵驰说道，已经转身拉开了椅子，"再不吃，饭就凉了。"

何安连忙在桌边站定给赵驰摆了碗筷："奴婢为殿下尝膳。"

"谁会给我在饭菜里下毒？"赵驰道，"坐吧，好好吃饭，这碗饭吃完。"

他说话语气跟平日并不相同，何督公明显感觉到了赵驰的情绪变化，不敢再推却，坐下来认真地扒着自己手里那碗米饭。

"也多吃菜。"赵驰叮嘱他。

"是。"何安又连忙去夹菜。

赵驰笑笑，拿着小二送上来的两壶酒，凭栏自饮起来，然而眼神灼灼一直盯着何安，心思涌动中，连他自己都抓不住头绪。

等吃完午饭两人下楼，各自牵了马要分道而行。

"京畿皇庄，督公应该最是熟悉？待过几日请督公陪我去走走看看？我也调查下稻田水利现状。"赵驰问他。

"是，奴婢这阵子正好跑了不少皇庄，殿下若有需要，奴婢随时奉陪。"何安忙道。

"那多谢督公了。"赵驰说完这句，本来要走，不知道怎的，又牵了马转回来，紧紧盯着何安看了一会儿。日头偏西了，橘红色的光亮显得何安脸上气色好了不少。

他上前一步，走得近了。

"何安。"

"殿下？！"

赵驰笑了笑："我这么可怕？"

"不是不是，只是殿下天威……"

他话未说完，赵驰已经上马道："督公，过几日见。"

"是……是！"何安慌得不行，嘴唇动了动，自己都不知道自己要说什么，眼睁睁地看着殿下的背影远去。

「三」

赵驰虽然没饮多少酒，回府的路上，却觉得有些醉，那日头、那路边的野花以及河边的柳树都在随风晃悠。

等进了府倒头便睡。

梦里幽幽的……倒回到了他生辰那一日，是腊月里，快到年三十跟前。他由王府街经东安门、东华门，路过文华殿，进了东六宫兰贵妃居所。

若是按照惯例，兰贵妃早就会准备好长寿酒与长寿面，等着他入宫探望。然而今日不同，栖桐宫外有宗人府的属官层层把守，从大门看去，里面有不少人影走动，乱作一团。

"皇叔，这是怎么了？"赵驰问时任左宗正的燕王赵致远，"我母亲可在里面？"

"驰儿出宫吧。"燕王脸色凝重，"你母亲怕是不能见你了。"

"为何？"

燕王从怀里拿出一个红纸包，递给赵驰："兰贵妃让我给你的，是你的生辰礼物。她……做错了些事情，要搬到乾西五所去住了。"

"西五所？那不是冷宫吗？！"赵驰一惊，"皇叔……"

话正说着，在栖桐宫内当差的首领太监已经是碎步出来，对燕王道："王爷，兰氏的东西都收拾好了，这就可以搬去西五所。"

燕王"嗯"了一声，便有诸多太监拦了路，喝道："宗人府办事，闲杂人士退让。"

那首领太监引着赵驰到了路边，过了阵子，便有人带了兰贵妃出来。

他母亲早就卸了红装，去了簪钗，一身粗布新衣，脚下一双布鞋走出。见他在旁站立，虽已有凄惨神色，但还强笑道："驰儿莫怕，我只是换个地方住而已。"说完这话，便被人推搡着走了。

赵驰呆呆站着，等闲杂人等都走了个精光，才低头去看手里那红纸包——他手早就冻僵，几乎是抖着把那纸包拆开。

里面是一颗精巧的金镶玉珠子。

他惨然一笑，跌跌撞撞地往回走，路过栖桐宫侧面那条路时，有个小太监跪着给他道喜。

"恭贺新禧。"

何喜之有呢？

"你看着不大，叫什么？"他问小太监。

"奴婢是直殿监的洒扫太监。"那小太监小心翼翼地回答，"奴婢叫小安子。"

"小安子。新年平安，倒是应景。"他道，"抬手，赏你了。"

他将那装着珠子的红纸包随意放在了小太监手里，跌跌撞撞地走了。

……小安子……

小安子。

赵驰睁眼，恍惚看见一轮皎洁明月。他想起来了……

原来那个小安子，就是何安。

门被人推开，白邱手里拿着张便笺进来，见他醒了道："殿下醒了，这一觉可睡了不少时候。"

"嗯，难得睡得沉。"赵驰伸了个懒腰，"可是师父来信了？"

"殿下自己看吧。"白邱把便笺递过去。

便笺上龙飞凤舞地写着一句话："不当上皇帝，跟白邱就别回来。——天算子"

赵驰扑哧就笑了出来："相隔千里远，估计得飞残好几只信鸽，就为了捎这么一句话，还真是师父的风格。"

"这足见他是认真的。"白邱语重心长道，"殿下，师父什么性格，您还不知道吗？"

赵驰叹了口气。

"我没想过当皇帝。"他道，"出身太低，母族衰落，当不了皇帝的。"

"不想当皇帝，殿下在倾星阁待着便是了，何必回来！"白邱道。

赵驰翻身起来，斜坐在榻上，给自己倒了杯茶："我做了一个梦……"

"什么梦？"

"也没什么稀奇的，就是我生辰那天，母亲被带去冷宫。"赵驰道，"不过有意思的是我想起了一个人。"

"谁？"

赵驰品着茶，看着外面那月亮，笑而不语。

喜乐在家里左盼右等，终于见人回来了，就是何安魂不守舍，上下打量也没见着血迹，这才有些放心。

"还好没闹出大事来。"喜乐松了口气。

"那我去准备晚饭？"喜悦问，"张大厨说今晚给我炖肘子。"

大家不约而同地看了看日头，这太阳还没落山。

"这不是刚吃完午饭吗？"喜乐也有些烦躁，"你也不看看如今这情况，还吃？"

"吃。"何安回过神来，"肘子是吧，让老张给你做一整只，今天我们好好吃一顿。"

喜乐瞅他脸色，偷偷问喜平："怎么了这是？感觉不对劲啊，师父气得糊涂了？"

"也不是……从房间里出来就这样了。"喜平说，"督公回来的路上都挺开心的。"

何督公确实很开心，跟金榜题名似的，喜气洋洋道："喜乐，去把我那宝匣子拿来送到书房，再给我拿了皂角洗手。"

"好嘞。"喜乐连忙从里屋拿了何安那匣子去了书房。

众人皆知，这个时间是何安自己独处的时候，没人敢打扰他。

之前五殿下送他的笺，已经请了京城最好的笔墨斋给裱好，放在个檀木小匣子里，舍不得拿出来。

还有个锦囊，何安倒戴得多，几乎随身携带，今日未曾换衣服，便预先取了下来，舍不得沾染了那锦囊中间的金贵物件。

他将那帕子放在了匣子里。

四

何安办事周全，没私下跟了赵驰去皇庄。也不知道是使了什么手段，司礼监送了信给赵驰，说是御马监何安协助赵驰督办京畿水利一事，让他们即刻启程。

自定下行程后，何安就开始操心置办路上要用的东西，虽然相去不过百余里地，但是他恨不得将所有物品都配齐。怕殿下热了冷了、渴了饿了，事无巨细，全部亲自操办。

"这事儿不能让殿下府上的管事自己操办吗？"喜乐忙得够呛，哭着问。

"你懂什么，殿下刚回来没多久，府上哪里有几个办事得力的。"何安道，"这一路奔波劳累，若真苦了殿下，那我罪过可就大了……给殿下备置的马车收拾齐当没有？给弄些个小玩意儿，别让殿下路上闷了。"

"师父，您知道咱们只是去西郊那边的皇庄待几天吧？"

"当然知道。我可告诉你，这次随殿下出行，但凡哪里殿下不喜了，回头我就挨个赏你们板子吃。"

"哎，好嘞。知道了。"喜乐一脸麻木地回复。

"喜乐哥，你答应这么快干什么。"喜悦不解地问，顺便递给他一把南瓜子。

"家里这位祖宗的德性，咱能不清楚吗？"喜乐说，"刀子嘴豆腐心，雷声大雨点小。应着呗，他又不会真忍心。"

喜悦似懂非懂地点点头，不管怎么样，总之喜乐说的一定都对！钦佩之余，他又塞给喜乐一把瓜子，两个人站在屋檐下磕着，瞅着何安忙得团团转。

等吃完了瓜子，喜乐在喜悦衣服上擦了擦手道："这次我跟喜平陪着师父去，你好好看家。"

"为什么每次都是我看家，我也想去。"

喜乐瞥他一眼，胡诌道："你太能吃，背不了那么多够你吃的干粮。"

喜悦恍然大悟道："哦，我懂了！"

两人站在廊下有一搭没一搭地聊着。

何安这边吆喝着家里仆役往马车上搬东西，那边喜平就进来了。

"督公。"喜平作揖道。

"你来得正好，这马车你看看上面还缺了什么。"

喜平迟疑了一下，何安顿时感觉了出来，手里的忙碌都放下了，回头问他："怎的了？"

"督公，刚下面人来报，说是殿下在照夕院喝酒。"

何安顿了一下，平静道："殿下在勾栏院里喝酒又不是一两日了，这等小事也要来说。"

"原本也是没想来跟督公说的，就是这眼看都快二更天了。"喜平道，"明日辰时就得出门，殿下再胡闹下去，明天怕是酒醒不来，出不了门，倒让旁的人议论了。"

何安仔细想了下，也是这个理："那我换身衣服去趟照夕院。"

他行动倒快，换了身素净的贴里，穿了双麂皮靴，又因了宵禁时间差不多到了，带了御马监提督的牙牌，骑马跟着喜平一道出了门。刚出去没多会儿，又回来了，对喜乐道："你收拾好了马车，一会儿牵去照夕院。"

喜乐不明所以，应了声是。

院主已得了消息在门口等候，见他来了连忙牵着缰绳，小心道："殿下还在二楼之前那个房间。"

"都有谁在？"

"就殿下一人。"院主道。

"一人？"

"是，后晌是跟着倾城班的华老板来的。后来华老板天擦黑就走了，我便让老鸨带了几位娘子过去，也只是饮酒作乐，到最后喝得多了，醉醺醺的倒头便睡。"

何安皱了眉头："这怎么好，明日还需早起出城。"

"要不让殿下睡吧，明日早点叫醒就是。"

"然后浑身酒气上路？传出去了得多难听。"何安瞥了他一眼，"咱家瞧你这是心长了翅膀要变炸蜢，不瞧瞧你这儿什么不入流的下贱地方，也配让五殿下留宿。"

院主被他一通羞辱，声也不敢吭了。

"捡几个干净的清倌人端了醒酒汤给殿下送过去。"何安道。

院主应了声便安排下面人去办。

何安这边带着喜平上二楼，刚上了楼，就听见旁的房间内一阵喧哗，接着门砰的摔了开，盈香衣冠不整地从里面跌坐出来，又慌乱地爬了两步，正爬到何安脚下。

何安瞧得明白，她裸露在外的肩膀胸膛上都是勒出来的红印子，还有些地方冒着血珠，怕是让人拿什么东西扎的，惨不忍睹。

盈香抬头顺着麂皮靴往上看，便看见冷着脸的何安正盯着她。

"督公，救我！"她一把抱住何安的腿，顿时眼泪忍不住，断了线一样地往下落。

"哟，我说这小娘子逃得这么快，原来是有个俊的在外面等着呢。"里间传出阴阳怪气的声音，接着一个微微发胖的太监缓缓走出来，靠在门槛上，笑道，"我说娘子，你可不知道啊，这位大人模样是俊了些，可也是个不能人道的，跟咱家也没什么不同。"

他这说着话，盈香抱着何安的大腿直发抖。

何安面色极淡漠，从盈香手里拽回自己的裙摆，看也不看她，行礼道："这照夕院子我也来过几回了，陈秉笔还是个稀客。"

来人正是司礼监秉笔陈才发，他与郑献平级，在司礼监却有十几年时间了，品阶高了郑献半阶，处处压着郑献一头。

"呵呵呵……"陈才发笑得犹如鹌鹑，半晌才道，"不是咱家要来，是咱家引了位仙长来。"

那屋里头灯影幢幢，有一穿着道袍打扮的人坐在最里处，何安也无心去管到底是何人。盈香的惨状像一根针似的扎在他心头，就算刻意忽略也拔不出去。

陈才发凑到何安耳边低声道："你可知最近京城里十分有名的道长李子龙？"

"略有耳闻。"何安道。

"便是此人了。"陈才发脸上有点仓皇。

李子龙是最近京城里突然出现的一个道士。听说此人的法术十分神奇，可以活死人，肉白骨，最厉害的是，没了的物件还能长回来。此事传得有鼻子有眼，宫里的太监们纷纷私下请李子龙给自己做法，花了不少钱财。

端文帝最喜长生之术，大端朝修仙之风盛行。这也算不上什么大事，也没什么人管，不过是大家茶余饭后的笑料而已。

"照夕院女子温婉可人，仙长也需怜香惜玉一些。"何安笑了笑，"哎，我瞧着这娘子也是不懂事，承不起仙长的呵护。你还不下去，让你们院主亲自重新换人过来。"

盈香抖着声音应了一声，便要起身下楼。

陈才发憋出一声笑："哟，怎么的，何公公这是舍不得了？我瞧着这位娘子认识你，莫不是老相好？"

江家姐弟的事情，并不是什么秘密，过了这么多年，虽然大家忘得差不多了，可真有心的话盈香的身世一查便知。一时间，何安也拿不准这陈才发是不是故意为难。

他愈发恭敬起来："陈爷这话就错了，咱们这半个身子的人，哪来什么相好啊，说出去丢人。"

"那她就别走了。"陈才发阴阳怪气地说，"既然何公公不用她伺候，那就留下来伺候我们。"

「五」

盈香刚才那举动，肯定让这个老家伙看出了点名堂。当太监的就是这样，平日里就算来往少，小心维持，无冤无仇，找着个机会能欺负人一回，咬人一口，便绝不会罢休。就像是压抑得久了，但凡有个出口，一鼓囊的怨气都得想着法儿地撒出去。

何安这边有点不耐烦了，五殿下还在屋子里等着自己，这会儿却被陈才发纠缠不清。毕竟陈才发高自己一级，也不好硬来。

正棘手着，二楼最里面那间屋子门开了，赵驰散着长发，赤着脚，只穿一身中衣，靠在门口，醉醺醺问："何督公，盈香来了吗？"

何安何等机灵的人，连忙躬身行礼道："殿下，盈香姑娘在这儿呢，就是陈秉笔先点了盈香姑娘，奴婢这……"

他话没说完，赵驰已经飘飘然赤着脚出了房门。何安吓了一跳，连忙过去半弯着身子，抬起胳膊让赵驰搀扶着："殿下，这天儿虽然热了，可也得小心热风寒。"又扭头对喜平小声道："快去拿了殿下的衣服鞋子，准备走了。"

赵驰这次也没推却，走到几个人面前，还带着六七分酒意道："这位是？"

陈才发怎么会不认识赵驰，连忙打躬作揖："不知道五殿下在此，惊扰了您。奴婢是陈才发。"

"司礼监的陈秉笔？"

"是奴婢……"

"盈香呢，盈香在哪儿？"赵驰醉眼稀松，茫然四顾，最后才看到跪在一侧的盈香，"既然盈香都到了，还等什么，走吧。"

"殿下，这……"

"还是说……陈秉笔有什么旁的意见？"赵驰看过去，慢悠悠地问，然而天然的压迫感却已经让陈才发心头发慌。

"奴婢怎么敢。"陈才发身子都要躬到地上去了，讪笑答道。

喜平已经收拾了赵驰扔在房间里的东西，跟了上来，又把在地上跪着的盈香扶起来，四个人就下了楼。等走到廊下，前面便是十字路。

"殿下，还是穿了鞋再出去吧？"

何安接了喜平手里那双布鞋，半跪在赵驰身前，捧着鞋子就等着赵驰伸脚，丝毫没觉得自己一个御马监提督在大庭广众之下为人穿鞋有什么不妥。

赵驰大约是真醉了，肆意得厉害，抬脚踩着何安的膝盖把鞋子穿好便往外走。

喜乐早就驾了马车在外面候着，一见五殿下醉醺醺地来了，下车放了脚凳，又要扶他上车。赵驰一挥手，自己两步进了马车内。

"这，师父？"喜乐茫然。

何安让喜平带着盈香在后面跟着，自己也上了车："殿下喝醉了，先走再说。"

马车驶出了勾栏胡同，何安等了会儿，里面没动静，于是便掀帘子进去，赵驰靠在榻上，已经翻出了旁边屉里放的梅子酒自己小酌着。

"殿下，还是少饮点酒吧。"何安弓着身子在车子里很是不方便，便跪在软榻上小声劝道。

"怎么了，这酒放在这里不是给我准备的？"

"自然是的。"何安连忙说，"就是饮酒过量伤身，况且明儿个一早还得去西郊的皇庄呢，殿下。"

赵驰置若罔闻，倒了杯酒递给何安："督公也同饮。"

"殿下，奴婢不会。"

"不会？还是不敢？"

"殿下，奴婢是不敢，不敢。"何安哄着他道，"喝醉了在您面前失仪那就是大不敬。殿下饶了奴婢。"

然而赵驰却似乎真的醉得厉害，执拗地抬着手，等着何安。

何安没法子，只好双手接过来，手还没收回去，却忽然被赵驰抓住猛地拽上了榻，一阵天旋地转。

赵驰长发披散着，盖着了半个肩膀。何安浑身都僵死在原地，都快紧张得没了气儿。

醉酒的殿下仿佛多了几分邪魅，少了点雍容的气质。何安看着距离自己极近的赵驰，感觉三魂六魄都丢了，紧张地咽了咽口水："殿下……"

"督公，我心中有疑惑。可否帮我解？"赵驰在他耳边道。他声音低沉沙哑，松香的气息钻入何安的鼻子。

"殿下请讲？"何安颤巍巍地回答。

"如有人承了你的点滴恩情，这人回头对你万般殷勤，你信不信得过他是真心？"赵驰问。

"这……这要看他是个什么身份？"何安脑子乱糟糟的。

"哦？还有这个说法？"赵驰笑了笑，"若是个宫中之人呢？"

"宫中之人？"何安清醒了一点，躲了躲赵驰的眼神，"宫中便是个大酱缸，谁进来都得染得一身腥。最怕有人拿着以前的点滴恩情当噱头，表面上万般殷勤，背地里还不知道挖了怎么样的坑，埋了什么样的刀，只等着人往下掉呢。"

赵驰安静了一阵子，心中五味杂陈。

"殿下？"

"我救了盈香，督公怎么谢我？"赵驰不再追问，只换了个话题。

"奴婢多谢殿下。"何安连忙道。

赵驰笑了一声，何安连忙闭上了眼。接着就觉得肩头一沉。睁眼一看，殿下已经侧头在他肩膀处睡着了，平稳的呼吸声传来——看来今日殿下是真的醉得厉害，居然就这么靠着他睡了过去。

"师父，去五殿下府上吗？"喜乐赶着车问。

五殿下带着个勾栏院里的娘子回家？明日京城里怕不是要传遍了，殿下的名声可就不好了。院主是不敢说的，那陈才发带着个妖道也绝不敢声张……只要不回殿下府上这事儿都不算落实。何安主意已定，也不敢推开殿下，就那么躺着，对喜乐道："回咱们家。"

第二章 银河

二

赵驰醒的时候，头顶是一块儿没见过的床顶，雕刻的海棠花花团锦簇，床里外两层，镂空描金，乃是一张拔步床。

他刚坐起身怔忡着，就有人在帘子外问："殿下醒了？"

掀开帘子一看，是个没见过的小太监，手里抓着一把葡萄干嚼着，见他掀开帘子，忙不迭地把葡萄干塞回袖子里，躬身道："殿下早。"

"这里是？"

"奴婢的师父是何安，昨儿殿下喝醉了，师父便把殿下接到咱们家了。"喜悦说着往后退，"我去叫师父去。"说完这话喜悦一溜烟地跑了。

又过了顷刻，何安便推门进来了，站在拔步床外低声道："殿下醒了，可要洗漱？"

赵驰头还有点痛，揉着太阳穴问："什么时辰了？"

"丑时刚过，离早晨还有阵子，殿下要不再睡一会儿？"何安应道。

"不了，起吧。"赵驰伸了个懒腰，便下了拔步床。自有仆役端了洗漱用具上来，在门外转交给喜乐，又由何安亲自挽袖侍候，先是一碗淡茉莉花茶漱口，又拧了热气腾腾的帕子给赵驰洗脸。

滚烫帕子在脸上一覆，赵驰终是清醒了。

"我得回府一趟。"赵驰道，"还得去邀徐大人。"

"徐郎中已经请来了，行李都带着。"何安道，"您府上也去过，星汉也牵了过来，马车也备好了。早晨吃了早点，就能出发，不耽误行程。"

"督公想得周到。"

"应该的。"

赵驰看他，态度摆得端端正正，丝毫不提及昨夜车上的举动。

殿下果然前夜是喝多了，忘了最好，忘了最好。何安这边也松了口气，安下心来。

按照计划，先往西去，走约莫百里地，走到西山脚下，勘察完永定河，再转回往东途经顺义、怀柔入通州，勘察周围水系，最后察温榆河，到通州渡口，观运河，复又回顺天府。

一路行程说长不长，说短不短，来去也有三五百里地，外出需两月余。

辰时一到，便有四卫营的亲兵百余人骑马而来，停在何督公府外，随行护驾。率兵的乃是武骧左卫的千户高彬。

一行人收拾停当，何安带着喜平、喜乐二人，与赵驰、徐逸春、高彬一行浩浩荡荡先向北出了德胜门，再往西，奔西郊而去。

沿途多有水系，走走停停，赵驰与徐逸春一路聊得频繁，不知道是不是错觉，何安总觉得殿下突然对自己冷淡了些许。

再往西行，便入了山峦之间，天色有些晚了，安排人沿河安营扎寨。

赵驰还在跟徐郎中站在河边聊事，徐郎中慷慨激昂，一副遇见明主的模样，看得何安百味纷杂，怅然若失。

高千户让随行的厨子烤了肉，熬了肉粥，端了过来给何安。

"督公，要不先吃饭？"高千户道，"让五殿下和徐大人讨论去，一会儿我让下面的给他俩也送饭。"

何安嫌弃地瞥了一眼他手里的木碗，一坨糨糊样的东西，里面漂浮着好几大块五花肉，旁边碗里是一大碗切碎了的猪后腿。

"就这样的吃食，也敢拿过来，也不怕脏了咱家的眼。"何安鄙夷道。

高千户也不生气，呵呵一笑："督公你也知道，卫所里的厨子就那样，拿刀干架可以，拿刀切菜那都是副业。咱也没啥要求，能吃就行。"

"不要了，喜乐已经支了小炉在做饭了，你这个给徐大人留着。"何安把那倒胃口的饭菜推给了徐逸春。

高千户便派人过去喊徐逸春用膳，不一会儿徐逸春便从河畔走了回来，过来的时候看也不看何安，只微微点头便径自走了。

何安沿着小路往前两步，便见着殿下的身影站在河畔，银色的月光从他身后铺洒在河面上，波光粼粼，河水轻轻拍打着两侧河岸，路上的鹅卵石圆润柔和。

"殿下。"何安上前，躬身唤道，"夜已深了，用了膳还需早些歇息，明日且有路赶。"

"嗯，好。"赵驰简短说完，转身便走。

何安愣了一下连忙拽着衣摆小步跟上，快走到营地时，他咬了咬嘴唇，快走两步，已是半拦在赵驰侧前方："殿下，奴婢是哪里做得不好让您不悦了吗？"

赵驰一愣。月色下何安躬身垂首，肩膀在微微发抖，看着有些可怜。

他一时不答话，何安心里便发慌没了底儿，也不顾地上都是些石头砂砾，顿时就跪了下去，绣工精美的马面裙瞬时就脏了。

"殿下息怒。"他急声道，"您消消气，打也行骂也行，奴婢都受得住。"

"督公哪里错了？"

何安脑子里一片空白。哪里错了？他怎么知道哪里错了？以前在宫里当小太监，哪儿来的原因，主子们不高兴了，想打想骂不问缘由。

"惹殿下不喜，奴婢便是错了。"何安连忙道，"殿下不高兴便是奴婢没伺候好，大错特错，奴婢该死，殿下责罚。"

大约是世态炎凉见多了，想起这何督公曾与自己的那一面之缘，反而觉得警惕。

然而这一刻，赵驰的心，忽然就软了。

这何督公垂着头跪伏在地，说的话都不讲道理，句句刀锋都只针对着自个儿。后脖颈在月色下显得白皙脆弱，随便什么心怀不轨之人都能要了他的命。

他是别有所图也好，还是虚情假意也罢，又有什么关系。管他是什么样的人、什么样的来历，背后到底怀着什么样的居心，他赵驰又何惧他翻出什么花样来。

过了许久，何安连呼吸都不敢大喘气儿。赵驰撩了袍子，半蹲下去，扶住他的手腕往上托。

"满地都是石子，膝盖痛不痛？"赵驰问他。

常年在宫中，跪这个妃子，跪那个殿下，从不觉得膝盖痛，那膝盖早不是自己的了。殿下就问了一句，何安就觉得膝盖痛得难耐，鼻子一酸，眼眶就红了。

"不……不痛的。"何安喃喃道，"奴婢……受得住。"

喜乐做的饭虽然也比不得家里的，但是尚且拿得出手。几个人围着篝火用餐，何安又是端茶，又是摆盘，忙前忙后，操心操肺。徐逸春见不得这样，拿着自己的那份吃食换了个位置，坐到高千户旁边。

"徐大人怎么了？"

"奴颜婢膝。"徐逸春道，"吃不下饭。"

高千户看了眼何安，心下了然，大大咧咧地拍拍徐逸春的肩膀："徐大人您这就不对了，督公是中贵人，他不去照顾殿下，难道你去？"

"这种耗费心力的事，我可做不来。"徐逸春敬谢不敏。

他这话声音不大不小，何安自然听在耳朵里，也没什么表示。喜乐不高兴了，偷偷问他："督公，让喜平晚上收拾他吧。"

何安瞥他："你也学得跟喜平一个德性。"

"督公，不是我说，咱们御马监统领三十二千户亲兵，别说他一个工部郎中，就算是他爹，捏造个名目真要杀了，回头又能怎么样嘛。"

"你搞清楚了，手里这点权力都是谁给的。"何安道，"那是主子给的，咱们的一切都是主子给的。哪天主子不高兴了，说要收回也就收回去了。如今殿下看得上徐大人，还有用处，咱就不能动他。徐大人说的也没错，咱家就是个奴才，做奴才就得有奴才的样子。咱家非但不生气，还得替主子养护好他，让他老老实实、勤勤恳恳替主子办事儿，这才是我们做奴才分内的事……是本分。"

喜乐被他的深明大义震得久久不能言语，刚要正衣冠给他行一礼，就听见何安又道："嗨，说一千道一万，他是妒忌咱家呢。他能像咱家这样奴颜婢膝地伺候主子吗？不能。他心里早羡慕得不行，又碍于身份，拉不下脸子来。"

得嘞，还是那味儿，喜乐懂了。啥冠冕堂皇的话，下面都是老陈醋水漫金山。这会儿还从谄媚上找到了优越感，得意起来了。且让督公这么得意着吧，免得瞎闹腾。

"不说这个了，明儿殿下说要去西郊那皇庄看看，跟陈庄头知会过了吗？"何安问。

"已经说过了，吃喝住行统统都安排上了，万万不会出差错。"喜乐回道。

何安还是不放心："你要不今儿晚上先去，过去也不过十来里地，天亮差不多就到了，你盯着我才能踏实。"

"啊？这黑灯瞎火的让我一个人骑马赶夜路啊？"喜乐哭丧着脸，"督公，您也是忍心。"

"我让高彬安排几个护卫送你。"何安道，"快去。"

"您就心疼殿下了，不心疼心疼我？"

"我平日里心疼你还不够多？"何安一瞪眼，"怎么这多废话，赶紧去！明儿招呼不好殿下了我非收拾你不可。"

喜乐欲哭无泪，这人根本不讲道理嘛，撇着嘴走了。这边送走了喜乐，那边何安回了营地，篝火都盖了，众人也都散开，各自回去。

"殿下，早点歇息吧，明儿咱们还得赶路。"何安说

"我看督公刚才几乎没吃饭，晚上不吃点东西？"赵驰问他。

"奴婢一会儿就吃。"何安连忙说，"主子用膳奴婢一边伺候就行了，哪里有道理一起吃，这不是大不敬吗？"

"饭还是要吃，饿坏了可不好了。"

"是，奴婢省得。"何安连忙回话。

赵驰伸了个懒腰站起来："夜深了，督公也去歇息吧。"

"奴婢给殿下铺床。"何安速度比他还快，几步就走到马车旁，上车后给赵驰把被褥都铺好，等再下来，就见赵驰笑着看他。

"殿下看什么？"

"我觉得督公你这个人，挺有意思的。"赵驰道。

何安无措地看看赵驰，连忙低头打量自己，困惑地问："殿下，是奴婢哪里做得不好？"

赵驰哈哈一笑，站起来："那倒不是。困了，早点歇息吧。"

"是。"

赵驰心情大好，不再逗他，嘱托他去吃了饭再歇息，自己便上了马车。

待马车帘子放下，何安才敢抬头，看着窗纱内那一盏小灯灭了，才走回到自己帐篷处。

"把粥给咱家端过来。"何安道。

"怕是有些凉了，我给督公去热一热。"喜平道。

"算了吧，你能把粥做成糊的，殿下让我吃饭，我将就吃两口就行。"何安接

过那钵来，真就吃了几口冷了味道更是难闻的肉粥。

他吃得极认真，可是那粥实在难喝，到了他金贵的胃里顿时就翻江倒海起来，压着要吐的冲动，胡乱塞了半碗，脸顿时就白了，喝了几口茶压下去恶心味儿，在喜平伺候下洗漱便也草草睡了。

早晨天刚亮何安便醒了，痛醒的。心口窝那里火辣辣的痛，起身就吐了个干净，连胆汁都吐了几口。

"督公，要不今日歇息，让同行的医师给看看。"

"这怎么行。"何安勉强收敛了神志，"让殿下知道了可怎么看我。以后殿下嫌弃我身子不好，不让我在跟前当班怎么办？走吧，路上吃两帖黄连散也就好了。"

如果是喜乐在这儿，肯定是要死要活拦着不准何安走，喜平素来不是多话的人，皱了皱眉，没好拦着。

等赵驰见了，一怔："督公今日脸色怎么如此苍白？"

"早起的时候，脂粉一不留神多擦了些。"何安胡乱道，"殿下见笑。"

徐逸春听了这话，眉头皱得老高，厌弃地引马先行，剩下几个人收拾停当，脱离了大队往皇庄方向去。

不过十几里路，快马两个时辰也到了，何安只觉得今儿的路有点长，一路颠簸胃痛得他后背直冒冷汗。

"督公。"赵驰掀开车上的帘子。

何安连忙策马过去，弯腰低头："殿下，何事吩咐？"

距离近了，赵驰能看到他鼻尖额头上微微一层冷汗。他眉心拧紧，轻声道："你上来。"

何安应了一声，不疑有他，在喜平的搀扶下上了车，掀了帘子进去，便跪在车上软垫上："殿下有事吩咐奴婢？"

"督公起来坐。"

这车虽然舒适，但内里空间再大能有多大，不过一个人多宽一张软榻而已。

如今殿下坐着呢，自己怎么坐？

何安正琢磨着，就又听赵驰道："督公，我说的话听见了吗？"

"奴婢听见了。"何安连忙爬起来，犹豫了一下，坐在赵驰右手边。

"督公生了什么病？"赵驰问。

"奴婢没……"

何安这边声音没落呢，赵驰已经一手搬过他肩膀，一手贴着他心窝使劲那么一按。

"嘶！痛！"何安本来压下去的恶心胃痛顿时止不住，眼泪都痛得流了出来。

"不是说没病吗？"赵驰没再使劲儿，从压改成了揉，绕着他心口窝打转。

"老胃病了，不是大事。"何安强笑道。

"老胃病……"赵驰缓缓地说，"所以昨晚上不吃饭，是怕吃了胃痛？怎么不跟我说？"

"殿下关心奴婢饱饿，奴婢感激不尽了，怎么好拿这么点儿小事跟您面前甩脸子。"何安道，"您也知道，伺候宫中贵人，万事都要顺着主子们的时间来。饿了渴了都得忍着，这时间一久，自然就不舒服。这病，宫里人大半都得……不是什么大事。"

赵驰又问他道："有常备药吗？"

"喜平那里有黄连散，奴婢说到了皇庄喝。"

"让喜平送过来。"

他半天才拉回神志，掀开帘子，哑着嗓子道："喜平，把黄连散送到殿下这儿。"

喜平骑马过来，从行囊里拿出一个精致小囊从窗子里递给何安，何安接过去，掏出个小瓷瓶。

"就在这儿喝吧，你早晨给我烧的水还热着。"赵驰推过来一个杯子。

何安应了声是，打开瓶子，指尖轻微那么一抖，便有些黄连散倒出来。他又双手端了水瓶，袖子自然而然滑落，露出光洁的手腕，纤细得很。

一杯黄连散就那么被何安喝了下去，味道自然不好，他忍不住皱眉。

"怎么了？"

"苦。"

赵驰一笑，一本正经地让他在车上休息，自己出了马车，吹了声口哨，星汉就从后面几个跃进到了身边。

"殿下？"何安有些不安地从窗子里探出头来。

赵驰上马笑道："督公好好休息，我去前面探探路。"说完这话，星汉便飞驰了出去。

三

直到殿下的背影消失在路的尽头，何安才堪堪缩回半个身子。

他知道殿下是好心，何督公忍不住伏身贴在了软榻上。也许是痛劲儿过去了，又或者是软塌舒适，他竟然自己也没察觉，就那么睡了过去，一觉香甜。

等他从车里醒了，已是到了赵家庄。外面有人在说着什么，何安连忙翻身下榻，撩开帘子出去。马车停在陈庄头院子里，赵驰和徐逸春已经不在了，喜乐在外面候着，见何安出来了连忙道："师父，您醒了。"

"殿下呢？"

"一到这儿，殿下和徐大人就说要去田间看看，那陈庄头就带着人过去啦。您这不睡着吗，殿下让别打扰您，让您多睡会儿。"

"喜平呢？"

喜乐连忙道："殿下马车里的冰都化了，从御马监差了送冰的马车过来，喜平在村口卸冰。"

"你在这儿候着，我去找殿下。"何安上了马，走前对喜乐叮嘱道。

何安骑着马就上了田埂，沿着之前庄头带他走过的那条路往前一路追过去，绕了几条路，便到了田边，隐隐瞧见远处几个身影，正要张口喊，就听见有人大喊一声："死阉狗！"

接着旁边的灌木林里冲出个人影，手里拿着根竹竿，使劲冲着马上一捅。何安哪里料到这遭，猝不及防直接被人捅到了肩膀。

那人力气大得惊人，一挑杆子，何安便吃痛落马掉在了田地泥泞中，差点背过气去。"老子这招便是棒打落水狗！"那人一边哈哈大笑，一边跳上田埂，面目狰狞，恶狠狠道："皇帝老儿的狗，还记得你爷爷我吗？"

何安凝了神去看，过了好一会儿才想起来，这人是个泼皮无赖的佃农。

"你好大的胆子！"何安这会儿浑身都在痛，帽子也掉了，发髻凌乱，散在脸边，狼狈不堪，声音发抖，"你可知道咱家是什么人！"

"我知道，你就是皇帝老儿一条狗，被人砍了二两肉还吐舌头摇尾巴的贱狗！"佃户骂得脏，何安差点被他气得背过气去。

"我今天打的就是你！"佃户骂出一口恶气，抄起杆子又要打过来。可何安这一时半会儿动弹不了，眼睁睁地看着那竹竿就要落下来。

说时迟那时快，转眼有一道身影拦在了何安身前，接着一道剑影划过。那竹竿"嘎吱"自这头一分为二，瞬间弧裂开来，力道大得佃户根本握不住，吃痛着不由自主地撒了手。两半竹竿在地上跌落，弹了几下便不再动弹。

何安这才看清，赵驰手里持一柄软银剑，立在自己身前，这会儿那柄剑还在微微吟哦。

赵驰那身影巍峨，屹立不动，犹如天人下凡。

何督公看傻了。

那边佃户却没闲着，本来瞅着这个阉狗一时落单，想出口恶气，谁知道出来这么个人，他顿时慌了神，左右打量着要跑。

"站住。"赵驰上前一步，喝道。

不说还好，说了这话佃户更慌张了，便要退。刚退出没两步，又被人猛然从旁袭倒，天晕地旋间就让人按在了地上，然后脖子处传来了冰凉的感觉。

"喜平！"赵驰喝止道，"住手！"

喜平袖里剑已经出鞘，如今握在手中，抵在那佃户下巴，冷冰冰道："他伤了督公，死不足惜。"

"他为什么伤人，也得问个明白，让他死也死得清楚。"赵驰劝道。

何安终于是从地上爬起来："喜平，听殿下的！"

他眩晕了一阵，脚下踉跄，又被赵驰扶住。赵驰那骨节分明的五指毫不厌弃地抓着他的袖腕，顿时让泥弄脏了手掌。

何安脸色尴尬，低垂着头道："谢殿下。"

"督公小心。"赵驰上下打量了他一番，确信无什么大碍，搀扶着他上了实地才松开手。

"你说说，为何要袭击何督公？"赵驰问那佃农。

"你是谁？"佃农问。

"这是大端朝五皇子殿下。"

那佃农不理何安只对赵驰道："没什么道理，就是我看不惯他！上次来这儿就趾高气扬的，我就说了一句阉货而已，让他听去了，他就踏马踩坏了我的田，弄得我今年颗粒无收。家里几个孩子嗷嗷待哺，媳妇儿也跟人跑了。如今已是揭不开锅，不如就同归于尽得了，老子死也得拖个垫背的！"

赵驰回头问何安："督公看怎么办？"

何安站在那佃农面前，暗地里咬牙切齿恨不得把这狗贼挫骨扬灰，又碍于赵驰看着，只能装出公事公办的样子："一切听凭殿下做主。"

赵驰听了点点头，便道："你说是何督公害你颗粒无收，可据我所知，你终日酗酒，从不耕种，本来也无粮可收。你辱骂朝廷命官在先，何督公不和你一般见识，你不心怀感激，反而出手伤人，这次再饶你不得。待让人绑了，让高千户安排亲卫送顺天府问罪。"

那佃户傻了眼，顿时挣扎起来，破口大骂，听得何安皱眉："喜平，掌嘴！"

喜平上去扇了他几下，打得他头晕目眩，这佃户才回过味来，哭着叩首道："求殿下饶命，求大人饶命。"

此时后面一群人都赶了过来，不敢上前，只在旁边听着。

等他叩得额头都青了，赵驰才问何安："督公消气没？"

何安一怔，以为赵驰可怜他要放了这佃户，心有不甘，只好忍气吞声道："谢殿下为我出气。"

赵驰一笑："那就好。"

他弯腰对那佃户说："你记住了，国有国法，家有家规。我不要你的性命，只是按律例行事。"

他站起来挥手："绑下去吧。"

陈庄头连忙喊了人把那佃户绑了下去。

这五皇子看着人畜无害，还有几分漫不经心，有些人看了心中难免生出轻视之意。如今他这心肠纹丝不动，手段更是端得稳当。由小见大，此人身上流着皇族的血，绝不是什么善茬。

大家都凝神闭气，再不敢轻慢了他。

四

何安的肩膀让竹竿子敲青了一大片，回去脱了衣服让喜乐又是揉又是搓，痛得浑身发抖。然而他还没哭呢，喜乐的眼泪就啪啪往下落。

"我这笨手笨脚的奴才，要是跟着师父就好了，也就没这事儿了。"

喜平在地上跪着，听他这么说，叩了个头："是我的错，平时都是我保护督公。"

何安让他们一番矫情话说得牙酸。

"得了，干什么呢这儿？我还没死呢！你们都开始悼念上了？都滚起来该干什么干什么吧！今儿殿下给咱撑腰了，肩膀是痛，心且甜着呢！"

受了伤又受了惊，喜乐死活不让他出门，殿下那边让喜平跟着伺候。过了会儿殿下也让喜平传话过来，让何督公好好休息。何安只好在房间里又睡了一大觉，醒来的时候，都快三更天，外面灯火全息了。这皇庄地处偏僻，一灭了灯，漫天银辉，月亮高高悬挂在半天空。

他穿好衣服，推门出去，在院子里站了会儿。那一片星汉灿烂中，自孕育着宇宙乾坤。北斗七星横斜在苍穹一角，颇有几分壮丽。

"督公醒了？"赵驰的声音从上面传来。

何安回首一望，赵驰正在屋顶坐着，半依着屋脊，一手端着碗酒，正小酌。

"要不要上来看看，这边更美。"赵驰道。

"好……好。"何安连忙答应道。

赵驰一笑，又呷了口酒："房檐后面我让人支了个梯子，督公上来的时候小心。"

何安应了一声"是"，转到屋后，顺着那梯子爬上去。房檐上放着一张小几，正好支棱在斜着的瓦上，小几两边随意放了几个软垫，何安坐上去，一点也不觉得硌得慌。殿下素来是会享受的人，自然不会委屈了自己。刚坐好，一杯清酒就递到了面前。

"同饮？"赵驰问他。

"殿下，这不合适。"何安推却。

"没什么不合适的。"赵驰道，"这夜色如此好，不喝一杯，岂不辜负？"

无奈，何安双手接过了杯子，侧身轻轻抿了一口。暖风轻拂而来，夜虫窸窣。赵驰靠在软垫上，看着何安喝下了一小口酒，心底不由得叹息，他小心翼翼的模样，仿佛喝下了什么玉液琼浆，又像是喝下了穿肠毒药，那神色百转千回。

何安又喝了口酒，察觉了赵驰的视线："殿下看什么？"

殿下道："督公上次送了一幅墨宝给我，我还不曾回礼。"

何安顿时羞讪道："奴婢那算什么玩意儿，还劳烦殿下惦记。"

赵驰叹了口气，仰头看天，笑道："督公可知道我的名字是什么？"

"奴婢自然是知道的。"何安道。

"赵驰。"五殿下道，"驰是俊采星驰的驰，我这小字便是有枢。天上北斗有一颗星名曰天枢，督公可知？"

"天枢，便是贪狼星，乃是北斗第一星。"何安道，他抬手指天，"自天枢数来依次是，天璇、天玑、天权、玉衡、开阳、摇光。"

赵驰点头："督公博学。《天象列星图》有言，北斗七星……运乎中央，而临制四方，建四时，均五行，移节度，定诸纪，皆系于北斗。说白了，北斗星便是帝像，天枢乃是帝星。"

何安心头一跳，已是坐直了脊背去看赵驰。殿下素来谨慎，断不会突兀说起这大逆不道的话，他且仔细去听。

赵驰放下酒杯，站起来仰头看天，半晌后道："督公一片至诚之心，这些时日已是展露无遗，赵驰很是感动。未来日子，也得仰仗督公在朝中为我开疆拓土，未雨绸缪。"

自己纳了投名状，皇后那处有了安排，给殿下争到了一个拖字，一个替字，巴巴地等待一个结果，终于有了回音。

至此，五殿下算是终于信了自己。

何安心头的大石头终于落地，连忙跪下道："为殿下谋将来，便是为何安自己谋将来，奴婢怎么敢不尽心尽力？"

赵驰一笑，道："督公，夜深露重，我们下去吧。"何安应了一声，起身顺着楼梯下去。

待落地后，他仰望着赵驰。苍穹舒展开来，将殿下嵌入其中，背后无声旋转的巨大星河幕布，让他看上去俊采星驰，光华夺目。

第三章 梦破

一

　　巡视了几日，徐逸春这边大有所获，从庄上得了水利脉络，举一反三，对水利修缮之事可推行到京畿周边诸多皇庄适用。一行人待了三四天，便要离开。

　　走前一夜，陈庄头自然是使尽浑身解数办了场送行宴。好酒好肉通通摆上，老母鸡宰了，二十年的女儿红开封了，便是想将各位贵人伺候得舒舒服服，让他这个庄头的位置坐得稳稳当当，继续中饱私囊。且他还有别的心思。

　　酒过三巡，大家已是微醺，陈庄头讨好道："五殿下这样的贵人来，让我家里蓬荜生辉啊，未来子子孙孙怕是都要以此为荣。就是咱们陈家村实在是荒僻，也拿不出像样东西招待诸位。如今酒有了、饭有了，我让我家闺女上来给殿下跳个舞吧。"

　　赵驰杯子一顿，看那陈庄头眼神暧昧，已经知道是什么意思了。

　　"陈庄头慷慨，连女儿都可以拿来飨客？"赵驰问他。

　　陈庄头笑得极为谄媚，连声道："能见殿下天颜一面，也是小女子的福分，就请殿下成全了。"

　　赵驰带着笑意，没再说什么，给自己斟了一杯酒。陈庄头便连忙退到门口，不消一会儿，就有几个吹拉弹唱的和一妙龄少女入内。姑娘确实模样水灵，在这陈家村也算是个美人了。舞姿优美，弹唱俱佳，这陈庄头应该是用心调教过的，才有这身姿仪态。可是赵驰阅人无数，这样的小姑娘又怎么入得了他的眼，他心不在焉地听着曲子。

一曲终了，陈庄头问道："殿下觉得小女如何？"

赵驰回过神来道："尚可。"

陈庄头愣是从尚可二字中听出了些花样，对少女道："还不过来给殿下倒酒。"

少女应了声是，穿着那身薄纱衣连忙到了赵驰身边，为他倒酒。距离近了，便见那纱衣太薄，肌肤能看得一清二楚。女子战战兢兢，行动拘束，赵驰只觉得了无趣味。

"殿下，民女替您斟酒。"女子抖着声音道。

何安来得迟了，还没掀开竹帘，就听见草亭里传来女人的声音。他眉头一拧。

"是陈庄头的女儿。"喜乐道，"才十六呢。"

喜乐话音未落，何安心里翻江倒海的脏话已经把陈庄头上上下下骂了个遍。

他掀帘子进去，那少女已是行至一旁，抬手端着杯酒。陈庄头这不知死活的还在劝他女儿："你个不懂事的孩子，还不赶紧喂殿下喝。"

何安怒极反笑，走到殿下身前打躬行礼后，才侧头看向陈庄头："哎哟我说陈庄头，你这闺女倒是出落得动人。"

陈庄头不知道为何觉得面前这位何公公眼神不太对，不像是高兴，又不知道自己以女飨客是哪里触了何公公霉头，颇有几分得意道："嗨，家里三个女儿，就这个小的美貌，从小请了宫里出来的老姑姑教授礼仪，琴棋书画样样都会。"

何安上前打量，越听心里越是冒火，半天咬着银牙笑道："倒是个机灵的。可有婚配？"

陈庄头连忙摆手："不曾不曾，怎么会有婚配，养在绣楼里，连男人也没见过几个。"

"冰清玉洁，甚好。"

陈庄头以为何安真的夸他呢，乐得眼都眯了起来："哎呀，不然怎么敢来五殿下面前现眼。"

"嗯。"何安敷衍了两句，话锋一转，"我四卫营里，有一高千户，人高马大，年富力强，还未娶妻。陈庄头可有意结秦晋之好，举案齐眉？"

"啊？"陈庄头愣了，"不是的……我这闺女……是特地……"

"那就这么定了。"何安从喜乐处拿出一只玉佩，递到陈庄头面前，"这玉佩就是聘礼，你且收着。"

陈庄头苦着脸："督公，这……"

何安见他不收，脸色一冷，哼了一声："咱家做媒你也瞧不上吗？"

他那阴狠之气自然流露，陈庄头这才忽然想起来这阴阳阎王的厉害，吓得腿一软就跪倒在地，双手颤巍巍地接过玉佩。

赵驰瞧着好笑，也不多言，饮了最后一杯径自走了："天色不早，都去睡了吧。"

末了待众人走光，喜乐哈哈一笑，拍拍庄头的肩膀道："陈庄头，你啊，偷鸡不成蚀把米，赔了夫人又折兵。"

第二日清晨，赵驰一行人早早离了皇庄，高千户带着亲兵前两日便在附近扎营。高彬上前迎了几人，神色却匆匆。

"怎了？"何安问他。

高彬看了一眼赵驰。

"有什么话但讲无妨。"何安道，"没有什么殿下听不得的。"

高彬遂不再避讳赵驰，对何安道："刚咱们营里的兄弟来报，说是喜悦公公让关掌印带回御马监了。"

何安心头一跳，眉毛拧了起来："什么时候的事儿？"

"已有两日了。关公公让关了各卫所大门，又让总指挥司下了禁令，卫所亲兵一律不准出去，否则严惩不贷。咱们的人，连同腾骧左卫、腾骧右卫两处卫所营地全都被人看着了，动弹不得。来的兄弟也是九死一生地跑出来，路上跑死了一匹马才赶过来报信。"

何安抓着缰绳的手已捏得死死的："他凭什么抓我的人？"

"关公公说喜悦公公本是宫里的奴才，如今倒是在宫外逍遥，犯了宫规，要拉回御马监严惩。"

何安咬牙切齿："这个老东西！整日里想着编排我的不是，也盯着喜悦呢。如今我不在京城，他收拾不了我，就拿我的人开刀。怎么能让他得逞！"

三

何安琢磨了一下，便躬身对旁边听了一阵的赵驰急促道："殿下，奴婢怕是不得不回去一趟。奴婢让高彬和喜平跟着您，万事无忧。"

赵驰也是第一次见他这么急，安慰道："督公莫急，万事总有解决之道。况且此处离京城四五十里地，急也没有什么用，不如群策群力，琢磨下怎么稳妥解决。"

何安稳了稳心智："殿下教训得是，奴婢受教。"

"这喜悦是什么人？"赵驰问他，"听起来名字与喜乐、喜平一脉相承。"

"殿下所说没错，喜悦是奴婢的徒弟。"何安道，"他原本是个弃婴，一年大雪时节让人扔在了北安门外，让宫里人给捡了回来，当了个小太监。一直长在御马监，当年给关赞当过好一阵子的差。"

"以前人机灵懂事，算术上有天赋，早早便通读了算术十书，对推演、算筹尤为擅长。有一回，当时的司礼监掌印见了这孩子赞说可堪大用，这天资聪慧便遭了关赞嫉妒，怕喜悦大了要夺他的位置，找了个由头，给他吃的东西里下了药。"

何安叹了口气，苦笑道："这孩子知道不好，爬到我门前求我收留。奴婢找了御医想办法，人是救回来了，脑子彻底毒坏了。兴许还记得自己最后是吃食上出了问题，就知道吃。"

赵驰听了点头："督公是心善之人。"

"殿下您可就折煞奴婢了。"何安道，"奴婢也不是什么软心肠的人，可他要死在奴婢门前，奴婢怕是要遭报应……况且即使是个猫啊狗啊的，瞅着了谁不得喂两口，这么个活人，谁能真忍心啊。喜悦是关赞的心头病，不是因为奴婢，他后来也能死了七八回了。这次是逮着空了，硬是去奴婢家里抓了人。"

何安顿了顿又气了起来："奴婢一出城，他后脚就端我的家，还绑了我的人。若奴婢今次不速速回去救人，让人轻看了，奴婢部署里有些不老实的必心生反意。"

"督公说得对。"赵驰道，"但是这样仓促回京，人疲马乏，也不是个办法。"

赵驰话里有话，何安一听就明白了。

"殿下可是有什么良策？"何安连忙问，"求殿下给奴婢指点。"

"也算不得什么良策。"赵驰道，"喜悦这事，急在要保证喜悦安然无虞，根本则是在关赞这个人身上。我认识些朋友，倒也有些神通，让他们先寻了门路，去护着喜悦，莫要他吃苦，再做其他打算。"

"殿下说得是。"何安心里宽慰了点，"急就急在人要是没了，什么都是马后炮。"

"你且等我。"赵驰道。

他唤了府上随行的侍从拿了鸽笼过来，里面三只鸽子，赵驰依次写了一行小字送了出去。

"这是倾星阁的鸽子。"赵驰道，"京城那边自然会有人得了消息奉命行事，督公放心吧。"

他说完这话，何安那边半晌没吭声，赵驰有点疑惑，回头看他。

何安眼眶都红了，低声哽咽了一下道："殿下竟然愿意为奴才们谋划。奴婢……死了也值了。"

这人，身穿从四品补服，御马监掌权人物，与兵部共执兵柄，麾下亲兵三十二千户，什么惊涛骇浪没有见过，每每却为了自己一点小恩惠感动……

若只是逢场作戏也罢，可他神情并不似作假。

"督公，如今咱们也是绑在一根绳子上的蚂蚱，谁荣谁损都是一样的。"赵驰收起了心思道。

"殿下说得是，奴婢省得。"何安说了这话又道，"如今这信儿是送回去了，奴婢怕还是得随后回京。"

"督公自去准备。"赵驰道。

此时匆匆忙忙，何安也顾不得再多礼，抱拳行礼后便带着喜乐喜平去和高千户商议回京之事。

三只信鸽，飞错了一只，失了一只，另有一只半个时辰左右便飞入了青城班的后院，又过了顷刻，刚刚起床的华雨泽便看到了赵驰的那行小字。

他沉吟一下，对送信上楼的向俊道："盯着御马监的动向，找了消息报上来，再让人查查这个叫喜悦的公公关在何处。"

青城班的速度不可谓不快，华雨泽洗漱完毕，换了衣服，便已得了信儿。

御马监前几日确实封了卫所大门，当值的禁军不让人进出，看来那个高千户所言无误。至于喜悦的下落……

"倒不在御马监。"向俊道，"关赞把喜悦公公抓了送到了北安门内的羊房夹道边儿，现今人关在安乐堂里呢。"

"安乐堂？"华雨泽皱了眉，"那地方关人，没事儿也关死了。"

安乐堂是出了名的人间地狱，宫里但凡有病的、年迈的、犯了罪的，不论男女都被送到安乐堂拘禁。一窝疯子加上一群病秧子，没吃没喝不让出来。说拘禁已经是个好词儿，往直了说就是等死。

"找个人过去看护。"华雨泽道，"已经两三天了，天气又热，再染了病就麻烦了。"

"是。"

"等等。"华雨泽想了下，站起来，"我亲自走一趟吧。毕竟是师弟第一次给派任务，别给他办砸了回去被老师唠叨。"

向俊震惊地看他。

华雨泽眉头微皱："怎么了？"

"也没什么。"向俊老老实实地说，"班主你这么多年醉生梦死、荒废武艺，除了腰更软了哪里都没长进，我怕你去了皇城里给我把事儿搞砸了。"

华雨泽："有你这么跟老板说话的吗？"

"我这是为了咱们青城班的颜面。"向俊摸摸鼻头，勉强妥协了，"算了，既然你要去，就去吧。我让下面兄弟们警醒着点，以前杀人越货，多偷头猪也不见得能走漏风声。"

华雨泽：……

喜悦被关赞关在安乐堂内已有两三天的日子，这期间就给了两餐黑窝窝头，再没有其他吃的。住的穿的用的不好，他倒也不在乎，就是这个肚子饿得慌，有些受不了。蹲在柴房角落里委委屈屈的，抓了根稻草嚼着。

过了一会儿实在是太饿了，忍不住就小声哭了起来。

"哭什么？"有人在门外道。

喜悦吃了一惊，吓得往草堆子里钻了钻。

"怎么没声了？"那人脾气好像不太好，不耐烦道，"不是死了吧。"

"才……才没有！"喜悦钻出个头来，"你是谁？"

那人推门进来，蹲下来看了看他："受了刑？还好，不算重，回头让人给你送伤药过来自己擦擦。"

"你谁啊？"

"我是你们何督公求了五殿下过来看你的。救你出去有风险，我这条暗线怕是要暴露。但是……"华雨泽嫌弃地看着草堆子里的小太监，"你有什么要求尽管提，可以的话我都能满足。"

"真的？"

"真的。"

喜悦信了他，睁着亮晶晶的眼睛看着他："姐姐你真是个好人！"

"你叫我啥？"华雨泽有一种不太好的预感。

过了两刻钟，华雨泽才从里面负手出来，一脸说不出的郁闷。

"怎么了？"向俊愣了愣。

"没什么。"华雨泽说，"喜悦公公有些要求，你安排人去办了送过来。"

"行。"向俊说，"没问题。"

"他要吃……"华雨泽站定，掰着手指头开始数，"烧鸭子、虎皮肉、盐水鸡、状元糖、蟠龙菜、烤苏饼……"

向俊以为他说完了。

没想到华雨泽喘了口气又继续道："烧猪头、炒银鱼、灌腊肠、糟鲫鱼、熘肥肠、琅琊酥糖、酒酿粉圆、炒肉裹荷花饼……"一炷香的时间终于说完了。

华雨泽抬抬眼皮子："去办呗，你能力不是最强的吗？愣着干什么？"

向俊："……在下告辞了。"

三

何安收拾了行囊，带着喜乐、喜平及十亲兵一同回京，高彬本要同行护送，何安说什么也不同意。

"殿下这边还得依靠高千户护驾。"何安叮嘱道，"千差万错不是错，殿下有了闪失便是提头的错。"

高彬听了何安的叮嘱，连忙道："督公放心，只要有高彬一条命在，定让殿下这遭差事不出差错。"

"有你在，咱家是最放心的了。"

这边跟高彬叮嘱完了，何安又细细把一切事宜安排妥当，这才去跟赵驰辞行。赵驰早在道口边上等他。

何安连忙快走几步，到了赵驰面前，躬身行礼道："殿下，奴婢收拾停当，带着喜乐、喜平先回京了。这一路道儿不好走，您万事小心。"

"督公才应该多多小心。"赵驰道，"这次回去，千万不可大意……"

他又笑了下："嗨，这种事情，督公位至提督，想必也是不用我多叮嘱的。就是一样，这背后的根子在关赞身上，督公要绝后患，还应从关赞身上下手。"

"奴婢明白的。"何安连忙应道，"奴婢这次回去，定要把这条老狗打下去。未来殿下若有诏令，奴婢也好坐御马监以响应。"

"这都是后话。"赵驰从怀里拿出一小块焦木，"这是倾星阁的令牌，你这次回去，按照我之前告诉你的方式，便能调用些力量，若有需要，能从暗里帮助督公成事。"

何安一怔，他这些年来往上爬，哪次不是靠自己使了无数手段，踩着人头才到了如今这地步，从未想过谁会帮他，更别提是殿下。他倒是怕殿下知道了自己的狰狞嘴脸，等殿下看明白了他是怎么样一个人……还肯不肯信他？何安发了呆。

赵驰也习惯了，催促道："督公？"

何安抬眼小心翼翼地看他一眼，眉宇间有些惨淡神色，然而很快地垂下头去。何安撩了裙幅，垂首跪地，抬高双手受了赵驰的令牌。

"殿下……"何督公谢了恩，声音有些哽咽起来，"奴婢这就不能随行伺候了，让高彬替我伺候殿下些许时日，尽些孝心。待奴婢蹚平了御马监这摊浑水后，再恭迎殿下回京。"

一路快马加鞭，紧赶慢赶，第二天城门一开，何安一行人便入了京城。

先回了府。

何府的牌匾还在，偏门让人给撞开，门后的大扛也坏了。府里更是乱成一团，尚能见当时有人来抄家逮喜悦时候的阵仗。

下人们跑的跑走的走，没剩几个，都正在收拾屋子。等何安进来了，一时都愣了，张大厨哭着给何安行礼："老爷，你可要把喜悦这孩子给救回来啊。我的喜悦儿啊，不知道会不会饿着，会不会遭了人欺负。"

何安烦着呢，哪里想理他。把他推给喜平安抚，自己匆匆进了屋。什么内库财库统统不看，径直去了书房。书房果然如他所料，被抄得面目全非——关赞嫉妒他字写得好，这次逮着机会了肯定是要把他写过的统统烧了撕了。那个装着殿下赏赐之物的宝匣，也让人翻了出来，盒子裂成几片。

刚得了赏的帕子，揉成一团，压在倒下的椅子下面。何安冷着脸把它小心捡起来。

早些时候殿下题了两句诗的便笺，被从小匣子里拽出来，估计关赞以为是他写的，被撕得粉碎。

还有那端砚，红匣子烂开，砚台摔碎在地，缺了好几个角。

何安撩裙子蹲下去捡砚台，刚把砚台端在手里，红匣子一动，从里面露出一张银票，五千两……

想起来了，殿下那日来是来送礼的。不是记得他何安是江月，怕是更不会记得他是当年被殿下照拂过的小太监了。自己误错了情分，凭空跟殿下那般熟络……殿下也是个好人，没觉得自己冒失，更没点破层层绕绕的，留了体面给自己。

这碎了的砚台，一时间就跟碎在了何安心头一样，他只觉得堵得慌。恨不得马上撕碎了衣服，剖出个真心来，就这么送到殿下面前去，跟他说自己什么也不求，就求做他的座下鹰犬。

看着自己这些年来一点点攒着的、当成宝的东西，让关赞那个老家伙作践，又想到殿下也许根本不记得自己这么个奴才，种种不过是自作多情，何安就更难受，更恼火。

瞬时间，怒火烧过了脊梁骨，从后脑勺烧上来，烧得他理智全无。

如果不是关赞无事生非，他怎么会知道这档子事儿！若不是关赞摔了他的宝贝，他还稀里糊涂地偷着乐，怎么地，不行了？！

偏偏要来为难他，让人气恼！

"关赞！"何安咬牙切齿，"既然你急着上路，咱家便送你一程！"

「四」

何府乱成一团，书房一片狼藉，喜乐只进去看了一眼，知道何安当成宝贝的东西都毁了，连忙退出来，吓白了脸，动也不敢动，站在门口候着。又过了阵子喜平回来了。

"督公呢？"

"在书房，好一阵子了。"喜乐小声道，"关公公也是敢，五殿下的东西全给毁了，这怕是要天崩地裂啊。你那边儿呢，怎么样？"

"财库，内库，锁都好着的。家里也就是少了些摆件和外面的散银，没什么大损失。"喜平道，"估计人来的时候，也不敢太嚣张。"

"那是的，毕竟皇城根儿下呢，不知道的还以为兴土匪了。"

"我还有些探子报来的消息。"喜平道，"得跟督公说说。"

"你可千万别进去，找死！"喜乐连忙拦着他。

"可——"喜平还要说什么，两个人正纠缠着，书房门开了，何安从里面迈步出来，他面容平静，一身贴里整整齐齐，丝毫不见半点狂怒神色。

"说吧，怎么了？"声音也是阴冷得四平八稳。

喜乐忍不住就打了个寒战。人到怒极，反而就平静了，可狂风暴雨前那点宁静最可怕。

"喜悦关在安乐堂。"喜平道，"我跟殿下那边的人也接触上了，昨儿个已经有人过去给打点好了。喜悦暂时平安，督公请放心。"

何安嗯了一声往自己的院子走，喜乐、喜平跟在他后面。

"督公，我们什么时候去救喜悦？"喜平问。

"喜悦既然无恙，便不着急救了。"何安道，"难不成要传出去咱家为了个小太监，大闹皇城？关赞不就端着这心思吗？等我失了理智，带人进了皇城，或者去御马监跟他对峙，他就能绑了我，直接夺了我牙牌，撕了我的补子，从此咱们大端朝就再没有姓何的提督了！"

"难道就放过了关赞？"喜平皱眉，"就这么便宜他？"

何安迈过门槛，踱步走到回廊侧那只刚盛开的秋海棠旁，掐了一朵海棠花轻嗅，嘴角还噙着丝笑意："急什么，且有他后悔的时候。"

这边说完了话，何安顺着回廊走到院子客厅正门，却见盈香就站在里面，手里抱着个软布包。几个人一愣。

何安皱了眉："她怎么还在这儿？"

"本来是让她待几日避风头，前两日要送回照夕院的，正好遇上关赞带人过来，下面人说一乱就耽误了。"喜平道。

何安听了更不高兴："尽给咱家留钩子，还嫌不够乱是吗？一会儿就把人送回去。"

"是。"

何安径直进去要往后堂转，盈香已经上前两步，叫住了他："督公留步。"

何安瞥她一眼："做甚？"

"督公，我知道您今日回来，定要送我回去的。"盈香说着，把手里拿的布包递过去，"我缝了两件衣服，还有几双鞋底，求您收下，算作是救我的谢礼。"

何督公这会儿正烦着心，哪里有心思跟她儿女情长。他扭头过去就要开骂，刚张嘴，就看见盈香眼眶里都是滚来滚去的泪，饱含亲情思绪，正戳中了何安心里那块儿软肉。

他叹了口气，缓了语气："咱家的衣服穿不完，不差你这两身。"

"求督公收下。"盈香道，"婢子身无长物，也只能尽这份心意。"

何安看着站在自己面前的女子，若不是二十年前那场风波，她定早已嫁了朝中某位权贵做正妻，生儿育女，位列诰命，又怎么会跌入这摊泥淖，生死悲喜都不由自己做主？

原本便是命运好捉弄，顷刻翻云覆雨。

"喜乐，收了吧。"过了片刻后，何安道。

盈香转悲为喜，连声道："多谢督公。"

何安不忍再看，拂袖而去。他知道自己不该收这两套衣物，更不该让盈香在府内留这么久，最最不该的就是在照夕院跟她单独见面。如今桩桩件件，该做的做了，不该做的也做了……未来怕是要更谨慎点才好。

第四章　狌狌

一

"七月初九，京畿有男女野地露宿，遇见一个奇怪的动物，举止怪异，伏行人走，见人惊逃。七月十一，这个怪物随着黑气入了人家房子，直抵密室，致人昏迷……"皇城内，养心殿难得用上一遭，李伴伴拿着东厂呈上来的折子念着。

今日极为炎热，太子先去西苑叩见了皇上，聊了也就一炷香的时间，皇上便让李伴伴招了顺天府尹谭齐、钦天监监正蔺景天、司礼监掌印王阿来养心殿御前问话。皇上这些年身体不适，已多年不曾移驾养心殿，这次的阵仗倒是惊了不少朝野之人。

李伴伴读到此处，端文帝问王阿："这可是你东厂密报？王阿你自己可阅过？"

王阿站在端文帝右侧第一位，躬身道："回主子的话，东厂报上来的，奴婢都一一看过，才敢封了密印送入大内。"

端文帝叹了口气，挥挥手。

李伴伴便继续念道："七月十三日，有一许姓人家皆死，尸体遭异兽啃咬，血流成河惨不忍睹。见者曰其物金睛修尾，其状如人而魋魋，长嘴獠牙，喜食人肉。自此以后，此妖遍城惊扰百姓，本来有心抓它，而行踪诡异，不可得。恐有再伤人之迹象。"

"然后呢？"端文帝问。

李兴安道："回主子，这密报后面便没了。"

端文帝抬了抬眼，扫了座下群臣，又问了一句："然后呢？"

李伴伴知道这句不是问自己，收了密报站在端文帝身后。

过了半晌，顺天府尹谭齐站出来道："陛下，此事最先是顺天府差役得了消息，待七月十三日后，已是派了府内衙役们四处追查，寻找这妖物之下落。只是这妖物行踪诡异，后续几日又频繁伤人，府内衙役人数有限，已是捉襟见肘。事出紧急，便请了太子向上呈报。"

"东厂这边一直竭力追查，从未间断。"王阿随后道。

"可曾与顺天府这边互通有无？"端文帝问他。

东厂行事本就特立独行，又极具隐秘特性。王阿此人在朝堂上与诸位大臣们针锋相对惯了，一手遮天、独揽大权，顺天府何时入过他的眼。

"不曾。"王阿回道。

"这折子是七月十五才拟好送入宫中，之前为何不曾上报？"端文帝又问，"初九、十一、十三几日发生之事都没有密报，朕让李兴安翻过的。"端文帝冷哼一声，"是觉得这事儿太小，入不了你司礼监掌印、东厂厂公的眼吗？若不是今日太子来报，朕还被蒙在鼓里。朕让你管个东厂，你就管成这个样子！若是你能力不足，不如朕换个人来坐镇东厂？"

王阿眼睛都没抬一下，跪地道："都是奴婢失察，请主子治罪。"他连辩驳一下都没有，乖觉得让人挑不出刺儿来，倒更让端文帝觉得他分外惹眼。端文帝厌弃道："不争气的东西。"堂下自无人敢言。

又过了少时，端文帝怒气渐消，开口问钦天监监正："蔺监正，以你博学可知此妖为何物？"

蔺景天连忙作揖答道："陛下，我听东厂密报所言，此妖伏行人走，倒是有一物类似。"

"哦？何物？"

"《山海经》中有一异兽，名曰狌狌，书中记载：南山之首曰鹊山，其首曰招摇之山，临于西海之上。有兽焉，其状如禺而白耳，伏行人走，其名曰狌狌。好食人肉，行踪诡异。"蔺景天答道，"怕是此物了。"

"蔺监正博学。"端文帝赞道。

后续事宜正常了不少，先是督促顺天府与东厂联合尽快把妖物捉获，又让人传旨给御马监加强了禁军防守，关赞与何安自然是责无旁贷。皇帝亲自监督，一通布置，等出了养心殿已是黄昏。

王阿与太子一行人拜别，从北华门出去，贴身伺候王阿的太监董芥早领轿子候着，王阿也不见什么情绪，转身就上了轿子。

"司礼监里都谁在？"王阿问董芥。

"郑秉笔在。"董芥道，"陈秉笔今儿不当值。"

王阿嗯了一声："去御马监请关掌印过来，若何安在一并叫上。"

"是。"

王阿回了司礼监，换下常服，刚坐下喝了两口茶，郑献人已经进来，作揖道："掌印，我来了。"

王阿表情不咸不淡问："陈才发人呢，今儿皇上召唤，他赶不回来？我记得狂狂一事乃是他主写的密报。"

"说是不当值，宫外急事赶不上，便没来。"郑献道，"掌印记得没错，确实是陈才发主写，我半点不清楚。"

"合着你是一点不知情？"王阿眼皮子也没抬，吹了吹碗里的茶叶子，"问你竟也说不清楚。太子那边倒是一清二楚啊。"

郑献连忙赔笑道："掌印您这话说得，我自入司礼监当差，太子那边就来往少了，难得去一趟。这事陈秉笔主操，我不方便多问，太子那边更是没有提及过。东厂密报不得与旁人知，这点规矩我还是懂的。"

顺天府尹谭齐乃是太子太傅、当朝内阁大学士庞向笛的同窗。一早又是太子先去给皇上禀报，让东厂落了后。郑献是太子身边大伴……说他不清楚这事儿，谁也不信，说不定就是他看了密报跟太子告了状，这会儿把事情撇得一干二净，真不是个东西。

王阿心下了然，也不多纠缠："陈才发最近总是心不在焉，差事办得越来越差。今儿我能给他顶了锅，保不齐下次是个什么情况。你呢，今儿就差人出宫把他给我找回来，我倒要问问司礼监这份差事他还想不想做。"

郑献应了声是，转身便要退下，正巧关赞与何安二人来了。

几个人互相打了招呼，当着王阿的面也不适合详谈，郑献出了门，关赞与何安掀帘子进去。

二人站在下首向王阿作揖行礼。王阿瞥了一眼何安，又扫了一下关赞。两人站得不近不远，关系仿佛不疏不亲。

七月初关赞一通闹，京城里没人不知道。可何安那边真没什么声息，还去给关赞请了罪。关赞不说了，皇城里十几年老人儿，自然绷得住，可何安年纪轻轻的就这么沉得住气，王阿倒有些另眼相看起来。

王阿把这妖精的事情说了一遍，又道："这事儿如今还在京城里，尚且可控。那狴狌速度非人，亦会攀墙爬树的，莫让它进了皇城。扰了主子们的清净，那咱们可真是万死难辞其咎了。"

关赞连忙道："王掌印说得是，御马监这边定严加部署，不让一只鸟儿飞过城墙的。"

"如此便辛苦关爷了，你这边多少仔细着点。"

"小的明白。"

关赞先走了，何安也要退下却被王阿叫住："你和关赞是怎么回事？"

何安装糊涂道："掌印指何事？"

王阿一笑："这京城里什么狴狌的破事儿，我是一分也不信的，难道这天底下还真有妖精不成？不是你出的谋划，找人假扮妖精，出了事情了，再挑拨太子告状？或者是我年纪大了看走了眼？"

"您年富力强的，怎么能这么说自个儿呢？"何安一躬，"借何安一万个胆子，也不敢在您眼皮子底下这么玩啊。"

"没有是最好不过。"王阿那双狐狸眼一挑，似笑非笑地看他，"怕是真玩出了事儿，谁也保不了你。你可记住了，这权力滔天，却大不过天。主子爷一双慧眼盯着呢。"

"谢掌印提点。"何安道，"关爷和小的之间也没什么，您多虑了。"

"得了，下去当差去吧。"王阿不再多说什么，索性睁一只眼闭一只眼，由得他们去闹吧。

三

且说赵驰与何督公分开已有二十余天，已是进入顺义境内。何安两三日一封呈报地寄过来，事无巨细对京城动向做种种称述。言语直白，语气恭敬，将利害关系讲得一清二楚。

回京后，他先是压下怒火，回御马监向关赞认错，自罚半年俸禄，又丝毫不提喜悦的事，让关赞挑不出错来。又让喜平去找了倾星阁暗线，与暗线接触，让他们装作狌狌在京城四处起火，借机铲除了几个平日里就贪多嚼不烂的小门小户。最后又找了太子，太子本就看不惯万贵妃一党，更看不上王阿之流，一提此事，便去找了皇上告状。林林总总把京城一摊水搅得更浑。

在局中之人，自然看不清，以为是太子要针对王阿。然而赵驰隔岸观火，却瞧得清清楚楚。若是这狌狌真闹进了皇城，甚至闹入了后宫，首先要掉脑袋的便是关赞。

"殿下，马匹都备好了。"高彬在马车外道。

赵驰拉回思绪，抬笔在纸上写了一个字——陈。纸条卷好，塞入鸽子腿下的皮囊内，掀帘子下马车，放了鸽子往京城方向而去。他相信以何安的机敏，定是懂得自己所写之意。

徐逸春在外等候。赵驰抱拳道："徐大人，我能做的事情都已完成，后续还请你跟进此事，我家中有事不得不先走一步。"

他笑了笑又道："说起来，我对水利一无所知，倒是你徐家父子，二代为官，年年上奏折，才有了今日之举。拳拳之心，感天动地。"

徐逸春连忙道："殿下所言过谦，逸春定不负殿下所托。"

"既然如此，我与高彬先回，你带剩余亲兵及随行侍从，再勘后续。"赵驰接过缰绳，翻身上了星汉。

徐逸春抱拳鞠躬："请殿下放心。"

赵驰引马而行，与徐逸春一行人分别。

何安从王阿的院子里退出来，门口只剩下董芥。他给董芥打了个招呼，出了司礼监，径直回了御马监。关赞并不在，问起来说是去卫所里调动人马加强防御了。待了不久，喜平从宫外来了御马监。

"如何？"何安问他。

"倾星阁那边的人早就潜入皇城。"喜平道，"只待督公一声令下，就可调动。"

何安道："知道了。银两都备足了？"

"是。"喜平应了一声，从怀里掏出一个拇指大小的皮囊，"殿下来信了。"

何安本来冷冰冰的，一听这个整个人顿时活泛了起来，他眉毛一挑，抬眼喜道："快送过来我看看！"

喜平见惯不怪，双手把皮囊递了上去。何安指尖一挑，就把皮囊上的绳子挑开了，然后从里面倒出一片卷成一团的纸张，摊开来一看，皱了眉，半晌没吭声。

喜平问："殿下说了什么吗？"

何安把那张纸递给喜平看，纸上写了个"陈"字。

他站起来，夹着那纸片，负手踱步琢磨："陈……什么陈……陈才发吗？"

殿下想借机收拾陈才发？不……不是殿下想收拾，是殿下提醒他可以借机收拾陈才发。一想起那日陈才发欺负盈香的场景，何安觉得收拾了陈才发也并非什么坏事。可是殿下为什么非要单单现在提这么一个陈字呢？一定还另有深意……

他抬头对喜平道："给我备轿，我去趟司礼监秉笔值房。"

司礼监内，郑献此时正在当差。

"师兄。"何安行礼道。

郑献看也不多看他一眼，冷哼一声，忙公务去了。

"师兄，借一步说话。"何安姿态放得更低，"师兄……"

郑献就那么晾着他，忙自己的事，值房里人来人往的也不止郑献一人，都看着何安那边干站着。又过了好一阵子，郑献终于是忙完了，也觉得给何安脸子甩够了，这才道："什么事儿？"

"借一步说话。"何安恭敬道。

郑献起身踱步到了值房外的偏僻小院。

"说吧。"他懒懒道。

何安给他鞠了一躬："师兄，我给您认错来了。"

"呵，御马监何提督何错之有啊。"郑献凉凉道。

"狌狌这事儿也是师弟我借力而为，赶巧了，太子那天找我过去问话，我便跟太子说了。"何安道。

"我何必怪你这个。"郑献道，"咱们可都是太子船上的人啊，这事儿嘛，你做，我做不都一样。"郑献的声音依旧阴阳怪气。

何安知道因为自己给太子献了计策，在太子面前露了脸，郑献极为不高兴，连忙安抚道："我这主要是想着，陛下对王阿已有忌惮。这事儿定会让皇上对王阿更为不满，师兄接管东厂怕是指日可待了。"

东厂……一般来说都是司礼监的秉笔太监掌管，可这王阿牢牢把持着东厂大权不肯松手，郑献是新晋秉笔，根本争不过王阿，处处被他打压，积怨已久，就盼着王阿下台，听了何安这一番话，脸色才稍微缓和了些。

"哼，听说王阿在御前下跪请罪，还让皇上当着外臣的面斥责，他掌印以来都还没有过吧。"郑献心里舒坦了点，"你说你呀，有点什么事儿，也跟我先通个气，我也好照应照应。"

"师兄说得是。"何安连忙道。

说完了这话，何安又道："师兄……我这次就是痛改前非，跟您商量来了。"

"哦？"

"您是我师兄，也是司礼监秉笔。我这能坐到现在的位置，全靠了您。咱们是一荣俱荣一损俱损……"

"有话不妨直说。"郑献道。

何安笑了笑，问郑献："那王阿，就算是这次，也是闹不死的。可有的人就不一样了。这事儿是陈才发主笔，按道理应是他责任最大……我知道师兄跟陈才发一直不太对付，要不要趁着这次狌狌的事儿，先收拾了陈才发再说？"

郑献一抬眼，将信将疑。

何安左右看看，低眉顺目地凑过去，在郑献耳边说了什么，只见得郑献脸色雨过天晴，露了喜色："我说你小子，胆子可真不小。"

何安道："能帮上师兄，我已经是知足了，受不得夸的。"

三

赵驰舍了马车，与高彬等人轻装上阵，一路快马扬鞭，第二日晌午时已经到了城外，对高彬说："你带亲兵先走，我还有些其他事。"

等高彬一行人走了之后，他才低调地入了京，没回府，径直去了东市后街一个不起眼的宅子，按照事先的约定敲门三声，里面有人开门。

那人面白无须，一瞧竟是万贵妃身边那个不起眼的太监，赵驰之前进宫面圣后，正是他带着赵驰去见了万贵妃。

"娘娘让奴婢不管等多久，都要等到您回来。"小太监端了套内官服及牙牌进来，递给赵驰，"殿下委屈一下，等去了娘娘处换。"

他换好衣服，跟着那小太监一起坐了辆灰布牛车晃晃悠悠从北安门入了皇城，又走北华门入宫，一路畅通无阻，小太监腰间别一块儿司礼监牙牌，若有人上前盘问，他只消晃上一晃，左右之人便纷纷让路。

等到了南华殿后门送他进了南华殿，小太监才告辞。

赵驰入了南华殿，去了万贵妃所在的主殿，左右侍从早就退下，万贵妃半躺在屋檐下的罗汉榻上，一身丝绸纱衣，保养极好的脚裸着，脚踝处挂着个金铃铛。

她一边儿喂猫，一边那铃铛就叮叮当一串响动。

虽然已年过四十，却带着少妇的风情，亦有一番勾人的韵味在其中。

"给娘娘请安。"赵驰走到万贵妃身旁，作揖道。

万贵妃抿笑瞥他一眼："不是跟徐逸春在京畿勘查水利吗？怎么就无声无息地回来了？"

赵驰抱拳笑道："京城闹了狌狌，着急回来为娘娘分忧，便顾不得其他。"

"这事儿连你都知道了？"万贵妃问，"看来，确实闹得不小啊。"

"是。在京畿就听说皇上震怒，斥责了王阿。我知道王阿是娘娘宫中旧人，怕您受到牵连，就紧赶着回来了。"

他表情诚恳，丝毫没有作假的嫌疑，也许连赵驰自己都信了这样的理由。

万贵妃听了这话，静了半天："哎，王阿虽然是我宫中老人，可是他这当了司礼监掌印，我的话也不见得好使了。"

赵驰嗯了一声，道："难免的嘛，司礼监掌印，东厂厂公，一手遮天，能把谁放在眼里。怕是皇帝那边，他也偶有顶撞呢，娘娘还是得宽心。"

这话戳到万贵妃心坎上了。

到了如今的身份地位，王阿已经没有以前那么听话。为了避嫌，都很少专程登门。当年一个不入自己眼的小火者，如今成了天下最厉害的太监……宫里的事儿还得找他帮忙。

更何况皇上最近因为对王阿不满，连带着连南华殿也极少招抚了……

万贵妃当着赵驰的面自然不好多说什么，不阴不阳地笑了笑："王阿这奴才，原本是跟过我的，他能在司礼监当差，也是我在皇上那里做了保，谁知道反而连我这个主子也鲜少问津了。"

"他能这样，不过是仗着背后的东厂天底下独一份儿而已。"赵驰道，"若真有个什么人能跟他分庭抗礼，等他吃了苦头，自然会回来求娘娘。"

"这话怎么说？"

"也没什么头绪。"赵驰轻描淡写，说出来的话却雷霆万钧，"前朝当年分设东西二厂，就是怕一厂独大。我大端朝制式效仿前朝，为什么不可以也设立西厂呢？"

"西厂？"万贵妃一怔，似乎有所触动。

"我猜测啊……皇上早就想设西厂了，只是没找到由头，朝野上下也没个人提议。如果真有人率先去提，一定能讨得皇上欢心。这好事儿，总不能让太子独占吧？"

"这……"万贵妃犹豫道，"前朝西厂可是在御马监的，御马监可是太子的天下。"

赵驰轻笑："那就换了关赞呗，让何安接任。他一个年轻太监，根基不稳，能有什么威慑。况且西厂也无须久设，只要有几个月时间，让王阿知道谁才是那个能翻云覆雨的主子就足够了。过段时间，找个由头再撤了西厂，谅他们也翻不出大花样。"

赵驰低声在万贵妃耳边道，像是要给她灌入迷魂药一般："娘娘想啊，如果到时候真有了西厂，王阿自然有了忌惮，他还怎么敢不费心讨好您呢？毕竟在皇上身边，最受宠爱，且持久不衰的也只有您了。"

这话实实在在地触动了万贵妃的心。

她担忧的无外乎有三：王阿背主、失去圣宠、大权旁落。

如今设立西厂，一箭三雕。七皇子朝堂谏言，讨了皇上欢心，皇帝自然也会对自己态度有所缓和。最根本的是能给王阿一个教训，让他再不敢起别的心思。至于西厂最后会不会有其他影响，赵驰不是都说了吗？过几个月找个由头撤了就是。那个何安素来谨小慎微的，怕是也掀不起什么风浪。

王阿在司礼监待了一阵子，万贵妃身边那个小太监就来报说："五殿下从贵妃殿里出来了，已是送出了北安门。"

王阿也没说什么，一个不受宠的五殿下还入不了他的眼。

"那就行。"

"等等。"王阿沉思了一下，"派番子盯着五殿下，看他出了宫都去了哪里。"

"是。"小太监应道。

赵驰却没出宫。他在北安门转了一圈，自有青城班的人假扮了他的模样引走了东厂暗探。他依旧一身太监行头，又从北安门进了皇城，低调地沿着小路去了内草场。草场上几匹马儿自在地吃着草，也有几个御马监太监在洗马。

"督公。"喜平来了值房。

何安忙得厉害，拿着下面呈上来的公务在研读，没理他。

喜平等了一会儿，又没有喜乐那么机灵，看他还是忙，于是低声催促道："督公……"

何安本来在处理账务，看也不看他，抬笔做批注道："你有话就不能直说？"

喜平左右看了看，凑到他耳边低声道："督公，您这会儿有空吗？咱们去内草场转转？"

何安笔一抖，那一页就写坏了，他脸色一沉："平日里瞧你也是个稳重的，怎么今儿比喜乐还毛毛躁躁，干什么去内草场，不去不去！"

喜乐听他骂人，也不反驳，等他说完了道："殿下回来了。"

"胡说什么，殿下这会儿怕还在顺义呢！你当是神仙，说回来就飞回来？"何安将信将疑道。

"真的。"喜平说，"殿下在内草场等您。"

何安顿时扔了笔连忙起身，边往外走边骂道："怎么不早说？！"

"这不是一直在说吗……"喜平无奈。

四

内草场本就是御马监管辖，突然就来报殿下在内草场，想必殿下此行外人并不知晓，何安虽然心急，但也不是那么不稳重的人，让人收拾了轿子一路颠了过去。

进了草场，一眼扫去，不是马群就是太监们，哪里有什么殿下。

"喜平你这小子，糊涂了吧。"何安气得不行，"我也是笨，还能信了你个坑货。"

"督公怎么能说自己笨呢？"赵驰的声音从他身后传来。

何安又惊又喜，回头去看，就瞧着赵驰穿了身内官服站在背后。这身衣服，布料粗糙，针线凌乱，补子都是最低等的，可不知道为什么，一穿到赵驰的身上，就显得与众不同。

都说人靠衣装，可五殿下这般俊美英姿的，光是气质就衬托得一套普通衣服也分外特别。不仔细看，以为是什么好衣服呢。

"殿下！"何安这些日来那些个趾高气扬的做派统统没了，就剩下手足无措的欢喜，他连忙撩衣摆跪地道，"殿下，您回来啦！"

"督公快起来。"赵驰扶他起身，"这里人多眼杂，我可只穿了个火者的衣服啊，你这么一跪岂不让人生疑？"

"殿下说得是，奴婢蠢笨了。"何安不敢真的让赵驰扶他，顺势起来，退后两步垂着头应和道。

两个人就在这草场内站了一会儿，都没说什么话，然而却觉得有些舒坦，微风中似有丝丝的清甜。

末了，还是何督公忍不住，轻咳一声，问："奴婢算过日子，殿下若早也要到八月出头，迟了得中秋前后才能回京了。怎么现在就回来了？是不是出什么事儿了？又怎么穿着内侍衣服在草场里呢？"

听着他一连串发问，赵驰忍不住笑了一声。

何安这才反应过来，惶恐地说："奴婢不是想刨根问底，就是担心殿下……"

"无妨，我还要感谢督公挂记。"赵驰道，"我没事儿，水利之事已经勘察得七七八八，后面徐逸春会盯着，我就回来了。至于为什么回来……"

他一双桃花眼笑得十分好看。

"自然是有想见的人。"

赵驰逗他问："督公跟我分别之后，心里可就一丝一毫没想起过我这五皇子啊。"

"怎么会！"何安连忙道，"奴婢时时刻刻都惦记着殿下您，不敢有忘怀的时候。每两三日都写了请安呈报给您送过去。事无巨细，并无隐瞒。"

何安回答得如此认真，倒让赵驰的不正经持续不下去了。

他敛了敛笑，看着何督公，说："这些年来，这么记挂我的人，还真不多。何督公可能是第一个了。"

"殿下要是觉得不够翔实，奴婢以后就每日写呈报给您。"何安说。

"不用了。"他说，"督公平时那么忙，能抽空给我写信我已经很满意了。"

他话音刚落，就见何安突然变了脸色抬头看他："殿下……您……您刚是去了南华殿？"

赵驰一怔，闻了闻袖子，袖口上沾染了点万贵妃的脂粉香……他垂下右手攒住了袖口，不动声色地"嗯"了一声。

"刚才正是去了一趟南华殿。"赵驰轻描淡写，"说起来，我给你写的那个陈字，你应该是看到了，这里不方便多说。晚上可有空去我府上一叙？"

"所以……所以殿下……"空气中的脂粉味有些呛人，何督公抖着声音小声问，"所以殿下是去瞧万贵妃了，不是来特地瞧我的？"

"我确实见了万贵妃，但是我也是来见你的。"赵驰攒着沾染了万贵妃味道的那只袖子，攒得更紧了，声音沉了下来，"还是说督公觉得，我不应该去见万贵妃？或者说，我去见谁该由督公决定？"

何安垂首浑身都在发抖："奴婢……奴婢僭越。"

赵驰叹了口气："算了，咱们不说这个，时候不早了，我先回去。"

赵驰说完，何安扑通就给他跪下了。

"殿下！"何安脸色惨白，"奴婢该死！奴婢不该问的，您别生气，奴婢这就自己掌嘴！"

他抬手就要给自己左右开弓扇巴掌。赵驰眼疾手快，一把抓住了他的手腕，就是那样，第一下亦是打上了。

"啪"的一声，声音清脆。若不是赵驰抓得死，这一下何安怕是半张脸都得肿了。然而饶是这般，何安脸上也迅速浮现了一个红印。

赵驰瞧着那张清秀的脸上多了个尴尬的印子，愣了一下，勃然怒了："何安，你干什么？！"

何安惊慌地看着五殿下："殿下，您消消气……"他哽咽了一声，"您要是觉得光是掌嘴不行，您想怎么罚都成。您就是……别生奴婢的气……"

那年刚出正月，天冷得厉害，薄薄的夹棉袄根本抵不住风寒。他犯了错，被罚了头顶一碗水，面宫墙而跪。

时间长了是跪不住的，偶尔水就渗出来，顺着头顶留入后脖颈，不消片刻就冻成了冰，冷得人浑身发抖。

有宫女们从道上经过，聊道："听说了吗？五殿下今儿要出宫了。"

"真的？他不是让皇上罚了圈禁吗？"

"嗨，圈禁那都是前几天的事儿了，兰贵妃……兰氏被送到冷宫后，五皇子去了趟万贵妃那里，谁知道两个人说了什么，出来后，皇上就下了圣旨让他外出游学。又不给封藩，也不给品阶，不知道这一路北上要吃多少苦。"

何安顿时就忍不住了。

他还差一炷香的时间，才算跪罚结束，可是他听到了五皇子要出宫几个字，就忍不住了。用冻僵的手颤颤巍巍把碗从头上拿下来，回头问那几个快走远的宫女："请问姐姐们，五殿下从哪个门出宫？"

有个宫女诧异地回头看他，瞧着一个浑身落了积雪的小太监，脸上还挂着冰棱子，犹豫了一下，才告诉他："拜别皇上后，从东华门出。听说最后还是得从北安门走。"

何安给宫女磕了个头，勉强爬起来。揉了揉痛得没有知觉的膝盖，踉跄几步，往北安门方向跑去。

可是他去得迟了。塞了银子给守卫，上了北安门，从北安门城楼上往外看出去，只有皑皑白雪中的市井模样，一路的雪早就被踏得细碎，哪里还有五皇子一行人的踪迹。

天寒地冻的，风又大，城楼上没有其他人。他按着怀里那个锦囊——里面装着年跟前儿五殿下送他的那个珠子。

珠子死死被按在怀里，按得他心口生痛。在风雪中，他忍不住低声抽泣起来。

"哭什么！"身后有个苍老的声音道。

他吓了一跳。回头去看，是直殿监掌印何坚。

"干爹……"

"哭个什么劲儿。"何坚呵斥道，"罚不受完，就敢跑了，要不是我过来巡查，怕还瞧不见你这浑不懔的样子！"

何坚不骂他还好，一说他，何安哭得更心酸了："干爹，殿下人呢……五殿下呢……"

"你来晚了，人已经被送出城了。"

何坚的声音冷硬，说出来的话也像刀子一样刺开何安的心。

他痛哭流涕，哽咽地说："殿下就这么走了……"可能再也见不到了。

何坚已是拂袖而去，何安回头去看那宫墙之外……那是他永生永世也去不了的地方。

而殿下走了……他连殿下最后一面都没见到。

何督公此刻好像回到了八年前，跪在地上哀求道："只求殿下息怒。"

赵驰心里不知道是什么滋味，过了好一会儿，他把何安从地上扶了起来，看到他脸上红印渐消叹了口气。

"我这个人随性惯了，之前多说了些油腔滑调的话，何督公千万别往心里去。"赵驰说。

这话听着就不像什么好话。

"殿下……"何安急了，又要跪，被赵驰牢牢钳住手臂。

"你别急。"赵驰说，"此刻这事情都说不清楚，何督公你先回去，我也回去，都冷静冷静，待这遭事情了结了再……"

"殿下，奴婢错了，奴婢错了！您别说了。"

赵驰安慰地笑了笑："督公是个较真的人，我明白。"

他退后两步，抱拳一鞠到底："是我唐突了。"

五殿下认真地行完了这个重礼，让何督公所有的哀求都被堵了回去。

他怔怔地看着赵驰对自己施礼，一句话都说不出来。

何安不知道自己是怎么回的值房。

他表面一切如常，只喜平见到他时愣了一下。

"督公，殿……"

"没事。"何安道，他坐下来翻开公文，提笔要再去批注。

"督公……"喜平说，"您笔拿反了。"

何安抬头看了看自己手中的笔，笔尖朝上，笔头朝下。墨汁沾了一笔头，正滴落在宣纸之上，那不断扩大的墨渍就像是他内心的恐慌一般。

没事的，殿下说了让自己晚上过去一叙，他安慰自己，届时见面再跟殿下请罪便是。

却没料待他收拾了衣服，二更过了赶去赵驰府邸的时候，赵驰并不见他，白邱甚至没请他去茶室坐着。

<h1 style="text-align:center">五</h1>

"你说什么？"何安问白邱，"殿下他……他不肯见我？"

"嗯。"白邱道，"殿下说如果督公过来，就请您早些回去歇息。"

何安怔了怔，又问："可殿下说要我过来一叙。"

"殿下今日有事，不便见面。"白邱含蓄地拒绝。

"那殿下有什么话要训下吗？"何安带了点企盼地问。

"殿下说今日所谈之言，该交代的都交代了，请督公自己体会。"

白邱的话像是判了死刑。何安脸色苍白，身形摇摇欲坠，再摆不出督公的趾高气扬给白邱看了。

他从怀里抖着手拿出一个锦囊，双手奉给白邱："这锦囊里是殿下送给奴婢的五千两银票，请白先生转交殿下，跟殿下说，何安从未曾想要什么银钱，只想跟在殿下身边尽忠。"

白邱都有些不忍心了，接了过来，叹息道："请督公稍等片刻。"他随后进了院子，何安内心本已经熄灭的小火苗又燃了点火星子。

真的是过了片刻，白邱便拿着那个锦囊出来。

"……殿下不收？"何安灰心丧气地问。

"并不是。"白邱道，"殿下在锦囊内给你留了字，督公回去路上看吧。"

何安一喜："真的？！多谢白先生，多谢白先生。"

白邱抱拳："督公慢走。"

白邱关了偏门，就看见赵驰拿着酒，靠在院门上。

"何安走了？"赵驰带着醉意问他。

"嗯，刚走。"白邱道，"殿下何必呢……瞧他样子也分外可怜。"

赵驰笑了一声："这多事之秋，本不该见他，我见了他反而给他添麻烦。后来想想，还是等西厂这事儿落定了，再多见面也未尝不可。"

"那殿下何不跟何督公说清楚？"

赵驰沉默了一会儿，又给自己灌了一碗酒，他仰头看天，半晌叹了口气。他可以玩弄人心，亦可以装作沉迷酒色，可偏偏何督公太较真。管他在朝堂中再是手腕了得，赵驰越是和他接触越觉得他其实白纸一张。

赵驰虽说是天潢贵胄，可在这世道，也不过是连自己的命运都决定不了的浮萍，若自己的兄弟登基，便前路渺茫……他明白这些。

而何安不再是与自己无关的旁人，他的忠诚，他的真挚，早就跨越了陌生人的界限。休戚与共，命运相连。

如此……他赵驰负担的不只是自己的命和前程，更负担了何安的命运。

他得仔细想想，真的要拖何安下水吗？

借着这段时间冷静冷静，想清楚了，才知道要怎么办，未来要怎么做，才不至于辜负了一番情谊。

回去路上轿子里并没光，何安偏让人点了盏灯送进来。

"督公，一路晃荡，怕是要伤眼睛。"喜平劝他，"不如回去细看。"

"多嘴。"何安斥道。

一路嘎吱嘎吱晃着，他依旧是开了锦囊。那五千两银票自然是又退了回来，然后下面是一小片纸。

上面是殿下的字迹，依旧只有一个字——夕。

夕？什么意思？

"何安能猜透你那个字的意思吗？"这边白邱也问道。

赵驰在荷花池边找了块石头靠上去发呆，过了半晌道："他懂的。"

"哦？何以见得？"

"他能走到现在这一步，坐到现在这个位置，"赵驰说，"有很多事情，他早早便懂了。"

何安轿子到家，喜乐早就在门口等着，给他掀开帘子，何安忧心忡忡地下了轿。

"督公，晚上可用点夜宵。"喜乐问他。

何安走了神，道："我不用了，给喜悦准备点吧，他爱吃红糖蛋羹。"话说完了，自己愣了一下。

喜乐咬了咬嘴唇："师父，喜悦都被抓去安乐堂二十来天了，什么时候能回来？那安乐堂怎么是人待的地方，他脑子又不好，怕是要挨饿受冻的，我怕他……"说着眼眶都有点红了。

何安心里正是烦闷，冷声道："急什么，人又死不了！饿了更好，他肚子上一圈肉，瘦瘦才好看。"

喜乐挨了训，不敢再说，跟着何安进了屋子，服侍他躺下，又忍不住问："督公，今儿晚饭您就没进，要不还是吃一口吧。"

"出去！"何安道。

喜乐再不敢劝，退了出来。

喜平从外面进来，见喜乐眼眶还红着，道："师兄要不早点歇息，今晚我值夜。"

"你毛手毛脚的，我怕你伺候不好师父。"喜乐道，"他今天情绪又是大起大落的，这晚上在殿下处定是没落着好，半夜定是要闹的，还是我来吧。"

"殿下没见师父。"

喜乐吃了一惊："什么？连面儿都没瞧着？难怪回来这么大火气。"

"嗯。"

"这是怎么了，今儿是出什么事了吗？"

"也不知道。督公去内草场见了殿下，回来脸色就不好了。"喜平说，"怕是两个人起争执了吧。"

"胡扯，师父敢和殿下起争执？那不能够的，定是殿下哪里不喜了。"喜乐发愁，"哎呀，这可怎么办！"

"原本是咱们三个轮班，如今喜悦不在，变成你二我一，看你脸色都黄了。"喜平道，"师兄还是先歇息吧。"

两个人又是互相推让一番，最后还是喜平去睡了。

喜乐以为这半宿有得闹腾，却不想一夜竟然无事，他不知道什么时候昏昏沉沉睡了，醒来的时候天已见了亮，于是推门进去："师父……"

屋里哪里有何安的人影，吓了喜乐一大跳，跌跌撞撞地跑出去，抬眼就看见院子里那口井，旁边挂着何安的披风，心里咯噔一下，扯开嗓子就要喊："来人啊，不好了！督公他跳——"

厢房的门嘎吱一开，何安穿着中衣出来，皱眉道："嚷嚷什么！还有没有点规矩！"

喜乐吓了一跳，接着呜呜呜哭了，扑过去抱着何安的大腿："师父，我以为你跳井了。"

"都什么乱七八糟的！"何安大怒，"忒晦气了！"

"那你干什么非要把披风挂在井口边儿上啊。"喜乐抽抽搭搭地问，"也太过分了吧，吓死我了。"

"我半夜睡不着，出来逛逛，院子里有风我披个披风不行吗？"何安愤愤，"站了会儿我热了，去旁边厢房歇了会儿，行不行？！"

"行，行。"喜乐哽咽了一下，"师父没事儿，什么都行。"

他这个鼻涕横流的狼狈德行，何安看了再是生气也发不出火，无奈道："得了，起来吧，昨儿晚上睡得跟头猪一样，还说要值夜。今儿又哭得跟个癞皮狗似的。你说说你，出去说你是御马监的随堂太监，不丢了御马监的脸！"

喜乐从地上爬起来，胡乱用袖子擦了擦脸，问："师父，您想清楚了吗？"

何安应了一声："约莫是清楚了吧。"

殿下虽然不满意他，但是也没断了他的路，送了他一个字，就是再给他最后一个机会，让他好好把手里的差事办好。这会儿还算不上最后的绝路。

瞥了一眼浑然不知情颠颠儿去拿井旁披风的喜乐——

他可得好好地办了……

不然真就只剩下最后一条路——毕竟，一个被遗弃的奴才，也没什么好未来。

他回房穿好贴里，洗漱完毕去了书房院子。

之前被捣得稀巴烂的书房已经重新支了张书桌，别的什么也没放，就一套纸笔。

屏退了左右，何安从上锁的抽屉里拿出之前殿下写的那个陈字。摆在桌上，跟夕字放在一处。

夕。

陈，夕。

何安来回看了几次。

这怕是……有几重含义。第一，照夕院里，陈才发与那个李子龙见了面。殿下是要自己利用这个由头，收拾了陈才发，亦一并收拾了关赞。这一出他与殿下不谋而合，已经在郑献那边打点过了，也算是懂得殿下的心意。

第二，照夕院在西，夕就是西，殿下是还要自己效仿前朝，在御马监弄个西厂与东厂鼎足而立？

何安心里停摆了几分，西厂……想前朝西厂何其风光，与东厂分庭抗争不说，更有超过东厂的势头。这事儿……说实话，入了御马监的不是没想过。

关赞想过。他何安，也想过。

但想归想，谁敢有这个魄力真要做成这一桩事？也只有殿下这样的人物，站得高，看得远。

想到这里，何安心头升起希望——倘若自己再往上爬一爬，搏一把，成了一人之下万人之上的西厂之主，殿下是不是就肯见自己……

不然除了关赞，自己也就只是御马监掌印，可是若成了西厂厂公，那就不一样了。他就可以跟王阿平起平坐，共分圣恩。届时，殿下想做什么，自己都能出得上力，说得上话。到时候，殿下会不会因为这个对自己另眼相看？

何安揉了揉太阳穴，他一夜未睡，脑子乱得厉害。

他把腰间那个锦囊拽下来——这个锦囊他贴身携带已有八九年，除了一些特定的时候，平日里都带着。上一次也带着跟殿下出了京城，故而没遭了灾。又从抽屉里拿出一块儿上好的黑亮貂皮铺在桌上，然后他从锦囊里倒出一颗金镶玉的珠子。

那珠子如核桃大小，金玉巧妙地扣在了一处，形成一个完整的夜明珠形状，里面是玲珑锁，机关精巧，跟谜团一般，何安琢磨了这么七八年了，还不曾全然掌握打开之法。

可这没关系。这物件是殿下离宫前最后一次的赏赐，陪伴着他度过无数灰暗的日日夜夜，金玉被他磋磨得光滑，再难熬的日子也没那么苦涩。

如今何督公把珠子攒在双手间，抵在额头上。金玉上带着些冰凉的温度，就慢慢地传到他脑子里，让他稍微清醒了一些。

早就想好的，在那天殿下离宫的时候。

人想要保护别人再不受颠沛流离之苦，想要掌握自己的命运，唯有向上走。

这路凶险又血腥，稍不留心便粉身碎骨。

……西厂，关赞，陈才发。这些事，他必须去做。

为了活命，更为了殿下！

第三卷　霜天曉角

第一章 权宦

一

中元节过后，狴狴之事在京城里愈演愈烈，在东厂和顺天府双双追查下依旧没有丝毫进展。司礼监诸位在东厂当差的大珰们皆受到了皇帝的斥责。

首先自然是王阿。接着便是陈才发，七月中下旬连着三天被拉到御前听训。

郑献因为未经手这块儿事宜，倒落得清闲。只是不知道为何有一日突然对狴狴有了兴致，拉着陈才发问东问西。陈才发奇怪，问他缘由也不说。

过了几日，从下面人那里打探到郑献从仙道李子龙那里求了个方子，说是能让肉肢再生，缺的就是狴狴做药引子。陈才发追求成仙之道，听了这话大喜过望，管他公务再忙，偷了个机会就溜出去找妖道李子龙。

李子龙一听，只说不行。

"仙长，怎么的，这神仙方子只能跟郑公公说，咱家听不得是吗？"陈才发横起来问道。

"那倒也不是。"李子龙私下收了郑献的银钱，按照他教的说，"上次跟郑公公说了，贫道也后悔。那方子本就很难达成，说了也无用。不再提也罢，省得招惹麻烦。"

"仙长自说来给咱家听，就算是上九天揽月，若真能生根再造，我也去得。"

"那倒也不用。"李子龙道，"这方子别的材料倒不稀奇，唯有两味是千年难遇。一是狴狴的胯下之物，如今狴狴闹京城，真抓住了，也就不算难；二呢，才是最最难的，要这万岁身上一只须。"

"何为万岁身上一只须？"陈才发愣了愣，"难道要去皇上身上拔头发？这不是作死吗？"

李子龙一笑："我以前也是没参悟透，最近夜观星象，又摆了京城的大阵来看，就懂了。不需要真去万岁头上动土，皇城里不是有个万岁山吗？在万岁山上折一只树杈就行了，只是得贫道作法后才可，就是这皇城戒备森严，难进啊……"

"嗨！"陈才发放宽了心，"这有什么难进的，我跟御马监关赞素来交好，你又不是进内城，就是在外城转转圈儿，我让他卖个面子，领你进去便是。"

"真的？"李子龙皱眉，装作不乐意，"不行，这风险太大了。"

"仙长放心，这事儿绝不会出问题，我保证让您囫囵个儿地进去，全须全尾地出来。"陈才发道，"仙长只要真能为我把这块心病了却了，我定奉送十万两白银给仙长。"

说着，他已从怀里掏出了一张一万两的银票："这是先行的谢礼，还请仙长笑纳。"

"好，好吧。"李子龙有些为难道。

前日郑献送来了两万两银票，只为让他诓骗陈才发去万岁山。今日陈才发也送来了一万两的银票。李子龙早就被银子闪花了眼，烧热了脑子，不知道自己往死路上又走了一步。

事情宜早不宜迟，李子龙一通推算，再两日便是吉日，约了陈才发去万岁山。

到了那日，关宫门前，李子龙换了衣服，被一群迎奉他的太监们簇拥着进了北安门，大张旗鼓就跟着陈才发上了万岁山。

到了山上约定的地方，郑献没来，李子龙也不奇怪。

他没见过世面，站在这山头看着北华门内的皇城，深深被震撼了，咽了一口口水："这……这就是皇上的宅子？"

"仙长，这就是皇城了。"陈才发连忙道。

"皇上光是娶老婆就有三千？"李子龙啧啧叹息，"天底下还是皇帝最舒坦了。"

"仙长可千万别说这大不敬的话，让人听去，要砍头的。"陈才发说，"仙长什么时候开始作法？"

"就现在吧。"李子龙把带来的祭坛用品摆在大石头上，决定不再等郑献，一想到胡扯一通回去还能诓骗陈才发十万两银子就迫不及待了。

他刚把炉子点燃，就有一群穿甲持枪的禁军一拥而上，人数约莫有近百人。

陈才发一看，是四卫营的，便尖着嗓子道："你们要干什么？"

没人理他，等禁军把他们包围后，何安这才带着高彬款款从山下而来。他今儿换了身冠服，束发罩甲，有几分英姿。

他上来时，禁军纷纷让路，齐呼："参见督公。"

陈才发定睛一瞧是何安，心下一打鼓，背后出了一身冷汗："何安，你这是要做什么？"

何安掖着袖子，双手藏于其中不见，嘴角带着一丝意味不明的笑，颇有几分幸灾乐祸。

他瞧瞧陈才发，又看看李子龙，眼皮子一颤，说："妖道李子龙擅闯大内。将妖道与一干人等全部拿获，带回御马监审问。"

高彬应了声"是"，便要动手。

陈才发急了，嚷嚷道："你们这是要做甚？！我乃司礼监秉笔陈才发，尔等速速退下。何安！我这是跟你们关掌印早就打好招呼的！你别是连关掌印的话也不听了吧！好大的胆子！"

"呵。"何安笑了一声，抬眼瞧他，眼神冰冷，"关赞？托了你的福，迟点你可以在牢里问问他。"

陈才发腿有些发软："你什么意思？因为我带了个人回来？这不是常有的事儿吗？打个招呼进外城的人还少了？你这就是兴风作浪、故意构陷！"

何安不理他，只对高彬说："高千户等什么呢？"

高彬只听何安的，一挥手道："把人带走！"

禁军一窝蜂上去，将两个人捆得如粽子一般就往御马监扛。

"兄弟们已经把卫所里不听话的都按住了。"高彬道，"两个关公公的指挥司也绑了起来。"

"关赞呢？"

"他们一进城门，咱们的人就冲到御马监，把关赞那老家伙困在了他的院子里。"

"嗯。"何安淡淡道，"办得不赖。但这事儿没完，叫兄弟们给咱家把御马监大门看牢了，谁也别让进，加紧审，这事儿咱家捂不了多久。不止陈才发和李子龙，还有御马监里跟着关赞的孙子们、放了人进来的亲卫、簇拥李子龙的那群太监们，都得审，挨个审。别担心审死了，留一口气能画押就成。"

"是。"

"明儿天亮前，还有一通闹的。"何安说，"明儿一早，咱家要见口供。"

"督公，交给我，您放心。"

三

何安坐着小轿，在几个亲卫护送下回到御马监的时候，御马监从里到外已经弥散着一种难以言喻的压抑。里面候着的太监们瞧见何安回来了，无不变色，几个随堂亦步亦趋地跟着问安。

喜乐扶他下了轿，喜平也在旁护着，只有何安自己不以为意。

往御马监深处走去，就能隐隐约约听见此起彼伏的惨叫。血腥味也更重了。

后面大狱里，这会儿有十几人都在同时审着。进了院子，喜平给何安搬了把椅子，很快又送来一张小几，喜乐给斟茶倒水，还放了碗瓜子儿。何安就坐在院子天井旁，端了茶碗听着。

有人叫骂，有人求饶，有人哭泣。这不是皇宫大内的第一遭，自然也不会是最后一遭。吃斋念佛的活不下去，怕是鬼神也懒得管，只待到了阴曹地府，一起清算。

又等了阵子，天全黑了，起了火把，何安才问高彬："陈才发在哪间？"

"在戌字一号房。"

"招了吗？"

"还没……"高彬道，"不肯画押。"

何安瞥他一眼："一个细皮嫩肉的太监你们都搞不定？废物。"

高彬为难道："陈才发是司礼监秉笔，兄弟们不敢下重刑。"

"高彬，你是到了火上眉梢的时候拎不清是吗？"何安问他，"你这捆了司礼监秉笔，还顾虑什么？若是明儿还问不出个准话来，东厂人一到，咱们统统要玩完。"

高彬一怔："督公……"

"你若是心慈手软，可别忘了这位陈秉笔做过多少恶事？"何安冷冰冰道，"仗着自己是司礼监二祖宗，罔顾礼法，买卖官位，得了多少真金白银。高彬，往小了说，咱们这是肃清朝野；往大了说，这便是替天行道。你此时定要想清楚。"

"别怪咱家没提醒你，咱家最信的就是你。"何安转身瞥他，拍了拍他的棉甲，翘着兰花指给他整理了一下衣领，又拍拍他的肩膀，"富贵险中求，等这事儿结束了，您可就不只是千户了。"

"督公，我明白！"高彬微微一喜，咬了咬牙抱拳道，"谢督公提拔！"

"你明白是最好，这个节骨眼儿上也容不得你不明白了。"

"我这就亲自去审。"高彬豁出去了，转身就进了一号房。接着就听见一个极其惨烈的声音响了几声，然后高彬就出来了，脸上还淌着血水："督公，他招了。"

"您说得对，他熬不住刑，才上了夹棍就招了。"

何安嗤笑一声："你这是摸不准陈秉笔的脉。他的心又脏又滑，这会儿怕吃苦招了画押，打算回头上大堂的时候翻供。"

"那……"

何安放了茶碗，站起来道："走吧，咱家跟你去瞅瞅。"

进了一号房，什么怪味都传了出来。陈秉笔浑身泡在血水里，没了人样，本来瘫软得就剩下进出气，一见何安进来了，忽然挣扎起来，怒道："何安你个狗杂种，没娘养的奴才！你要遭报应的。"

"陈秉笔这么有精神气儿。"何安看他道，"看样子是没怎么用刑。"

"你设局来诬我！我都想明白了！"陈才发尖着嗓子道，"你设局！是你让郑献去找了李子龙！是你让郑献说有方子！"

何安沉着脸看他的癫狂样子，半晌对高彬说："看吧，画了押回头秉笔也能说是严刑逼供不是。偷奸耍滑谁比得过陈公公？"

"那怎么办？"

"割了他的舌头，剁了他的指头。"何安面无表情地说着让人心惊肉跳的话，"咱家倒要看看，陈秉笔还蹦跶得起来不。"

顿时就有亲兵抓着陈才发要去剁手指。

何安凑到他脸跟前儿，问他："你当时欺负盈香的时候，想到过此刻吗？"

陈才发一愣，疯狂尖叫。

大门将陈秉笔的求饶、辱骂、惨叫都隔挡在了身后。何安脸色平静，往前院走去。

他在御马监大堂上坐下。

"督公，收拾关赞吗？"高彬问他。

"等着吧。"何安说，"好戏才开场。"

当天四卫营里当值的人，都安排了何安自己的亲信，这会儿消息是送不进皇城的，就算能送进去，也能想了由头让它耽搁那么一两个时辰。

也就是这么一两个时辰，皇上便在西苑睡了。陈才发在宫里也没有太大的靠山，谁还敢拿着个太监的事儿去惊扰万岁爷？

皇上那边刚睡下，李兴安今儿也没当值，下面的宫女太监们点了过夜灯退出来，几个人走到配房院门口的时候，就看见一个影子从房顶蹿了过去。

宫女们惊叫一声，立时被小太监们捂住了嘴。

"姐姐们可叫不得，惊扰了圣上就是要命的事儿。"

"可、可……"宫女声音发抖，"有鬼！有鬼！"

"这皇城里冤死了多少，都是鬼，可别怕了。"小太监们劝着，把几个宫女送回了配房，西苑除了守夜的太监再无别人。

端文帝年岁大了，晚上是睡不好的，半夜总得醒那么一两次。

今儿夜里可有点不同。他半夜醒了，就瞧着几盏长明灯火芯子蹿得老高，颜色还发绿。殿里十分安静，安静得有些压抑。接着就见窗户纸上一个似人非人的影子一窜而过，他感觉浑身动弹不得，沉得厉害。想要喊人，却除了眼皮子能动，别的地方一丝一毫都动弹不了。

然后听到"嘎达"一声，窗户就被掀开了，他眼睁睁地看着一个四肢着地、模样似人、长着尾巴的怪物从窗户缝里爬了进来。

那怪物站起身来，更像个人，可浑身长毛还带着尾巴，决计不可能是人。

伏行人走，长嘴獠牙，这……这不是狌狌吗？！

端文帝大惊，那怪物越来越近，他奋力挣扎，想要叫喊却发不出声音。

那怪物终于近了，张着血盆大口嗷呜一口就扑了过来，端文帝顿时吓晕过去。

等他醒了，外面雷鸣电闪、狂风大作，那开着的窗户啪啪作响，狌狌已不知去向。端文帝逃过一劫，跟跟跄跄地爬起来，推开寝宫大门喊道："来人！人都死哪里去了！给朕过来！！"

「三」

这一夜，注定许多人不得安宁。

天上乌云滚滚的时候，王阿已着好了补服，在司礼监大堂端坐。下面有探子来报说："厂公，皇城里边出了乱子。"

"怎么了？"

"说是皇上住的西苑，闹了狌狌。已经把人都招呼齐了，让您现在立即就去。"

王阿一怔。他把这两件事情放在一起一琢磨，冷冷笑了一声："好你个何安，胆子够大，心肠够硬。"

天空雷声一爆，大雨滂沱。他站起来，整了整衣摆道："走吧，去西苑。"

"不去御马监了？"董芥问他，"陈秉笔可还没出来，他们的手段不比东厂差。"

"去什么御马监。"王阿道，"这会儿那御马监怕是连只苍蝇都进不去。迟了。"

　　

照夕院内，赵驰与华雨泽在院子里摆了酒，说是赏月，然而哪里有什么月亮。雨倒是极大，打得秋海棠的花骨朵都碎在地上。

"非得这么高调吗？"华雨泽皱着眉，"我华老板的好名声都让你带坏了。"

"就当是帮我避避嫌吧。"

华雨泽看他，笑叹一声："有时候真不懂你们这些皇亲国戚有什么好的，活得战战兢兢，如履薄冰。"

"嗨。"赵驰喝了杯酒，"说得好像世人谁不是一样。我吃得好穿得暖、家财万贯、仆役众多，有什么不知足的。"

他放下杯子问华老板："兄弟们的后事都安排好了？"

"嗯。"华雨泽道，"那几个回不来的，钱都送到家里去了，会好好抚恤。"

赵驰点点头："理当如此。"

"这何安也是个狠心人，平时看着也就是爱仗势欺人，这会儿么……"华雨泽道，"手段雷霆万钧，毫不手软。"

"你当他御马监提督的位置是天上掉下来的？"赵驰瞥了他一眼，"皇城里几万太监，不是手段了得，又怎么能走到这个位置上。"

"看来未来可要对这位何督公更恭敬点了。"华雨泽玩笑道。

赵驰这会儿才有了两分笑意，也不知道是要给华雨泽说，还是自言自语："过了今晚，就不能叫督公了。"

　　

东边天空隐隐发白，然而雨势却丝毫没有减弱。猛然自天边闪过一道狰狞闪电，将西方黑天撕成无数碎片，映得整个御马监大堂发亮。

外面有人坐轿急来，在御马监外脱了斗笠，又递上牙牌，是皇帝身边的李兴安。

"关掌印！关掌印何在啊！"李兴安没了平日那般冷静，进来就嚷嚷着找关赞。

何安起身上前作揖道："李伴伴有事？"

"刚才西苑里出了狴犴！皇上受了惊，喊关赞过去问话呢。"李兴安道。

何安又鞠一躬道："伴伴请回，我这边自会去催关掌印面圣。"

李兴安左右看看，觉得气氛有些不对，周围除了何安尽是些生面孔，关赞又不露面。

他这样的人，何等机灵。

"那紧着点儿，皇上正盛怒中。"李兴安匆匆交代了两句，马上就坐了轿子转回了内城。

等李兴安走远了，何安带着几个亲信去了关赞的院子。开了锁进房间，就见屋子里东西被摔了个稀巴烂，关赞在唯一一张椅子上坐着，冷冰冰地盯着何安："你小子真是胆子不小。"

"我胆子再大，也没有关掌印胆子大。"何安道，"陈才发勾结妖道李子龙，意欲弑君。关掌印与他们沆瀣一气，看守大内不严，放了歹人入宫，若不是我四卫营弟兄发现得早，怕是要出大乱子。"

关赞一愣："什么！陈才发弑君……你胡扯什么？！"

"可不是吗？那狌狌就是李子龙放入京城的妖孽，你偷偷放了李子龙入皇城，也偷偷放了狌狌进来，半夜里差点袭击陛下，这是不是实情？"何安又道，"你敢说你不知道？"

关赞脸色刷白："胡扯！这莫大的罪名，你可有证据，空口白牙的就要往我身上安？！"

"北安门当值的人都招了。"高彬道，"陈才发也招了，李子龙畏罪自杀，这是不是证据！"

"放屁！放屁！通通放屁！"关赞癫狂辱骂，"我要见皇上！我要见王阿！你个贼孩孙也敢这么遮天蔽日的，皇城里还有没有王法了！"

何安不语，就那么看着他发疯。一屋子的人都不为所动。

骂了半晌，关赞浑身跟泄了气一般，瘫坐在座位上。他咯咯怪笑起来："你厉害，何安。你个卑鄙小人，设计陷害我。"

何安倒是平静，瞥了喜乐一眼，喜乐已从后面人手里端过来一壶酒。

"事已至此，说什么还有意思吗？"何安道，"喝了这碗酒，届时投个好胎，来生做个全须全尾的人吧。"

关赞怒问："何安，你不怕遭报应吗？"

何安眉头微微一颤，反问道："现今儿个这模样，难道所在的并非人间地狱？"

关赞被他这话问得语塞。御马监不是什么随便能进的地方，关赞也不是什么好相与的人物。受的苦，赔的笑，忍的泪，一桩桩一件件，历历在目。

他不是没想过有今日这么一天，然而如今关赞大势已去，何安没有想象中面对登顶的兴奋，反而有些意兴阑珊起来。

"来人，送关爷上路。"说完这话，何安一拽披风，转身便走，再懒得去听身后关赞的叫骂之声。

又等了一会儿，高彬、喜乐出来，道："督公，成了。"

"关赞畏罪自杀，我等拦不住，也是没办法的。"何安带着大家回了大堂道。

大堂内诸位皆有惧色，诺诺称是。

何安眼睛扫着这院子里诸位下属，然后开口道："诸位抗敌有功，咱家自会去奏请陛下，论功行赏。在座诸位，都换补子，官升一级。"

太监最爱权势利诱，瞬时间，关赞这个人已经被抛在了脑后，众人皆面带喜色。

何安勾了勾嘴角："但是咱家丑话说在前头，往后若有人说话漏了嘴，说错了话，不但补子没了，还得掉脑袋。"

诸位连忙应是。

何安回了自己的属院，换了身内官常服，仔细地整了整身上那象征着御马监提督的补子，转身走了出去。

他坐上在外等候的那顶青色小轿，对喜平道："让下面人赶紧着点儿，皇上还在西苑等咱家。"

各监的太监们都已开始忙碌，小轿就从这些人中穿过，不起眼地向着皇城而去。谁也不知道，轿内之人便是这大端朝举足轻重的权宦。

何安从怀里拿出那只锦囊，认真系在自己的腰间，锦囊内的珠子，尚带着他的体温。

此时此刻，天下、苍生、社稷……甚至是皇帝、权力、财富……都并不在他的心中。

在他心中，只有一个人。

这个人是他的天，他的命，他的菩萨和归途。

"殿下。"他死死捏着那个锦囊，眼眶微红，喃喃自问，"我做得对不对？做得好不好？"

大雨冲刷了一整夜的血腥，青石板上早就干干净净。很快再也不会有人记得那些消失的奴才们都是谁。东升的太阳，一如既往地照耀着这片金碧辉煌的皇城。

李子龙作法召了狉狉在京城现身，后又勾结宫内太监进了皇城，上万岁山妄图毁了龙脉国运。问题之严重，性质之恶劣，简直闻所未闻。

"李子龙自知罪孽深重，抓他的时候便咬舌自尽。陈才发及其同党已是招供画押。关掌印自知罪责难逃，已是畏罪自杀了。"何安跪地垂首道，"奴婢有罪，未能尽到看守职责。"

端文帝受了惊，这会儿身体显得更不好，半躺在床上咳嗽了一阵子，还是李兴安端了果茶来喝了，才勉强问道："接着打算怎么办？"

何安道："回主子爷的话，那狉狉猖狂，半夜闯入皇帝寝宫，幸而陛下无碍，首犯虽已伏法，这狉狉也应该就地诛杀。御马监已把四卫营里的亲兵们都调了过来，只待皇上您一句话，便开始细细筛查，绝不漏过皇城里一房一舍。"

"四卫营的将士们都到了？"

"回主子爷的话，盘点了身无要职，尚在沐休期的将士共计一万三千人。"何安道，"事出紧急，还请主子恕奴婢擅作主张之罪。"

"需得几日？"端文帝问他。

何安装作思索，片刻后道："快了三日，慢则五日。"

端文帝冷笑一声，扬声道："朕这边都要被狉狉吃了，你们还要再等个三五日？"说完这话又是一阵咳嗽。

李兴安上前要劝抚，端文帝一扬袖子，小几上的茶杯顿时碎在了地上。王阿、郑献等人纷纷跪地。

"司礼监、东厂、御马监……"端文帝气喘吁吁，眼神挨个从跪在地上的几个奴才们身上扫过去，"平日朕纵容你们在外面作威作福，授予你们无上权柄，如今竟然让个畜生到朕寝宫胡闹！一个妖道，什么卑贱东西，也敢沾染这皇城泥土，敢上万岁山！好啊，好威风的大珰，狗奴才们！是忘了谁给你们的权势？！只想自己舒坦快活了吗？！"

端文帝目光扫射之下，众人皆战战兢兢地缩成一团，连呼吸都变慢了几分，看起来仿佛是一群生死不由自主的蝼蚁。端文帝的郁闷好受了一些。

"何安！"

“奴婢在。”何安应道。

“给你十二个时辰。”端文帝气喘吁吁道，“御马监大印暂时由你掌着。十二个时辰后，要么你提着狨狨的头来见朕，要不就让四卫营的属下提着你的头直接去喂狗！听清楚了吗？”

“回主子爷的话，奴婢听清楚了。”何安回道。

诸位大珰从西苑退了出来。王阿走在队首，回头瞥了眼何安道：“何公公把大内安危只系于御马监身上，倒让我这司礼监门厅冷落了。”

“这事本就凶险。”何安装作没懂他的嘲讽，“能少牵扯几个人就是几个人。十二个时辰后，实在没个结果，要死也就我一个人赴死。”

王阿一笑：“看来我得心生感动才是。”

两人迈出了西苑大门，王阿的步辇正等着他。

“掌印不用过意不去。”何安道，“您与我同时入的宫门，您又年长我几分，何安一直把您当作兄长敬爱。”

王阿坐上辇后，才居高临下地瞥了他一眼：“何安，别在我跟前儿说什么漂亮话了。你起的什么心思，我能不知道。劝你的时候多了，你听过几次？得了，我就做个老好人，再劝你一句，别玩火自焚。”

何安也不辩驳，躬身道：“恭送王掌印。”

待王阿走后，他才抬起那垂着的眼帘，眼睛里并没有一丝一毫的恭敬。

一切与他预料的别无二致。

回了御马监，何安便召了四卫营的几个指挥司过来，安排人马开始对皇城内每一寸位置进行逐一排查。等人都走了，他叫来高彬：“一切按照计划行事。”

高彬抱拳：“是，督公……不……掌印。”

他改了称呼，何安也并未见喜色，只道：“去吧。”

待高彬退下后，何安瞥了一眼就在大堂长案上的那只御马监大印，犹豫了一阵子，才抬手去摸。

这御马监的主位上，坐过多少任掌印？又有几任得以善终？

细算下来何安已经一天两夜没吃东西，水也只喝了少许，这么下去怕是事儿没办妥，人先扛不住了。喜乐让后厨做了一碗阳春面给端了过来，哄何安道：“师父，这面您还是吃一口吧。”

何安刚想回绝，就听见喜乐说：“探子报，殿下昨儿晚上就吃了碗阳春面。”

何安张了张嘴，最后说："把面端过来吧。"

喜乐连忙端了面给他。何安抬了抬筷子吃了一口，哇就吐了出来。

"怎么一股血腥味？"何安道。

喜乐一怔，连忙去吃，两片葱，一片菜叶子，清汤寡水一碗面条，哪里有什么血腥味。他皱眉道："没有啊？师父您再试试？"

何安叹了口气："不用了，吃不安宁。"

喜乐这才意识到何安怕是心里不舒坦，才吃出股血腥味，不好再说什么。遂收拾了一壶茶端过来道："师父，喝口水吧。您就昨夜审人的时候喝了两口，到现在也没喝口水。"

"不喝，不渴。"何安说，"等等再说。"

喜乐见他这样，咬了牙，又问："要不咱们去睡会儿，这不是还有十二个时辰吗？横竖也不会出差错了。"

"睡不着。"何安道，"你也说了还有十二个时辰，不到最后一刻，都有可能出岔子。你和喜平先去睡。"

喜平在旁边听了连忙道："我陪着师父。"

"那……那我也陪着师父。"

「五」

清晨时分，太子急行入坤宁宫。

宫内的太监也才刚刚上值，揉着眼睛一看，竟然是太子，吓得愣了半晌，接着就瞧见太子直接往主殿方向而去，太监两步过去，匍匐在地，慌乱阻拦道："太子殿下！殿下！皇后娘娘还未曾起身，您稍等，奴婢进去通报。"

太子怒斥："走开！我有要事要面见母后！"

小太监浑身发抖，颤声道："殿下，皇后娘娘就寝时不许任何人惊扰，您若直接进入，奴婢可怎么交代啊……"

"你个大胆的奴才，竟然敢拦孤？！"

外面的纷争已然传入了殿内，冷梅扬声问："娘娘醒了，问是谁在外喧哗。"

太子此时已行至殿门外："母后，是儿臣有急事来坤宁宫，等不得。"

过了一会儿，冷梅道："太子殿下，娘娘请您入内等候。"

殿门打开，太子入内，等了一会儿，便看冷梅扶着皇后坐在了主位之上。太子匆匆行礼后，上前低声道："母后可曾听到了消息，昨夜西苑闹狌狌，惊了圣驾，不到五更天，便把司礼监和御马监都拉去西苑训斥。借了这个由头，何安先斩后奏擒了关赞，等他去西苑的时候，人证物证口供画押都是全的，关赞已经走了。"

皇后端起茶碗，听到这里一怔，缓缓笑道："倒没看出来，这小安子平时文文静静的，也有如此手段，是个忠心为你的奴才。那我儿如此着急入宫做甚？"

"前两日五弟来东宫处请安，跟我说……万贵妃有心要再起西厂，听说人选乃是王阿身边的董芥。"

皇后撇茶的动作一顿，冷笑了起来："她想再设西厂？按照祖制东厂应由司礼监秉笔出任提督，可如今东厂还在她宫里出来的王阿手里捏着，郑献当了秉笔不少年份了吧，连东厂一片树叶都没分着。这会儿竟然还想设立西厂？万茹为了老七真是操劳不少，胃口大得很。我儿怎么想？"

太子道："皇上不喜王阿已久，早有设立西厂之心。待过两日借着狌狌之乱，老七必定要在朝堂上提西厂之事，皇上给了何安十二个时辰擒住狌狌，若何安此事能成，何安有功，又是御马监提督，必定比董芥胜算更大，那时我便顺水推舟，保举何安。但此事重大，还得问问母亲的意思。"

皇后颔首："太子思虑周全，以西厂何安牵制东厂王阿，是个好办法。"

她叹息一声道："你五弟自回京以来，先是京畿水利一事办得妥当，又献了倾星阁仙药，皇帝服用后对本宫赞誉有加。如今靠着他和万贵妃那边的旧牵绊还能得到些个消息……在你几个弟弟中，驰儿当真不错。"

太子笑起来："兄友弟恭，是人之常情。儿臣晓得。"

皇后点点头："明白就好。"

十二个时辰平安度过，高彬带着几颗似人非人的脑袋回了御马监。

何安瞧着那几颗脑袋，沉默了一会儿道："先往宫里报，说是狌狌已经拿下了。我收拾收拾就去面圣。"

他有些吃力地站起来，晃了晃又跌坐下来。

"师父！""督公！"

喜平喜乐连忙将他扶住。

"我没事儿，就是坐久了。"何安道，他闭了闭眼，"快去准备吧。这趟回来，就算尘埃落定了。"

青城班那边早早得了消息报到了五皇子府邸，白邱仔细看了那呈报，推门进了书房，道："成了。"

赵驰本来坐在床边的罗汉榻上弄琴，听了这话"嗯"了一声："意料之中。何安怎么样？"

"御马监代执印，已经回复了圣命，现在出宫到自己家去了。"白邱道，"探子说何督公回家就躺下了，请了太医过去看，似乎是病了。"

琴声一顿，又响了起来。

"殿下不过去探望一下？"白邱故意问他。

"这个时候谁都能去，我偏偏去不得。"赵驰道，"我第一个去，落实了两人暗通曲款，何安以后就是活靶子。"

他叹了口气，断断续续地摆弄起手里的琴。

"明日让老七在朝堂上提出重建西厂的意思。何安表面还是太子党，内阁不会拦着。王阿是贵妃的人，他不敢拦着。皇上自然乐见其成。"赵驰道，"一切照计划，托人给万贵妃带个话吧。"

他停了琴，抬眼去看窗外。几片树叶翻飞落下，原来秋天快到了。

第二章 明月

二

何安回了家便病倒了。开始是头晕发冷，过了没一会儿就开始高热，最后烧得整个人都糊涂，胃还在钻心地痛，喂什么药都往外吐。

太医看过了说人太虚了，要吃点东西才能喂药。可就是一口米粥也喝不下去。喜乐一边哭着一边喂："师父，您吃两口吧，不然这病怎么好？"

但还是喂一口，吐一口，偶尔清醒那么一阵子。就这么病了几日后，门房来报说宫里来了圣旨。

"师父，师父……"

何安睁开眼，瞅着喜乐："是殿下来了吗？啊？"

喜乐有点不忍心瞧他这副样子，叹了口气说："是宫里的李兴安，传旨来了。"

何安被搀扶着去接旨的时候，脑子里依旧昏昏沉沉，圣旨里说了些什么也没听清，直到李兴安把圣旨递到他手中。

"厂公这几日便歇着吧。"李兴安道，"陛下仁慈，说您这为妊妊的事儿劳心劳力，特准您病全好了再回皇城。"

何安咳嗽了两声问："李伴伴叫我什么？"

李兴安呵呵一笑，把那圣旨往他手里又塞了两分："厂公。从今儿个起，您就是御马监掌印，提督西厂的何厂公了。未来还要请何厂公多多关照才是。"

何安拿着圣旨又勉强跟李兴安说了几句客套话，实在体力不支，最后被喜乐扶回了卧室。躺倒在床，他问喜乐："这次事儿都办完了，也算办得可以，殿下应该是会来了吧。"

"嗯，一定的，快了。"喜乐连忙说。

"你记得让家里人把宅子都收拾下。"何安道，"干干净净的，别怠慢了殿下。"

然而那天左等右等，半夜醒了几次，殿下都没来。油灯一点点地耗尽，天边透亮。何安的病情又反复了一轮。

再隔了两日，喜悦救回来了。何安仔细地上下打量喜悦："安乐堂伙食有这么好吗？你关了四十多天，怎么整个人红光满面胖了一圈儿？"

张大厨知道喜悦回来了，哭着跑到这边来，摸着喜悦的小脸蛋说："哎呀，孩子可吃苦了吧，瞧把你瘦的！我这可怜的喜悦啊！"

何安喝了口药，咳嗽几声，没好气道："你哪只眼睛瞧他瘦了？"

张大厨才不理他，拉着喜悦就往外走："我给你准备了好多好吃的，你等着，张大爷一个一个给你做。"

"张大爷，我想吃枣糕。"喜悦耿直道。

"好好，我这就去做！"张大厨哽咽。

何安无语："咱家迟早有一天让这屋子人气死。"

喜乐瞧他心情好，也陪了个笑，给他掖了掖被子。

"喜悦都回来了……"何安带了点儿希冀地问，"那殿下怕是快来了吧。"

"嗯，一定的啊，师父。"喜乐说，"殿下肯定有事儿忙着呢，不然早来了。"

何安想想觉得也是。

可他等了又等，等了一日、两日……他的烧退了，胃好了，可以在院子里转悠了。

又等了五日……殿下因为京畿水利勘察得好，在朝廷上得了嘉奖。何安觉得这次怎么着殿下都要来了。

再等下去，十日……十五日……殿下都没有来。

转眼就到了中秋节前，万贵妃的父亲左柱国万知明七十大寿，请了青城班过去唱戏。华老板这边收拾着行头，准备带着人马去左柱国府上唱戏。楼下乱哄哄的，就见向俊穿过人群上了二楼，递给华老板一张单子。

华雨泽一看，问："这是什么？"

"账单。"向俊道。

"我知道是账单。"华雨泽道，"二百五十一两……怎么花了这么大一笔钱？"

"也没什么。"向俊说，"喜悦公公爱吃的太多，索性把醉仙楼的大厨绑到安乐堂去做饭。他价格不便宜啊，而且采购食材也要钱不是。"

华雨泽沉默了一会儿："你故意的。"

"嗨，怎么敢呢？"向俊说，"班主您这么局气的人，不会连这点小钱都舍不得吧。"

华雨泽把账单叠了叠塞在怀里："回头让何督公……不，给五殿下送过去。人家现在可是有位高权重的西厂厂公帮衬着，有钱。反正我没钱，我给不了。"

向俊还要说什么，华雨泽连忙站起来，推开窗户冲楼下吆喝："走了走了，还磨蹭什么？左柱国大寿，赶不及了，到时候青城班都得掉脑袋。"

三

左柱国万知明，大端朝朝野上下应该没有人不曾听过这个人的名字。当今圣上的太傅，后历任吏部尚书、内阁大学士、内阁首辅等职……虽然他人已功成身退，淡出朝廷政务，然而学生遍布朝野，多有簇拥之人，没人敢轻视万知明的存在。

他七十大寿，来的客人皆是显贵，络绎不绝，几乎要踏破了门槛。无数珍奇美物当作礼品堆满了万柱国家的仓库。

在京城的王爷皇子们也都来了，熙熙攘攘的兄弟们聚在一处。等了没多久太子便来了，带了幅皇上亲笔御书的"寿"字，给足了万柱国面子。

他做寿，什么都要最好的，自然是请了青城班来唱戏。这边一干人等按照位分坐进了雅间，湖对面搭的戏台子就开了唱。

"华老板怎么样？"小十三凑过来偷偷问赵驰。

赵驰一愣："什么怎么样？"

小十三笑嘻嘻："哥，你就说说呗，他的身段儿台上看着不错，腰挺软的。私下里呢……"

"……私下也挺软的吧。"赵驰沉思，不知道自己说多了让师兄知道了会不会追杀他，"就看他天天赖在罗汉床上看话本，什么野怪传说的都瞧，大约是软的。"

十三感觉老五这话说得隐约有些不对劲，又说不上来是哪儿不对劲。然而他少年心性，抬眼看到有人坐到万柱国和太子身边顿时兴奋地对赵驰道："哥，你看，万柱国面子挺大啊，连司礼监老祖宗王阿都来了。"

"哦？"赵驰抬眼去看，就瞧见对面廊下那主位上多坐了一个人，正在低声跟万柱国说话。那人年龄大约三十出头，男生女相，雌雄难辨，一双狐狸眼带了几分说不上来的狡猾。

"他年龄不大，怎么就叫老祖宗了？"

"太监里，他权力最大，品阶最高，私下里大家都送他个尊号叫老祖宗。"十三说，"哦，不过可能他接下来也不是权力最大了，有人怕是要跟他分庭抗礼了。你记得上次咱们去踏青时遇着的御马监提督何安吗，前些日升了掌印，皇上还让他重建西厂哩……"

"是吗？"赵驰有些心不在焉，小十三下面要说的话他都知道。

廊下主位上还有把椅子空着，想必是还有什么重要人物没来。

就在此时，有家仆从门口吆喝了一声："何厂公到——！"

诸位在座的，早有长袖善舞的，站起来凑到门口去巴结，不消得一会儿，何安便从外面走了进来，穿了身酱紫色银蟒纹路的曳撒，态度也不倨傲，有人给他行礼的，他便一一回礼。

等走到赵驰这一桌的时候，他停了一下，微微颔首道："五殿下，十三殿下。"

不远不近，不冷不热，不疏不亲。

赵驰瞧他，瘦了不少，又想起来白邱说他大病一场，大概是伤了元气。

"厂公近来可好？"赵驰问候道。

"谢殿下垂问。"何安道，"奴婢身体尚好。"

赵驰"嗯"了一声。

何安问道："殿下可还有事？"

"没了，就是问候一声。"

何安淡淡一笑："既然如此，奴婢便过去给万柱国问个好了。"

"厂公请便。"

赵驰一直目送何安的身影走到主座那边，与廊下几个人分别打了招呼，又坐下听戏。

只见何安举止落落大方，确实与之前不同了，显出了几分权倾朝野、炙手可热的红人姿态。

赵驰微微一笑，坐下来与十三聊起了些旁的。

这厅里，觥筹交错，已是喝开了，气氛也变得热闹，大家无论品阶都松快了不少，互相谈笑的，行酒令的……廊下那桌聊得正欢，太子在何厂公耳边说了句什么，何厂公似开心得很，温和地笑了起来。

赵驰瞧着，只觉得杯里的酒也没那般好喝了。他站起来。

"五哥干什么去？"十三问他。

"华老板戏唱完了，我总得去看看吧。"赵驰说完，引来周围几个人的嘲笑，他也不以为意，负手踱步就去了后台。

他在后台等了一会儿，华雨泽卸了妆出来，两人找了个僻静院落闲逛，走到个凉亭里。

"华老板好心情。"赵驰道。

华雨泽回头瞧他："五殿下怎么今儿没喝醉？"

"这不是过来见你吗？"赵驰说。

华雨泽笑了笑："稀奇了，平时约你出门都很难，这会儿自己凑上来了？"

他特别认真地从怀里掏出了一张纸递给赵驰。

"这是什么？"

"账单。喜悦在安乐堂吃了两百五十一两银子，何厂公的人欠的钱，你要不要帮忙还？"

赵驰：……

他无奈地把账单叠好塞起来："说正事吧。"

"当年你母亲兰贵妃母族衰落，兰贵妃入冷宫，是因着一桩二十年前的奇案牵扯。"

"我知道，陈宝案。"赵驰道。

"一桩二十年前的旧案，怎么过了十几年能牵扯到兰家头上？"华雨泽道，"我觉得奇怪，便安排人去大理寺和宗人府看了卷宗。"

"嗯，想必有进展了？"赵驰道。

"这还得感谢你那何厂公。要不是狌狌闹得京城一团乱，这种绝密卷宗没这么容易找到。"华雨泽说，"卷宗里写到，这陈宝案还有余孽未清，持续抓捕，终于抓到了一个漏网之鱼。这个漏网之鱼自然是死了，但是死前指认兰家曾从陈宝处买过机密军情，卖给了鞑靼人。不仅如此，兰家还私下买兵器，有逆反之心。"

赵驰微微皱眉："靠这口供没办法最终定罪吧。"

"那人自然是有物证的，兰国公与陈宝当年的手书来往，还有囤积兵器的条目。后来去查抄，京畿附近的私库看守人也一口指认兰家大公子就是私库主人。"

赵驰沉默了一会儿，道："后面的事情我都知道了。"

兰家遭了灭顶之灾，唯一的远亲血脉因为留在了开平逃过一劫。兰贵妃褫夺封号，降为庶人，入住冷宫。他自己则差点被圈禁，最终外放八年。

"关键是，这个漏网之鱼是怎么抓住的，谁能证明他就是陈宝案的关键之人？"赵驰问。

"这你就说到点子上了。"华雨泽道，"二十年前的旧事，若不是有当事人指认，又怎么能确定这个漏网之鱼就是与陈宝案有干系？这两个人，定是有问题的。"

他从怀里又拿出一个小纸条，递给赵驰："这两个人的名字，在卷宗里也是擦去的，我们的人为了得到这两个人的姓名，花了不少力气。你回去自己看吧。记住，阅后即焚。"

等赵驰仔细收妥了那张纸，华雨泽道："时候不早了，我先回去了。"

"好，回头再聊。"

两人先后而行，华雨泽抄了近路，走到一半被几个王孙公子拦着不放，调戏了一阵。

这边正纠缠着，就听见一个声音从拐角处传了来："哟，华老板怎么在此呢？"

几个喝醉了的郡王国公回头去看，就瞧何安从暗处走过来，似笑非笑道："咱家这一通好找，原来华老板在这儿忙着呢！"

几个人瞧他那表情，不约而同地都走远了一些。

"诸位还有事儿吗？"何安走近了，扫了一圈儿在场之人问。

"没了，没了。厂公您忙着，忙着。"说完这话，几个人酒也醒了大半忙不迭地走了。

"这几位都是园子里的常客，"华雨泽解释道，"自然得维持着点。倒是厂公您找我，稀奇。"

"咱家也没什么别的意思。"何安道，"就是您这边被五殿下惯着养着的，回头又去找别的恩客，是不是有点太不讲究了？"

"这就奇了怪了。厂公位高权重的，也跟五殿下交好？我怎么没听过？"

何安语塞。

"殿下是天潢贵胄，殿下的事儿就是皇家的事儿。"何安道，"皇家的事儿，咱家这个内臣没有管不得的。"

华老板有点想笑。

"行吧，厂公说什么便是什么。"华雨泽道，"草民可以走了吗？"

"你等一下。"

华雨泽哪里理他，说走就走。

"哎！"何安气急败坏，"咱家跟你问话呢，你就敢走，信不信咱家让你掉脑袋？！"

"厂公还有什么要问的？"

"我问你，你跟殿下一起出去的，怎么就你回来了？"

"厂公想问的不是这个吧。"华雨泽看他，"厂公是不是想问殿下在哪里？"

"殿下在哪儿？"何安终于屈服了，问道。

三

赵驰抓了路过的侍从，让他又给自己灌了一大坛子酒，刚对月喝了几杯，就听见有脚步声进了院子，走到离湖心这亭子不远的地方，便停了下来。那脚步声熟得很，不消说是何安。

他又喝了杯酒，何安的脚步在原地踌躇了会儿，似乎要往回走，这会儿他不开口也不行了。

"厂公来了，怎么要走？是来瞧我喝酒的？"

旁边那颗大槐树后走出个人，正是何安。他远远地行了个礼："出来透气，没料想遇见了殿下。瞧您喝酒怕惊扰着您，正准备绕路回去呢。"

赵驰觉得有意思，靠在栏杆上，撑着脑袋看他。

何安有些局促，强撑着问："殿下看什么？"

"厂公今日这身衣服衬得您俊美清秀，十分好看。"赵驰忍不住又逗他。

何安脸红了一下："今日贺寿，自然得打扮妥帖。倒是殿下众目睽睽之下幽会个戏子，怕是传出去不太好听。"

……这是……有刺儿了？

"众目睽睽下，怎么幽会？"赵驰道，"厂公教我一个？"

何安语塞。

"奴婢……奴婢告退了。"何安踌躇了半晌，躬身要走。

"急什么。"赵驰道，"月色这般好，不如来亭子里，让我陪厂公赏赏月？"

"厂公可是生我的气了？"赵驰又问。

"奴婢没有。"

"厂公请坐。"

赵驰靠坐在一侧栏杆旁。何安下意识地就想过去叩首，犹豫了一下，稳住了身形没动，末了在另外一侧贴着边儿坐了下来。坐下来那一瞬间，他又有点不安起来。

这样于理不合啊！这么久没见了，应该给殿下跪下请安的。管了御马监，当了西厂提督，规矩体统都忘了吗？自己这样跟那些个得了权势就妄想骑在主子头上的奴才们有什么不同。何安连忙又站了起来，可让他跪……他还不想跪，想到殿下这么久对他不闻不问……他就不想给殿下请安。

刚坐下去又忍不住站了起来，引得赵驰看他，听他结结巴巴说："奴婢……奴婢站着舒坦。"

"厂公随意。"赵驰道，说完这话，他又倒了杯酒。

何安就那么站着，刚才席间万柱国和太子的对话在耳边回响起来——

"五殿下最近这水利之事办得不错。"万柱国道，"还是太子殿下您教导有方，又为兄弟操心，才有这样的结果。"

太子道："老五自己肯上进，我只是扶持了一把。"

"就是殿下这个心性还有些散漫，总是拈花惹草的，传出去不太好听啊。"万柱国说，"明年年初就三十了，家里一妻一妾都还没有，不好不好。"

"哦？"太子问，"柱国这是要做媒？"

万柱国捏着胡须微微一笑："徐之明有一幺女，年龄十六，正是待嫁的好时候，配五殿下是正好。"

"何厂公，你觉得如何？"太子做亲切状问他。

何安也停了杯。他看看太子，又看看万柱国，连王阿都在等他的回答。

他低头，仓皇一笑，道："嗨，这种话原本不该咱家来说的，既然东宫您问，奴婢就斗胆答一句，这真是郎才女貌，天作之合呢。"

在夜幕中，赵驰深邃的轮廓被月光勾勒得分外清晰。他真的是人中龙凤、世间谪仙般的人物。这样的人物，终究是要被众星拱月、妻妾成群的。

"厂公在想什么？"赵驰问他。

"奴婢……"何安沉默了一会儿道，"奴婢不能久留，先告退了。前面还在等着……"

"哦，让我猜猜。前面呢？"赵驰故意说，"是不是太子啊？"

"不是不是。"何安连忙道。

"是吗？"赵驰道，"我瞧厂公今日在席上与太子相谈甚欢，怎么了……太子说了什么话，讨厂公欢心了？"

何安急了："殿下，奴婢没有！"

"我说厂公今天怎么瞧着我就这么冷淡呢。"赵驰叹息一声，"也是，我不过是个不受宠爱的皇子，比不得太子殿下，您只要把太子这边巴结好了，未来平步青云指日可待。"

何安不动弹了。赵驰奇怪，仔细一看，却瞧着何安眼神落寞得很。

"厂公这是怎么了？"赵驰问他。

何安沉默了一会儿，道："殿下，若是奴婢不是什么西厂厂公，也不是什么御马监的掌印，您还瞧得上奴婢吗？"

他眼神真挚，孜孜以求一个答案。

赵驰忍不住叹息了一声："八年前……腊月里，咱们是不是见过？"

他说完这句话，何安的眼神就像是被什么点燃一般，斑斓炫彩起来。在月光下，仿佛璀璨的宝石，绽放着难以形容的欢喜和满足。何安含泪欣喜道："殿下还记得小安子？殿下没忘？"

这人啊……

刚装了几分冰冷模样，又被自己几句话打回了原形。谁能料到，不久前刚血洗皇城，一夜之间拉着一个掌印、一个秉笔双双落马的狠厉大珰，在自己面前就是这副模样？

他"嗯"了一声，老老实实回答："忘了一阵子，又想起来了。"

何安笑着，有点傻气。

"何安，你身体好一些了吗？"赵驰问，"我听白邱说，你生了场大病。"

"也不是什么大事。"何安道，"每次这种事都得折腾一轮，就是太绷着了，慢慢就能恢复元气。"

他顿了顿又小声问："奴婢生着病，也没敢去见您，怕病体晦气。殿下，奴婢自那日起，就日盼夜等的……生病的时候浑浑噩噩，几次都以为您来看奴婢了……可您，一直没来……"

"厂公，你就没想过，我为什么不去？"赵驰问。

"殿下是不是嫌弃奴婢差事做得不好？"何安问，"还是您的旨意奴婢没领悟全了？"

赵驰又是一愣。看来跟何厂公解释是解释不通了，大概自己说什么，他都能绕着弯从自己身上找到缘由。

"我没嫌弃你。"赵驰温声道，"你这一次办得很好，朝野上下都对你这个人刮目相看。"他顿了顿，又认真道，"我只是不能去，厂公可明白？"

何安的眼神亮了："真的？"

"真的。"赵驰严肃认真地回答。

"那……那奴婢能不能讨个赏？"何安垂下眼帘。

"厂公这次想要什么？"

何安咬了咬嘴唇："您之前赏我的东西，被关赞抄家的时候给弄坏了，能不能……"

赵驰在月光下看着他，何安的表情是如此的忐忑不安。

"厂公看今晚的月亮，可皎洁？"赵驰笑问。

何安闻言抬头往斜上方看去，这月是还凑合，但是离十五还有几天，谈不上最好的时候。他正要回答赵驰，就听见五皇子说："我这八年，在大端疆域内，见过无数次这轮明月，无论走到哪里，唯有这轮明月相伴。督公与我志趣相投，又不求金银细软。我只能送君明月，未来无论命运如何，都愿与君月下共饮。"

月光下，赵驰笑意吟吟，问："不知道督公看得上吗？"

何安眼眶红了，起身后退几步，伏地叩首："奴婢谢殿下赏。"

「四」

赵驰与十三在门口准备走的时候，王阿的轿子也正好出来。

"请王掌印先走。"赵驰对牵了马过来的门房道。

王阿掀开帘子，瞧他一眼，笑道："五殿下和十三殿下太客气了，您二位先走吧。"

"掌印坐轿，掌印先行。"

谦让了一会儿，王阿道："那咱家就先走了。"

等王阿的轿子走了，十三才道："哥，你也太多礼，王阿再怎么样也不过是个太监。"

赵驰瞥他一眼："对外切莫说这种话。"他表情严肃，十三只好把下半句咽回肚子里去。

两人在路口道了别，赵驰一路策马回了府，下了马就立即让人找了白邱过来。

白邱本歇下了，听了召唤，穿好衣服匆匆来了书房，推门进来的时候，赵驰正在拆华雨泽给他的那个小纸包。

"白先生坐。"他一边拆一边道。

"是雨泽那边给了信儿？"

"嗯。"

看似是一张纸，摊开来什么都没有，拿蜡烛一烤，纸片受热，就分了层，明显是两层，然而又折了个花样出来，拆解甚为错综复杂，稍有不慎纸张就毁了。

赵驰正小心翼翼地用刀尖挑开边缘，白邱坐着无聊便问："殿下今日去都见着谁了？"

"万柱国、老七、老十三、太子、王阿……"赵驰顿了顿，"还有何厂公。"

"殿下见了何安。"白邱问他，"殿下想清楚了？"

赵驰一顿："不曾。"

"我看殿下非但没有想清楚，反而越想越糊涂了！"白邱有些急，"殿下，你比我清楚得多，你回京城要做的事情九死一生。何安不是什么善茬，你用他可以，但绝不应该对这样的人过分信任。我以你小师叔的名义奉劝殿下一句，此人不可信！"

白邱的话掷地有声，振聋发聩。

赵驰面露难色："小师叔……"

"最关键的是，你接下来要做的事情……"白邱道，"于你、于他都是危险至极。"

赵驰神情微动，最终收起了散漫的神色，起身抱拳行礼道："小师叔教训得是，我记下了。"

白邱连忙道："殿下不需多礼，又不是在倾星阁。"

赵驰也不客气，坐下来继续拆那个纸包，又花了点时间，那纸包层层打开，里面露出两个人的名字。

锦衣卫镇抚使戚志泽，锦衣卫总旗时开。

"这是……"

赵驰拿了纸凑到灯光下仔细去看。

"二十年前参与陈宝案，八年前又指认兰家的两位锦衣卫。"

戚志泽。时开。

赵驰将这两个名字反复默念，待心底记牢之后，将纸在油灯上点燃，扔进了案几上的莲花香炉，直到这纸烧成灰烬，才合上了香炉。

"小师叔，麻烦把书房那本《京城显贵名录》拿来，我翻翻看。"赵驰道。

东厂因设在东安门内而得名，而皇上就像是故意要给王阿提个警醒似的，在皇城图上大笔一挥，把西厂设在了西安门内的旧灰厂里。一东一西，隐隐出现了鼎足而立的姿态。

西厂离御马监隔着一整个皇城，过去一趟都得走小半个时辰。喜乐、喜平一大早就去了御马监，又从直殿监调了一群人过去收拾布置，快到中午的时候何安才坐着轿子过去瞧。

小太监们正爬到屋顶上换瓦片。屋子里的蜘蛛网，乱放的旧家具先前就已经统统都撤了。青石砖缝里的青苔全都给抠了下来，打扫得极干净，一点错漏都没有。这会儿正把西厂大堂和旁边的会客厅布置了出来，着紧先用着。虽然忙乱，却井然有序，显出一番欣欣向上的景象来。

何安坐下后，道："差事办得不错。"

喜乐笑得眼都眯在一块儿了，谄媚道："还不是厂公调教得好。"接着一杯铁观音就递到何安手边，贴心得很。

"西厂初立，人手不足的，得赶紧填补起来。"何安道。

喜平在旁边应了声："和高千户那边已经打过招呼了，会从四卫营调些得力的过来。"

"还叫高千户。"何安道，"人家可是升了职的，如今已经是掌刑千户了，圣旨这两天就会下。"

"是。"喜平道。

"除调些四卫营的兄弟过来之外，咱们也是拿了旨意，与东厂一样，从锦衣卫调拨番子过来。你和高彬好好挑，细细选，但凡是看上的人，有一个算一个，都给咱家弄到厂里来，不用担心锦衣卫那边的意思。"

"我知道了，我回头跟高掌刑说。"喜平抱拳。

这边正聊着事儿，外面就有御马监的小火者跑进来，打躬作揖，气喘吁吁地道："掌印，刚才有五殿下的仆役送了拜帖去御马监，说一会儿中午登门拜访。喜悦公公让我把拜帖给您送过来。"

何安顿时坐不住了，不等喜乐去接拜帖，自己三步做两步走上前把拜帖抢了过来，拆开来一看，殿下说一会儿等回复了皇命后，要来御马监坐坐。

"走，赶紧着，回御马监。"何安连忙拽着裙摆就要出门上轿。

"喜悦公公已经跟那边的人说啦，让殿下中午来西厂。"

"来这儿？"何安左右看了看，急了，"这还一团乱呢，让殿下来……殿下那么尊贵的人，你们就跟打发要饭的一样吗？呼来喝去的！快派人去跟殿下说，说我带轿子去北华门接他。"

何安跟一阵风似的，支使着小太监们团团转。

喜乐、喜平都来不及开口阻止，就瞧着一群人已经抬着轿子要出西厂，正走到门口，就听见外面有番子进来报说："五殿下的马已经快到西厂门口了。"

何安又是一愣，连忙道："快快快，把屋子收拾下！"

一群人跟陀螺一样，跟着西厂厂公大人的调令开始仓皇地收拾这院子。

"还愣着干什么啊！"何安对喜乐、喜平急道，"外面堆那么些个乱七八糟的，还不赶紧规整规整，别冲撞了殿下。"

喜乐苦着脸应了声是，拉着喜平在外面开始收拾院子里还来不及放好的新家具。

倾星阁这么多年来被传得神乎其神也并非没有缘由，至少在情报收集这件事上，事无巨细，分外翔实，确有独到之处。

赵驰翻着那本名录端看了下，确实找到了这锦衣卫镇抚使戚志泽、锦衣卫总旗时开二人的档案。二人乃是同乡，二十出头就入了锦衣卫当番子，凭着一身武艺，很快就坐上了缇骑的位置。当年陈宝案的时候，揣着圣旨去拿了不少要员回来。

后来自然成为有功之臣，都当了总旗，又同时娶了一对姐妹。两人虽不是亲兄弟，却胜似兄弟，在京城里一时也传为美谈。

八年前指认了陈宝案余孽后，二人的命运却发生了极大变化。戚志泽之妻身死，他又娶了一位新妻，接着平步青云，成了锦衣卫镇抚使。时开却一直庸庸碌碌，在总旗位置上坐了多年，已经没了升迁希望。

这就叫造化弄人？赵驰心想。

索性睡不着了，起来抄了份名录，又写了份拜帖，找了个理由进宫。一大清早，瞒着白邱就走了。

先去皇帝那边听了一会儿训，又去给皇后及东宫请安，一晃就到了中午。得了信儿说何安在西安门这边，便一路快马加鞭地过来，才到西厂门口，就瞧见何安带着一帮子人出来在门口迎接。有人递了脚蹬，有人牵马，有人扶着他要下马，阵仗弄得不可谓不大。

赵驰瞧着何安殷切的眼神，一笑，直接翻身下马，落在了何安面前。

何安连忙给他请安："问殿下好，殿下快里面请。这刚开始收拾，还一团乱，您千万多担待，哪里不合适了，您和奴婢讲。"

"厂公，吃了没？"赵驰问他。

何安一愣："不……不曾。"

"眼看到饭点了，我在这边吃顿便饭行不行？"赵驰接着说。

"便饭？"何安又愣了。

殿下这么着急见自己不是因为在皇上那边有什么新旨意下来要跟自己商量吗？

他把殿下这句话拆开来，掰碎了，揉了好几遍，也没品出这话的深意。

不应该啊。自己生了个病，脑子也坏了？主子的意思都琢磨不出来了？

何安面带了难色："殿下，奴婢愚钝，您的意思……奴婢没参悟透，求个明示。"

赵驰有点好笑："就是一起吃个饭，怎么明示？"

"……是真的吃饭？"

"真的吃饭。"赵驰道，"还是说厂公这边不欢迎我，连口饭都没得吃？"

"怎么会！"何安连忙道，引了赵驰进大堂高位上坐着，"殿下里面坐会儿，让喜平伺候您，奴婢去安排下。"

他退了出来，急匆匆让喜平去尚膳监里安排殿下的饮食。

"……师父，殿下说吃个便饭，咱们这边厨子昨天也到了，后面有厨房……"

"殿下说吃个便饭，真能给尊贵人吃便饭了就？"何安低声斥责道，"殿下是什么样的人，能来就是给咱们脸，让西厂蓬荜生辉，还不小心伺候着？快去快去！"

喜乐又被一通骂，垮着脸去办事儿去了。

尚膳监离得也远，但还是紧赶慢赶给按照亲王的规格送了餐过来，桌子上摆了满满一桌。

"便饭？"赵驰笑问何安。

何安赔笑："不知道殿下喜欢什么，就让尚膳监给多送了些过来。以后知道您喜欢什么了，就少做一些。"他说完这话，拿了银筷银盘，站在一边儿道，"殿下，奴婢给您尝膳。"

"上次就说了，一起吃，没人想毒死我。"赵驰道，"况且厂公如今身份尊贵，亲自给我尝膳怕是不妥吧？"

"能给殿下尝膳是奴婢的荣耀。"何安小声道。

赵驰一笑，各种菜式都给他夹了一筷子，在银盘里叠成小山高："厂公为国操劳，太瘦了些，还需多多进补，保重身体才是。"

"殿下的教诲，奴婢记下了。"何安仔细地回答了，"奴婢以后一定多多进餐，免得殿下担心。"

赵驰满意了，点头道："这样才是最好。"

"殿下今儿进宫是去面圣了？"

"嗯，皇帝老子又训了我一阵子。"提到这个赵驰显得意兴阑珊，"不过皇上能见我已经难得，大概还是最近水利那个事情办得不错，多亏了厂公帮忙。"

"殿下愿意让奴婢尽点儿力，奴婢高兴还来不及。"何安道。

他眼瞅着五殿下又夹了一块肘子肉要往他碟子里放，连忙转移话题："呃……殿下，那您今儿来西厂是有什么要让奴婢去办的吗？"

一说这个，赵驰确实有事找他，遂连带着那块肘子肉收了筷子，放在碗里。

"确实有个事情想麻烦厂公。"他从怀里掏出那本《京城显贵名录》递给何安，"这本册子，是倾星阁做的档案，与东厂之前所做的名录有些不同，厂公瞧瞧。"

何安翻了几页，有王爷世子、将军幺女、大臣之子……诸如此类，将每个人的过往、喜好，甚至是面容身形都列得详细。

何安一页一页地去翻，态度恭敬得很，过了一会儿，问赵驰："殿下对华老板那边已经是不喜了？"

"嗯？华老板怎么了？"赵驰一时有点蒙。

"这里面的年轻世家子弟，奴婢多少也是见过一些的。"何安恭顺道，"殿下若是厌烦了华老板，奴婢觉得不如挑一两个年轻些的、进退得宜的做玩伴。一些个有了婚配的便罢了，还未有婚配的，是否要奴婢安排人考察下，为人洁身自好的才好推举来给殿下……"

赵驰听明白了，敢情这人以为自己要找新乐子。

赵驰暗叹一声，笑着轻斥道："想什么呢。"他从怀里掏出自己在家里抄下来的戚志泽与时开的资料，递给了何安。

"厂公看看这两个人，都是锦衣卫的缇骑，可认识？"

何安摊开纸一看，手指尖微微一顿。

"殿下，这俩人奴婢认识的。"何安恭敬地回道，"殿下这边是想问什么呢？"

"我想知道自二十年前陈宝案前后到最近，这二人的详细资料，事无巨细什么都要。"赵驰道，"最好有办法能跟其中一到两人走得近些，套些话出来。怎么，厂公认识这两人？"

何安安静了一下，笑道："奴婢去了御马监后，认识的人不少。这俩人奴婢自然都是认得的。殿下若要问话，奴婢倒是有个办法。"

"厂公请讲。"

"这时开，运气不佳，爬不上去，抑郁得很，整日饮酒赌博，家都快赌空了。正好西厂要从锦衣卫里挑番子，便挑了他过来，让他做个档头，奴婢再资助他些赌资，几杯黄酒下去，免不了掏心挖肺的。届时殿下想问些什么那还不是倒豆子一样，全说了。"

何安这段话流畅无比，好像早就想好了似的。赵驰觉得他有点奇怪，大概是另有隐情没和自己讲。但是既然何安不想说，他也不问，点了点头："还是厂公想得周全。"

这会儿过了中午，何安也见了，正事儿也办了，赵驰不再拖延，起身道："这事便交给厂公费心，我不便在宫里待太久，先告辞了。"

"奴婢恭送殿下。"

何安把赵驰一直送到了大门口："殿下路上小心些。"

"我会的。"赵驰一拉缰绳，星汉在原地转了个圈，"厂公别送了，我这就走了。"

等赵驰和随侍的马儿们远了，何安这才依依不舍地回了西厂。

"殿下的吩咐你记得的吧。"他跟喜平说，"记得去锦衣卫挑人的时候一定要时开过来。"

"记住了。"喜平道，"师父放心。"

何安屏退旁人，他从怀里掏出殿下给他的两个名字又看了一眼。

戚志泽。时开。

巧了……怎么偏偏是这两个人呢？

第三章　秦王

二

西厂的事情处理得差不多，何安坐了轿子回御马监，刚到御马监外面就瞧见冷梅身边跟着的小宫女在外面候着，见他的轿子来了连忙行礼。

"何掌印，冷梅姑姑请您过去一趟。"

"怎么了？"喜乐拦在轿外道，"咱们掌印忙着呢，哪里有空去内城。"

"喜乐。"何安喝止了他的行为，"这位姑姑，请讲。"

"掌印抬举婢子了。"小宫女伶牙俐齿地说，"后日采青姑姑就要嫁给郑献了，是直接把人送到司礼监郑公公住处，回头再接出宫去。聘礼也下了，嫁妆皇后娘娘也给备下，原本是名正言顺，风风光光的。可采青姑姑这日闹起来了，就是不同意，说如果真让她嫁，她就吊死在司礼监门口。冷梅姑姑说您过往还在坤宁宫当差的时候，跟采青姑姑关系好，请您再过去跟姑姑说说。"

"我上次不是去说了吗，也没什么用。"何安道。

"冷梅姑姑说死马当活马医，求您再过去一趟。"小宫女道。

何安静了一下道："你回去跟冷梅姑姑说，咱家今日公务繁忙，真真儿去不了。请她原谅则个。"

他让人拿了十两银子打发了宫女，回来想起来，只觉得头痛。

第二天事情繁忙，天气炎热。何安在御马监里没怎么出门，就听下面人说了一嘴，说郑秉笔不是娶正妻，本身就没大办，司礼监侧门张罗了红灯笼挂了起来，大概第二日是要从这里迎了采青进去的。

他跟采青也不过是熟识，算不得什么特别好的关系。况且宫里人谁有心思关心别人的境地，听了两耳朵也过去了。却没料得到了婚礼那日，天刚亮，御马监的门刚开，下面就有人说出大事儿了！

喜乐去打听了跑回来，气喘吁吁地跟何安道："师父，出事了。采青姑姑用根粗麻绳吊死在了司礼监门口。"

何安本刚端了碗茶要喝，听了这话，手不由得一松，碗盖哐当就砸在碗上，溅起滚烫的茶水，烫着何安的指尖。

"你说什么？"

"采青姑姑，她吊死了！"喜乐道。

何安脸色白了白，过了会儿，道："带我去看。"

喜乐安排了个二人轿，抬着他到了司礼监门口，已经围了一大圈人，都是些太监宫女。采青整个人吊在司礼监房檐底下，已有东厂的人拿了梯子去收拾尸体。

何安看了一会儿，便道："回去吧。"

小轿在回去的路上晃荡，吱呀吱呀地响着。轿子里何安沉默了好一会儿，开口道："我前日若是去劝了，采青兴许就不会死。"

喜乐知道自己家师父心思一直重，这话一出他就知道要糟糕，连忙隔着帘子劝他："哎，这难免的事儿。您在宫里这么多年了也不是没瞧见过，宫里人命薄如纸，不过草芥子一颗，说什么时候没了就没了……师父可千万别往自己身上揽。"

"就你话多。"何安沉默了一会儿道。

轿子里再没了言语。喜乐暗暗着急，让人加紧了脚程，快快回了御马监，何安在照壁外面下了轿，脸色如常，喜乐这才放下心来。

两人一前一后进了院里，何安边走边道："咱家与采青也是旧相识，虽然交情不深，若不是为了让殿下回京，我怎么会去求郑献，若不是求了郑献，采青怎么会经我做媒嫁给他，不是嫁给他……又怎么会死？"

"嗨……"何安忽然又苦笑起来，"杀人的是我，放火的是我，哭丧的怎么还是我？真是虚伪至极。"

刚往台阶上走了两步，何安胸口闷得很，捂住嘴一咳，趔趄两步差点没站稳，喜乐连忙扶住他。就见何安抖着手从怀里掏出一块帕子按嘴，拿来一看，竟然咳出了血丝。

"师父，您可千万不能想不开啊，这跟咱们有什么关系。"喜乐急哭了，连忙冲里面喊，"人呐！都赶紧着出来！叫太医过来！"

何安做了一个梦。

他梦见了自己刚入宫没多久的时候……

那会儿他还是个小火者，最多也不过是替大太监们打打下手。活儿是永远做不完的，整个宫殿的活儿都是他的，每天天不亮就跪在地上擦金砖，灰尘是永远擦不完的，树叶也是永远扫不干净的。

过了秋天，便是冬天。雪落下来的时候最是受罪，穿着单薄，还得一直扫雪，手脚都生了冻疮。做不好，责骂打罚都是少不了的。

他年龄小，吃了苦忍不住，偷偷躲着哭。有调皮的、着装华美的孩子跑到这偏殿来玩，瞧见了他。他认得人家的衣服，大约是个皇子，忙擦了眼泪给人叩首。

"小火者，你哭什么？"那十多岁的孩子问他。

"日子太苦，没有盼头。"他说完这话，忍不住又哽咽起来，却还记得大太监们教的规矩，结结巴巴地说，"冒犯殿下了，殿下莫怪。"

"日子太苦？"少年眼珠子一转，想了想，"别哭了。我给你好吃的，张嘴。"

他懵懂张嘴，就被人塞了一块桂花糖到嘴里，半软不硬的，嚼了几下，便化在了舌尖，带着桂花香气的甜蜜顺着舌头滑入嗓子眼，又甜了心肺。他从小到大未曾吃过糖，待甜味起来了，他才恍然明白，原来这就是糖。

"你瞧，日子再苦，吃块糖是不是不那么苦了？"少年皇子笑眯眯地看他。

原来日子苦……吃块糖就没那么苦了。

何安醒来的时候，窗户纸外面已经全亮了。他睁着眼睛看头顶纱帐的纹路——细想起来，那大约是他第一次遇见殿下吧。

他这边正出神，外面掀帘子进来了一个人，纱帐一拉开，就看见赵驰穿了身黑色劲服站在床边。何安一惊，连忙坐起来："殿下，您怎么在此处！"

他身体虚弱晃了两下，被赵驰一把扶住。

"厂公躺好。"赵驰说着，叠了几个枕头，让他靠着，又拿了披肩给他搭上。

"这……这怎么好让您来。"何安不安地说，"喜平喜乐人呢，怎么惯得懒骨头生了。"

赵驰一笑："昨天我来的时候，厂公一直昏迷不醒，我和喜平好不容易才给你把药灌进去。你烧一直没退，我便留了下来。"

赵驰从桌上端起温热的药："喝了吧，厂公。"

"是。"何安连忙接过来，跟得了什么圣旨一样，端着药仰头就喝了个干净。等喝完了后劲儿上来，才苦得直皱眉头。

"这药怎么这般苦。"他低声嘟囔了一句，有了点孩子气。

"苦不怕。"赵驰早就准备好了，桌子上还放着一碟子桂花糖，洒满了糖霜，他塞了一颗到何安嘴里，"厂公吃颗糖，吃完了就不觉得苦了。"

何安含着那糖，怔住了。

初见相识，从殿下那里懂了什么叫甜。

再见感恩，全依赖殿下才能识字学习，能爬得了高位，脱了吃苦受罪的命运。

人生有命天注定。

大抵不过如此。

三

"采青的事我听喜乐说了，厂公还得保重身体啊。"赵驰道，"自己的身体自己不照顾，难道还指靠旁人操心？"

"殿下教训得是。"何安连忙道。

"厂公再休息一会儿吧，养足精神，西厂初建，诸多事宜还待厂公主持。"

何厂公闭上眼，不知道怎么的觉得极安心，真就睡了过去。这一觉睡得又沉又深，比平日里不知道好了多少倍。醒来的时候，天都黑了。

凳子上没人。

喜乐端了粥进来，见何安发愣，便小声道："殿下刚走没多会儿，白日里一直在这儿陪您呢。"

赵驰乘着夜色回了府邸，刚悄悄合上房门，就听见身后有人说话。

"殿下这一去可好久了。"

赵驰结结实实吓了一跳，拍拍胸口："小师叔你吓死我了。"

"没做亏心事，殿下怕什么呢？"白邱从里间走出来，在椅子上坐下，冷冷地瞧着他，"后果都想好了？"

"能有什么后果？"赵驰道，"待京城的事情解决了，必定是要外放做个藩王的。至于何安……他现在是御马监掌印、西厂厂公，原本不用我操心的，可是他根基未稳，等皇帝宾天，才是他的危险时刻。趁着我还在京城的时候，帮他斡旋一二，保他平安，届时新帝登基，正是用人之际，不会为难他。"

赵驰一笑："嗨，我当我的藩王，他做他的厂公，两人君臣相宜，千古之后也能留得一番佳话呢。"

白邱瞧着他那副无所谓的样子，不知道说什么好。

赵驰不在乎地拿出那本显贵名录，开始往后翻。

"你找什么？"

"厂公给我推荐了一个玩伴。"赵驰道，"他对京城事物熟悉，我自然要听他的，多结交结交人……找到了。"

他摊开那页纸。

——周正，字元白，国子监太学博士。

赵驰笑了笑，又认真问道："我上次去瞧园子里菊花开得还好，迟点约周博士赏菊如何？"

采青的遗体如何处理成了难题，按道理她已经嫁人，皇后宫中命人去问郑献，郑献也不管，只让买个薄棺材送乱坟岗葬了。

这事儿让何安知道了，何安便让喜乐把采青的后事接了过来。

他在京郊买过两亩民地，便让人把采青葬在那里，头七的时候何安过去祭奠，倒了碗酒，摆了块猪头肉，烧了纸钱。只是对着采青也不知道说些什么。

他入坤宁宫早些，又年长采青几岁，偶尔有些交集，并不算多。这复杂的心绪大约是兔死狐悲、触景生情。

等钱都烧尽，他才道："这世就当是枉来一遭，下辈子好好活吧。"

这地不小，周围也没什么住民，从采青墓往回走几步，隔了竹林又是另外一个老旧些的墓地。何安在前面站了一会儿。

喜乐、喜平去给墓烧了荒草，扯了蜘蛛网，又上了纸钱。

那墓碑上的名讳露了出来，写着喜顺二字。

"你替喜顺看护着咱家，也有四五年了。"何安道，"委屈你了。"

喜平在他身后"嗯"了一声："大哥的遗愿便是师父安好，谈不上委屈。"

何安瞥他一眼："喜顺是傻，你比他更傻，你们两兄弟傻到一块儿去了。喜顺那个痴样，我劝了不听，才落得个惨死的下场。你呢，为了喜顺那点儿遗愿，挥刀自宫当个伺候人的奴才，是不是有病。"

"我入宫是为了伺候师父您。"喜平面无表情道，"要不怎么是亲兄弟呢。"

"说你胖，还喘上了呢？"何安没好气地哼了一声。

喜顺这小子，当年就是个刺儿头，管束不住的。狗胆包天地去喜欢自己伺候的安远公主，事情败露，公主远嫁和亲，公主的母亲惠妃一瞬间老了十几岁。

喜顺被赐了杖毙。

行刑的那日，是他带了人去的。闷棍下去，几下人就没了声息。

何安只觉得喜顺含泪而死的模样还在眼前晃荡，他回头又瞧瞧喜顺的墓碑："走吧，等明年清明，再来祭奠你哥哥。"

何安这次身体真不好，出来坐了马车，回去的时候喜乐在帘子外面问："师父，早晨何爷那边差了人来，说请您空了回去一趟。我瞧这采青的事儿耽误不得，所以拖到现在才和您说。"

喜乐嘴里的何爷乃是何安的干爹，直殿监前任掌印何坚。如今何坚身体不好，早就已经卸任，在皇城根下买了套小宅子住着。

何安对这位干爹，感激之情有，父子之情无，平时也是供着钱财，不是逢年过节并不过去探望。

"师父，靛蓝胡同快到啦，要不要过去啊？"喜乐催了一下。

"马上中秋了是吗？"何安问。

"是呢，后天就是中秋。"

"那过去吧，当是中秋过去探望。"

"好嘞。"喜乐应了一声，喜平已经拽了缰绳，引着马车进了靛蓝胡同。

何坚的宅子不算大，又在胡同最深处，最后一截路马车走不了，何安在喜平的搀扶下，下了马车，泥泞路上的污水顿时脏了他的皂靴。

何安皱眉："这地过年来的时候就说让顺天府下面的人给整一下，都大半年了，咱家说了没用是吗？"

"回头我过去一趟，师父别生气。"喜乐连忙说，"是谁负责督办的，回头拉到诏狱去治罪。"

何安这才觉得郁闷的心情通透了点，走到门口，何坚宅里的下人早就开了门在两边恭候。

何坚娶了房妾，年龄不小，跟了何坚也有些光景了，见何安回来，连忙笑道："少爷回来了，老爷等您许久了。"

何安跟了她往里走："干爹身体可好？"

"还是之前老样子，病着呢，喝了药精神点，不喝药就浑浑噩噩，最近越发不好了，说话都有气无力的。"妾侍道，"说起来郑秉笔也到了一会儿了，正在里面听训呢。"

"师兄来了？"何安道，"那咱家也进去了。"

何坚的寝室捂得严严实实，密不透风，才下半天，就暗沉沉地点了灯。

郑献果真在里面坐着，面色不好地瞧着进来的何安。

"师兄。"何安微微行礼。

郑献一笑："哟，西厂厂公、御马监掌印来了，威风得很呢，连礼数都不稀罕做足了。"

一想到采青，何安确实懒得再应付他，在他旁边坐下："师兄说哪里话，咱们都是一家人，何必做什么虚头巴脑的礼数。"

郑献被他气笑了："何安，你如今腰杆子硬了，不把咱家放在眼里了是吗？上次狃狃那事儿，你分明就是把我当枪使，说什么替我除掉陈才发，其实是你自己想上位！亏得我当你是师弟，信任你，听信了你鬼话连篇，差点连命都赔进去！"

"这不是没有吗？"何安端起新送上来的茶，眼皮子抬都没抬一下，从怀里拿出了殿下送他的珠子，在手里反复把玩，"师弟那会儿抓了李子龙当场就把人杀了灭口，师兄多虑了。"

"那你明抢了太子对我的宠爱和信任呢？"

何安懒懒一笑："太子要信任哪个奴才，那是太子的事儿，咱们专心办好分内的差事就行，可千万不能忘了本分。"

郑献被他一通义正词严的抢白堵得无话可说，腾地站起来想开骂，就听见内里传来一阵咳嗽声："得了，您二位大珰就别在这儿丢人现眼了吧。"

那妾侍连忙掀开帘子，冲里面道："老爷您醒了。"

"都进来吧。"里面说了一句。

何安和郑献互看了一眼，一前一后地进去了。

"干爹。"

"师父。"

卧榻上的老人佝偻着身子，干瘪到了极点，额头上尽是老人斑，头发斑白稀疏，满脸褶子。只一眼，就知道这个人应是油尽灯枯，即将走到生命的尽头。

何坚怪笑一声："二位还知道我是谁呀，我以为你们都忘了有我这么一个人呢。"

"那不能够的，师父。"郑献笑道，"徒弟不是忘本的人，有些人是不是，那就不知道了。"

何安瞥他一眼："师兄说什么是什么。"

"行了，少斗两句嘴。"何坚咳嗽了一声，"我叫你们来，是问问采青的事儿。皇后身边的冷梅姑姑告状告到我这里了。我一个半截身子入土的人，也只好尽尽心，问问你们打算干什么。一个娶妻，家里五房太太，还不够；一个做媒，人家不情不愿的，不知道怎么做的媒，说出去真是丢尽我这张老脸了。"

何坚以前刻薄严厉得很，虽然已经病体沉重，然而说出来的话也没有人敢反驳。屋子里安静了一阵子，只剩下何坚破风机一般的呼吸声。

过了好一会儿，何坚道："我这次喊你们来，是准备着你们中秋不用来的意思……未来，怕是也不用来了……"

两个人听完这话都抬头看他。

"干爹，这话不吉利。"何安道。

"哼，吉利是什么？说了好听的我就能长寿不死吗？"何坚道，"有些该交代的交代了，也了却一桩心愿。"

他挥挥手，那妾侍就从旁边拿起一个匣子，走到郑献跟前。

何坚艰难道："这匣子里是咱家名下在京城的七八套宅子，还有乡下百亩良田，另有银子十万两。郑献，你现在是司礼监秉笔，用钱的地方多得是，这些都留给你了。"

当太监的没有不贪财的。郑献一听，连忙跪地说使不得，然后哭了起来。里面掺杂了喜悦，又因为这遗产分量足够，连哭腔都带了几分真情实感。

"别哭了，迟点给我披麻戴孝，别连个送终的都没有就行。"何坚叹了口气，一指妾侍，"你二妈年龄不过二十七八，你安排人送她回乡下老家吧。"

郑献也应了下来，带着那妾侍千恩万谢依依不舍地走了。

等人都走光了，何坚道："郑献原本在直殿监就手脚不干净，去了东宫进了司礼监借着职位之便收受许多贿赂……如今眼珠子长在头顶，什么不该做的都做了。采青只是一出，欺男霸女、占人良田……传他的坏事多了去了。"

何安听了应了一声："师兄是这么个性子，太高调。"

何坚呵呵一笑："我给他的也不是什么干净钱。还有我那妾侍……若是郑献这小子起了贪念，非留下我那妾侍，他便留不得。"

"干爹是给我留了掣肘他的后手，我明白。"

"我替你试他。"何坚道，"这是最后的底线，若他真罔顾人伦，也不用心慈手软了。"

"干儿子记下了。"何安道。

何坚叹了口气："你过来。"

何安走到床边躬身道："干爹还有什么要吩咐？"

"你恨我吗？"何坚问他，"是我拦了你追随五殿下的路，也是我送你去了皇后的坤宁宫，把你扔到豺狼虎穴里挣扎。"

"不恨。"何安道，"若不是这样，小安子怎么走到今日。干爹是帮我，不是害我，我心里记得干爹的好。"

"记得就好……记得就好……"何坚有些欣慰，他躺倒在床上，对何安道，"五殿下回京了是吗？"

何安顿了顿："是。"

"你记着，做奴才的，千万别肖想什么不该想的东西。"

"我知道的，干爹放心。"

何坚点点头，挥了挥手："我所有家产都给了郑献，料你也不稀罕。你走吧，以后别再来看我。我死了，给我买个薄棺材就行。"说到这里，他已经乏力，闭了眼再不言语。

何安撩袍子给他磕了三个响头，转身退了出来，走到门口也不说话径自上了马车。喜乐和喜平连忙上去驾车走了。

三

回去的路上，何安道："老爷子就这几天了，给备好寿衣棺材时刻盯着点。"

"师父放心，我惦记着的。"喜乐回他。

此时华灯初上，京城里夜市摊子都摆了出来，熙熙攘攘热闹非凡。

然而这一片繁华中，孤寂的人却更显萧素。

本来车马劳顿一天，何安精神不太好，然而闭了眼……喜顺的脸在自己眼前晃荡，晃来晃去，变成了采青上吊时的模样。何坚的话，还在耳边上。

何安又睡不着了。他睁开眼，揉了揉太阳穴，只觉得胸口闷得很，掀开帘子透透气。

马车正走到醉仙楼下，一片喧嚣嬉闹声从二楼传来，何安不由自主地仰头去瞧……

"停车！"他忽然道。

喜平不明所以，拉紧缰绳，停在了醉仙楼下。

"师父？"喜乐小声问何安，然而何安跟没听见似的，仰头去看。

醉仙楼房檐飞翘，上面挂着圆圆的月亮，月光如水，撒入人的心底。

五殿下这会儿正在二楼，倚着栏杆与国子监的周大人笑语对饮。

二楼雅间里，丝竹声响起，又请了照夕院的舞娘过来助兴。赵驰正跟周元白聊着太学里的趣事，那边就有人在门外通报说是何安来了。

"何安？"没料得周元白比赵驰还积极，立马问道，"是提督西厂的何厂公吗？"

门外仆役说正是。

周元白连忙对赵驰抱拳："殿下，这位厂公大人炙手可热，不如请他进来一同饮酒。"

这语气殷切，完全不像是要询问他，大有他不同意，也要把人放进来的意思。

赵驰一笑："元白对厂公很殷勤吗？"

周元白羞讪一笑："殿下有所不知，这国子监清贫，太学更是清贫中的清贫户。都说当个读书人要两袖清风，才配得听圣贤教诲。可这要饿死了，拿什么读圣贤书，听圣贤教诲呀。何厂公与殿下这样的人，学生平日里想结交都结交不来。如今双喜临门，学生自然是欢喜得很。"

读书人如他这般想得清楚的不少，然而巴结讨好还能说得坦坦荡荡不惹人厌的可没几个。赵驰对他有了几分好感，道："厂公来了，怎么好不请进来？请厂公一同饮酒。"

外面人应了，很快，门一开，何安已经快步进来。他左右瞧了瞧，上前作揖道："殿下在此间饮酒，奴婢路过，进来请个安。"

"厂公身体可好些了？"赵驰问他。

何安垂着眼帘道："已无大碍，谢殿下垂问。"

赵驰瞧他脸色是红润了一些，精神气儿也比自己去那天好了不知道多少倍，微微放下心来。

"厂公吃了吗？"赵驰抬手让人加了副碗筷，"吃了饭再回府去。"

何安谢了恩，在赵驰右手坐下，瞥了一眼周元白。

赵驰心底一乐，也不戳穿，故意说："厂公，这位就是您上次给我推举的太学博士周正。元白知识渊博，我与他一见如故。"

周元白听到这话连忙起来，抱拳深躬："不敢当不敢当。学生见过厂公，谢厂公推举之恩。"

这周正一表人才，又正是年轻时候，看起来风华正茂。

何安细看了两眼，道："周大人谢咱家，那可不敢当，抬举您的是殿下。"

"厂公放心，学生审时度势，道理还是懂的。"

何安点了点头，就瞧着周元白拿了杯子起来："厂公，学生先敬您三杯。"

他今日先是埋了采青，又拜祭了喜顺，回头得了何坚要没的信儿，已是心情沮丧。何厂公愤怒的时候、嫉妒的时候、阴狠的时候不少，可如今这般，万般愁绪连个落脚点都没有……却也难得一见。

何安笑了一声，纤细的指尖捏着杯子拿起来："好呀，咱家就喝了周大人的酒。"

说完这话，他仰头就喝了一杯，也不用周正给他满上，自己拿着酒壶倒满，一口气喝下三杯酒水，他声音有点落寞，强打着精神对周正道："元白君，未来跟着殿下，也要记着殿下的好，一心一意的，知道了吗？"

"学生记住了。"

何安听完一笑，周正说的话想必是客气话，可只要他敢背叛殿下，诏狱里自有千万种办法让他后悔。

他又给自己斟满一杯，回头去敬赵驰："殿下，奴婢敬您。"

"一愿殿下身体康泰。"他道。

"二愿殿下欢喜无忧。"又一杯，他再道。

"三愿殿下云程发轫、青云万里。"再一杯，何安道。赵驰的酒还没来得及喝，他便自己喝下了半壶，脸颊飞起红晕，眼神愈发亮了。

"厂公不是不饮酒吗？"赵驰问他。

"奴婢不饮酒是怕耽误事。"何安晃了两晃，终于站稳了，笑起来，带了几分稚气，"可今日殿下高兴。殿下高兴，奴婢便高兴。奴婢陪殿下饮……"

他抬手又要给自己满上，手一晃，酒都没倒入杯子，流了一地。

"厂公醉了。"

"奴婢没醉。"何安倔强地说。

赵驰一把端起自己的酒饮尽，开口道："既然如此，我也祝厂公得偿所愿。"

何安怔怔地看他："殿下可让我得偿所愿？"

赵驰一笑："自然。厂公醉了，我送你回府。"

说完这话，他起身扶着何安的肩膀，回头对周正道："你瞧瞧你，何厂公不会喝酒是出了名的，你偏偏要灌他。我送何厂公回去吧，届时给你说说好话，免得回头说你故意让他出洋相。"

周正原本瞧着这两人喝酒气氛诡异，正在纳闷儿。赵驰这话把他吓出了一身冷汗，那些个奇奇怪怪的念头早抛到九霄云外去了，连声多谢殿下，目送二人下了楼。

喜乐、喜平二人在马车边候着，还没等多久，就瞧见赵驰扶着何安下来了。

"他喝醉了。"赵驰道。

喜乐连忙把人搀扶着上了马车。

赵驰吩咐了喜平把星汉给自己送回府，然后也进了马车。刚进去就瞧见何安又从抽屉里取了酒猛灌，连忙从他手里拿过酒瓶。

然而何安喝得快，一瓶已经见底。赵驰叹了口气："厂公这么喝，是要醉的。"

何安醉了，没说话。马车在石板路上走着，发出啪嗒啪嗒的声音，月光透过纱帘钻进来。

何安昏昏沉沉地醒来，他缓缓爬起来，只觉得浑身都乏力，痛得很。

"喜乐，喜乐呢！"何安吃力地喊了一声，"人呢！"

外面顿时有了动静，喜乐颠颠儿地跑进来。

何安干咳一声道："昨晚是殿下送我回来的？"

"是啊，还叮嘱了今儿给您准备醒酒汤。"喜乐说。

何安点点头，一时有些怅然，又有些暖意萦绕心头。

"殿下还有什么话吗？"何安问喜乐。

喜乐兴高采烈地一笑："殿下走的时候说了，明儿个来咱们这儿过中秋。"

何安心头一喜："真的？！"

四

何安这边高兴了没多久，宫里就传了话，说中秋皇后携女眷祭月后，皇上要在西苑办家宴，宫中各妃子都要前去赏月，又传旨几位尚未封藩的皇子及待字闺中的公主同去。

何安听了喜乐来报，只觉得事情有些出乎意料。

"平日里祭月都是皇后娘娘的事儿，家宴最多是请东宫过去，怎么这次皇子们都去了，都有谁？"

"除了东宫，让五殿下也过去，还有七皇子仁亲王、八皇子、九皇子及十三皇子。"喜乐说道，"另圣旨在司礼监还没出来呢，让诸位内监的大珰们也过去拜礼赏月。"

"连咱们都去？"何安直觉不太好，"这都快赶上年三十的阵仗了，皇上要干什么？他……之前不是被狴犴惊着了吗，还有精神气儿干这个？"

喜乐道："咱们也不知道啊，打听了一圈儿，下面人都是蒙的。之前祭月的事儿，都是神宫监管，西苑那边毫无准备，今儿突然说这个话，宫里也乱作一团。"

"赏月的地点安排在哪里？"何安问。

"在琼华岛广寒宫那边，这会儿正布置着呢。"喜乐也发了愁，"这事儿是不是很严重啊？"

谁知道何厂公根本想的不是这一出，他发愁的是："哎，那殿下明儿是不是来不了了？"

喜乐语塞，给他作揖退出来。喜悦正站在廊下吃炸响铃，啪嚓啪嚓的声音听起来很让人有食欲。

"给我一个。"喜乐没好气地说。

喜悦看看他，有些不舍地从盒子里给他拿出来一个，喜乐嚼了，那响铃是张大厨的绝活，还撒了薄薄一层粗盐，一口咬下去，油香四溢酥脆可口。满满的一嘴咽下去，喜乐才好受了点。

"喜乐哥，怎么了，不开心啊？"喜悦有点后知后觉地问喜乐。

"……你说咱们跟师父亲不亲？"喜乐问。

"亲吧。"喜悦又咬了一口，想了想认真地点点头。

"那师父怎么遇见五殿下就唯殿下马首是瞻了呀……"喜乐话说到嘴边，有点不是滋味，"咱们还是师父最亲的人吗？"

"喜乐哥，你想多了吧？"喜悦问。

"呵呵，"喜乐摸摸他的头，"你反正从小就这样，也算是幸运，想得少说不定是好事呢。"

宫外青城班内，向俊从怀里掏出一封密信，递给华老板："宫里探子送了信，说明天晚上，司礼监老祖宗那边有大动作。"

华雨泽接过信来看了两眼，皱眉道："密信里根本没说清楚有什么动作……不过皇上明天召集这么多人去家宴，确实突兀。"

他想了想道:"你去给五殿下提个醒,让他警惕着点。最近京城不太平,怕是要有什么幺蛾子了。"

向俊应了一声下去了。赵驰这边不消半个时辰就得了信儿。

他跟白邱这边也没有分析出个结论,倒是最后赵驰道:"看来京城的事情得加紧来了,别耽误了时机。"

"一旦事成你离京,何安那边你怎么安排?"白邱问他。

赵驰沉吟了一下:"何安手里有四卫营,旁人动他不得。无论是太子上位,还是老七上位,一时半会儿也拿他没办法。"

"帮得了一时,帮不了一世。新皇一旦扶持起自己的实力,现在这些大珰大部分都得下黄泉。"

"有个办法……"赵驰开口道。

白邱是什么样的人,早就看出了赵驰的心思,严厉道:"不行!"

"小师叔知道我要说什么?"

"你不就是想把开平都司廖玉成那一脉兵力直接放到何安的手上吗?"白邱说,"你手里的底牌我还不清楚!那可是你保命的东西!你若真敢瞎想些主意,我立马就回倾星阁!"

白邱说得斩钉截铁,这会儿赵驰也不好跟他硬碰硬,连忙哄他:"我就是想想,小师叔莫气。"

"想想也不行!"

"好好好。"赵驰敷衍道,回头又偷偷对向俊说:"你帮我跟何府捎个话。"

中秋当日,皇后祭月。妃子们陆陆续续坐了宫辇去了西苑,一群太监掌灯,宫女随行,莺莺燕燕好不热闹。

自宫外去西苑的皇子们的马车也陆续都到了西苑外面,又在西苑下马落轿,乌泱泱去了广寒宫。

那边早已备下家宴,又在太液池外掌了灯,灯火通明间,满月爬上树梢,微风吹过,太液池内荷花摇曳,映月而红。

皇上精神比半个月前好了不少,在李伴伴的搀扶下坐了主位。

诸位贵人叩首齐呼万岁,待平身后又各自落座。接着以王阿为首的诸位大珰也上前来跪拜请安,待皇帝这边说了免礼后,一起向皇帝皇后敬了酒,大珰们便纷纷撤下,去了旁边配殿,自有尚膳监给安排了酒席。家宴上只留下宫内伺候的太监宫女们随侍。

司礼监老祖宗王阿今日瞧着心情不错，早有十二监的大珰上前敬酒。何安也不能例外，抽了空过去端酒作揖道："王掌印，师哥，我敬您二位一杯。"

郑献笑道："哟，西厂厂公来敬咱家的酒可不敢当了。"

"哪儿的话。您是我师兄，便是一世的师兄，长幼不可废啊。"

郑献不好在众人面前发作，冷笑着饮了手里的酒。

何安斟满酒又去瞧王阿："王掌印，我敬您。"

王阿端着杯子，嘴角勾着笑意问他："我说小安子，如今中秋，也不论什么大小官职，你、我、郑献都是直殿监出来的，我虽然在直殿监待的时间不长，难道还没两分情义在？今日还叫我掌印，不叫我一声哥哥，不生分吗？"

何安连忙笑道："是做弟弟的不应该。王哥，小安子谢谢您过往的照顾，敬您一杯酒。"

"好，这酒我喝了。"王阿喝完杯中酒，两个指头摩挲着杯子叹气，"只可惜我这老好人当久了，照顾人也照顾久了，怕是有些人也忘了感恩。还是你小安子惦记着哥哥的好。"

何安心里打了个突，王阿又是亲切又是话里有话，越是这样越叫人不安。自己当了御马监掌印，料他不会生气。弄了个西厂出来跟东厂对着干，就是打王阿的脸，他却一直闷声不吭半个月，说起来也是怪了……

他又跟王阿闲扯了几句，心中疑虑更甚，找了个借口从配殿出来。走到偏僻回廊里，被人一把拽住，拽入了旁边空着的值房。

何安慌张张口要叫人，却被人捂住了嘴："别叫，是我……"

"殿下！"何安小声惊呼，连忙行礼，"给殿下请安。"

"这是什么？"动作间何安随身的锦囊啪嗒掉在了地上，珠子咕噜噜在地上滚了一圈，赵驰只觉得眼熟，"这珠子……"

何安连忙捡回来说："这珠子是殿下那年赏奴婢的。"

"奴婢这么多年来，都贴身带着，不敢忘了殿下的恩情。"何安小声说着。

月光明亮，那珠子金镶玉，在夜色中氤氲着柔润的光泽。

赵驰想起来了。这是当年母亲送自己的最后一件生辰礼。

当日站在殿外的时候，自己抖着手撕开那红包，那绝望和茫然的心境依旧历历在目，仓皇地扔了这东西，随手送给了何厂公，这么多年他竟一直贴身携带……

赵驰眼眶一热，笑了起来。

大珰们吃够了酒，眼瞅着时辰差不多，王阿站起来道："时候到了，正殿那边有烟花，咱们去给陛下说个吉祥话，今儿晚上就算是热热闹闹地过了。"

众人都唱了个喏，陆陆续续站起来跟着往外走。

等到了正殿广场上，皇上带着后宫诸位已经在屋檐下摆了罗汉榻，一人一碗消食茶喝着，瞧见他们进来，皇上道："开始吧。"

王阿应了声是，挥手让下面的人去办。董芥连忙碎步出了广寒宫，拿着宫灯朝太液池对面晃了晃。接着就听见"咻——"的一声，一个窜天猴先冲上半空，啪的一声炸响，接着五颜六色争奇斗艳的烟花就铺散开来。

烟花将夜映照得犹如白昼，过往这宫里的种种压抑和不安都被融化在了这短暂的快乐中，人人都只记得这一霎时的美景，忘了自己的忐忑之心。

何安看了一会儿烟花，不由自主地又往屋檐下那群皇子们身上看去。

漫天的烟火不知道炸了多久，终于渐渐熄了。何安缓缓收回眼神，正垂下眼帘，左手侧站立的王阿走了出去，跪在皇上脚边道："今日宫内喜庆，奴婢斗胆提个想法，也想让大内喜上添喜。"

"哦？"皇上道，"说来听听。"

"五殿下回京已有两月，这两个月内，京畿水利一事办得极为妥帖，得朝内诸位赞誉。前几日万柱国庆生时，从中间做媒，说是工部尚书徐之明想将幺女嫁与殿下做侧妃。奴婢后来请了几位王妃郡主前去打听这位幺女，听说是才艺双全、恭良淑德的一位小姐，想必也是般配的。"

万贵妃听了微笑道："嗯，这确是一喜。陛下，我父亲素来慎重，这保媒拉纤的事儿也是慎重又慎重，徐之明乃是工部尚书，他的女儿做侧妃，我看可以……姐姐您怎么看？"

万柱国乃是皇上的太傅，皇上一直敬重他德高望重，万贵妃又是皇上爱妃……如今兴头上，自然不好直接驳斥。皇后瞥了万贵妃一眼，笑道："这事儿啊，还是听皇上的吧。"

皇上咳嗽一声："驰儿，你怎么想？"

赵驰出列跪于阶下，抱拳道："皇上，儿子风流惯了，暂时不想找王妃。"

说罢，就听他那群兄弟中传出一阵压低的嘲笑。

皇上皱眉道："你已经年近三十，家里连个侍妾也没有，已经是不成体统。要知道为皇族延绵子嗣也是你的责任。"

赵驰垂首道："父皇说得是。"

"那朕做主了，便将徐之明之女嫁给你。"

"陛下。"不料王阿的话并未说完，他从怀里拿出一封写了批红的奏折呈上去，"奴婢觉得，成家立业，如今既然殿下要纳妃，这品阶位分还是早些定了的好。这折子乃是内阁票拟，司礼监批红了的，还请皇上过目。"

李伴伴把折子递到皇上面前，皇上并不感兴趣，挥手让他拿开，问王阿："你亲口说说吧。"

"奴婢斗胆。"王阿躬身道，"五殿下办事有功，又年岁见长，自然应该早些封藩成王，镇守一方，为我大端朝基业添砖加瓦。"

"那厂臣有什么建议吗？"皇帝又问。

"西北秦川八百里，自古富饶。自太祖皇帝封秦王后，秦王一脉人丁凋零，如今空剩王府一座，急待新主。"王阿说话滴水不漏，早已有了计划，"奴婢认为，封了殿下做新秦王，镇守秦川之内，又拥秦蜀要道，乃是最适宜不过了……"

秦王？！何安站在一侧，浑身一颤，他朝五殿下看过去……五殿下就跪在地上，垂着首，看不清表情。

皇上与王阿再说了什么，何安都听得不清，他脑子里昏昏沉沉，就这么熬到了这家宴散场。

等回了配殿，诸位大珰都开始收拾走人，只有王阿坐在主位上喝着清口茶。何安看了他一眼，便要带喜乐先走。

"何厂公慢走。"王阿唤他。

何安身形一顿，回头瞧他："王掌印还有什么事？"

王阿放下手里的茶碗，问他："今儿五殿下被封了秦王，又让陛下指婚，怕是这辈子也没这么荣耀过。明儿个就是京城里的红人了，谁还敢把五殿下当作不受宠的皇子看待。你一向敬重五皇子，可我怎么瞧着，你像是不太高兴啊？"

何安淡淡一笑："咱家自然是高兴的，有什么不高兴呢！皇家的喜事儿，做奴才的高兴得很。王掌印若是没什么事，咱家就先走一步。"

"等一下。"

何安回头瞧他："掌印还有要交代的？"

"你可真能忍。"王阿一笑，"小安子，是哥哥小瞧你了。"

"掌印什么意思？"

"搁着是我，自己的主子被人面团儿一样这么揉搓，早就气得肺炸了。你倒好，装得跟个没事儿人似的，这让我做哥哥的还怎么往下接戏呀？"

何安眼神一凛："掌印说什么，咱家可听不懂了。"

"哎，听得懂也好，听不懂也罢。"王阿道，"哥哥就是给你提个醒儿。你之前做的那些，我尽了哥哥的本分，都是睁一只眼闭一只眼，但是你记住了，这大内里，不是你何安想怎么样就怎么样的。"

王阿放下茶碗站了起来。他平日里说话斯斯文文，从没什么架子，如今这番话说完，却隐隐带上了不怒自威的气息。

他走到何安面前，直盯着何厂公的双眸："大端朝外监六部，内监二十四，东西两厂，打头数都得从我王阿开始，别怪我没提醒你。"

他说完这话，忽然莞尔："嗨，咱们兄弟，说这么紧张做甚。大中秋的，好好回家吃月饼去吧。"

王阿拍拍何安的肩膀，一撩袍子自行先去了。

喜乐在外面等了一会儿，瞧见王阿先走了，正在奇怪，就见何安缓缓从里面最后一个走出来。

"厂公，怎么了？"喜乐直觉不好，连忙问他。

何安摇摇头，几个人出了西苑，坐进轿子里。

"厂公，咱们回家吗？"喜乐问。

过了好一阵子，轿子里才传出何安的声音："回去吧，殿下一会儿要来，莫让殿下空等。"

回去的路上，空无一人。清冷的月辉之下，只有这一顶小轿孤单前行。

赵驰回府后，便去换夜行衣。

白邱早得了消息，站在门口道："殿下今夜不应再去何府。"

赵驰换衣服的手一顿："我已经答应了他。"

"王阿果然名不虚传。"白邱道，"如今你栽了个大跟头，他又敲打了何安，一箭双雕，让你们都不得安宁。"他顿了顿，接着说，"因此我奉劝你一句，跟何厂公保持距离。"

白邱说的乃是实话，赵驰比他更是清楚万分。自己身上背负的血海深仇，决不允许他肆意妄为。前后皆是踌躇，难以抉择。

然，赵驰换好了夜行衣道："无论如何我今天得先去何厂公家一趟。"

赵驰落在何府院内，喜平早就在那角落里提着盏宫灯等他，见他落地施礼道："殿下来了。"

"嗯。厂公可好？"赵驰问他。

"厂公已经是在秋鸣院内备下了宴席，奴婢这就带您过去。"

赵驰随喜平一路向前，何府下人都已支开，各处都挂了灯笼，树下、湖边、回廊里，有月牙儿状的，亦有星星状的。与静夜中的月色交相呼应，倒有些别致。

秋鸣院内有一假山，山下有一荷塘，荷塘旁的亭子里备好了酒宴。

赵驰刚踏入院门，两侧站立的喜悦、喜平便叩首行礼："参见殿下。"

接着何安便从稍远一些的地方走过来，翩然下拜："殿下，您来了。"

他礼仪工整，挑不出一丝错漏，在赵驰身前叩首在地："奴婢恭迎殿下。奴婢贺殿下封王晋爵。"

他从桌上端起酒来，恭敬道："王爷，奴婢敬您一杯。祝您年年今日，岁岁今朝，春风得意，看尽长安。"

话罢，二人一时皆是无言，气氛变得有些低落下来。

"厂公，不必忧心。"良久，赵驰开口安抚道，"这事情来得突兀，什么安排都没有，什么思路也没有。可以说是让人猝不及防，但未必没有回转的机会。"

何安一愣："殿下有破解之法？"

赵驰沉吟道："大约是有个思路，还得再想想。"

何安这才稍微有了安慰，他点点头，乖顺地说："都听殿下的安排。"

赵驰道："王阿今日，并没有想做个死局。"

何安手一顿："殿下何出此言？"

赵驰回头看着他笑道："他若真想我马上走，断不会让皇帝老头儿给我指婚。你想想，别说皇子，普通人家娶个媳妇也得行六礼，纳采、问名纳吉、纳征、请期、迎亲……而皇家规矩更是烦琐，这一折腾不得小半年？"

何安一听喜道："殿下聪慧，奴婢怎么想不到。"

"厂公是急了。"赵驰安慰他。

何安已是带了笑意："奴婢失了方寸。"

"有这半年……什么事儿不会发生？"赵驰道，"以皇上那身体，说不定明儿就一命呜呼……"

"殿下，这话可不能乱说。"何安连忙道，"万万不可。"

赵驰看他，笑问："小安子，我问你，你是想让我当王，还是让我做皇？"

何安想都没想便道："殿下想做什么，便做什么，奴婢自然是都听殿下的。"

"真心话？"赵驰说，"哪怕我最后要去封地，你留在京城也行？"

何安垂眼，有些伤感笑了笑："是舍不得殿下。可奴婢一个皇城里的奴才，没有圣命，是哪里都去不了的。唯一安慰的是，这西厂厂公御马监掌印的位置，在咱们大端朝还算有些分量，未来殿下若在封地有什么要做的，招呼一声，奴婢也能在京城策应。"

他说完这话又连忙补充道："可万事只看殿下的想法。殿下若想这辈子做个闲散王爷，哪怕是做个普通人，奴婢便是散尽千万家产，也要让殿下活得舒坦。殿下若真要皇权玉玺，如今这京城鼎立之势已起，要想顺位接替怕是不能够……奴婢愿意为殿下筹谋，助殿下继承大统。"

他一段话铿锵有力，掷地有声，说得毫不犹豫，倒让赵驰发愣。

何安分明是已把自己的命运与赵驰休戚相干。赵驰毫不怀疑，就算他让何安现在立刻去死，何安亦绝不迟疑。

这份忠心真挚可贵，亦沉甸甸。

第四章 陈情

"昨儿后半夜就开始起风了，怕是这天儿要凉下来了。"喜乐给何安披上披风，"这京城的秋天来得快，师父多穿些，莫着了风寒才好。"

"嗯。"何安把披风拢了拢，带着两人往自己住的院落走，边走边问，"让你和高彬挑人，怎么样了？"

"已是七七八八了。"喜平道，"品阶比之前高，俸禄也丰厚，锦衣卫那边想来的人不少。"

"时开呢？"何安问他。

喜平早料到他要问这个，便道："调令是下了，人也接令了，但就是不来西厂报到。"

何安脚步一顿，回头瞧他，不怒自威。喜平却不怯，亦不回避。

"你和高彬就这么办事儿的？"何安问。

"厂公调人过来自然有计较，是我劝高掌刑不要打草惊蛇。"喜平道。

"你倒是有想法。"何安不冷不热地说了一句，"传咱家的话，让时开今儿来西厂报到，若巳时一刻未到，军法处置。"

"是。"喜平得了令，躬身离去。

"师父，咱们吃早饭吧。"喜乐说。

"不吃了。"何安道，"让喜悦收拾收拾，咱们尽早去西厂吧。殿下交代下来的事儿，得赶紧办了才好。"

于是家里几个人一并去了西厂，西厂谁敢让这位祖宗真的吃不上饭，早有下面人做好了清粥小菜候着，等何安一入座就端了上来。

他皱着眉瞧那碗热气腾腾的白粥，正发呆，高彬就从外面进了饭厅，笑道："厂公，我听喜乐公公说您不吃早饭，这可不行啊。如今一监一厂诸位公公和兄弟们就仰靠您呢，您可千万保重好身体了。"

何安生了病回来，这也是头一次瞧着高彬。他那副春风得意的样子，确实看着让人心情不错，何安笑了笑："咱家最近生病，高掌刑可辛苦了？"

"谈不上苦，心里甜着呢。"高彬拿了些下面人送上来的密报，"有些我做了注笔，呈上来让厂公定夺。"

何安舀了勺粥，吹了吹，问："都有些什么事儿啊？"

"也没什么大事。"高彬道，"都是些妖言惑众的，但凡是大不敬说了坏话的，都一一抓了训诫。就是东厂那边的看不太惯，处处抢着来，让我们落空了几次。"

何安想到王阿前一夜的话，道："诸多事情上，千万别顾忌，该怎么来就怎么来，就算是扫了东厂的面子也得办。"

"……厂公，咱们不怕树大招风吗？"

"皇上非给咱们起名字叫西厂，自然是要与东厂针锋相对，不然要咱们做什么。"何安道，"若西厂不如东厂，不能给东厂提个醒，那咱们就没用了。与其如此，不如树大招风来得好。"

"受教了，厂公。"高彬说完这话，犹豫了一下道，"探子报来一个消息，不知道厂公想不想听？"

"你说。"

"说是昨儿个晚上，七殿下跟郑秉笔在照夕院里吃了酒，也没背着谁，光明正大的。"高彬道，"我听了觉得不太对劲，但是又挑不出个毛病来。"

……郑献？

何安琢磨道："他是太子大伴，十几岁就带着太子长大，应该是不会反叛去给老七投诚的。只是这么做是要干什么？你且盯着他吧，再有动向了和我说。"

"是。"

"还有一事儿你给我记住，这朝野上下偷摸里说坏话的不少，说圣上的，说东宫的。私底下嚼舌根子可以，但是，谁，哪怕脑瓜子里敢想秦王殿下的不好，找秦王殿下的毛病，哪怕蹦出一个字儿，都让他出不了诏狱。"

高彬无语，这夸张了点吧？

"听到没有吱个声儿呀？"何安翘着兰花指吹了吹勺子里的粥，吃了一口问他。

"属下知道了。一定耳提面命，让下面人绝不怠慢。"高彬感觉自己被迫强买强卖，还不能反抗那种。

何安放下碗来："不扯这个了，时开来了没有？"

"还没。"

"几时了？"

"巳时过半。"

这回何厂公真笑了，气笑的。

"一个西厂档头，不来西厂当值，咱家让他来，他竟然也敢不来。高彬，你是怎么驭下的？"

高彬一惊，单膝跪地道："厂公，是属下失职，属下这就去把时开绑过来。"

何安瞥了一眼他："愣着干吗，还不快去？"

时开被人绑入西厂的时候都快晌午了，没进门就听见他骂骂咧咧地大声嚷嚷："放我下来！放我下来！谁敢惹我，谁敢惹我！"

何安本在里面的养心堂内小憩，刚睡着就被他的吵闹声弄醒。

"厂公，时开来了。"

何厂公皱着眉，揉了揉太阳穴："烦人，让他闭嘴。"翻身又睡了过去。

外面的吵闹声很快便没了，只剩下呜咽。又过了半个时辰，何安猛然惊醒，满头大汗。他从养心堂窗户里看出去，外面风停了，天色发黄发暗，似乎骤雨将至。

"时开呢？"何安坐起来急问。

"在外面等着呢，喜平堵了他的嘴。"

他从罗汉榻上坐起，旁边喜悦端了碗莲子汤过来："师父，要不要喝碗甜汤？"

"虽然还热，但是已经是秋天了，这凉凉的师父喝不了，你自己喝吧。"喜乐嫌弃地把他挡在一边，然后将何安扶了起来，又为他着衫戴冠，待衣冠整齐后，才扶着何安缓缓到了前面正厅。

时开被人绑在廊下扭着身子瘫着，嘴里塞了块脏兮兮的破布，正用鼻孔喘着粗气，十分狼狈。那一身酒味儿，一进屋子就能闻到。

何安让高彬带人退下，又让喜平给他解了绑。

"时档头，起来吧，瘫在地上作甚？"

那时开五十来岁，一身狼狈，从地上爬起来后，跟跟跄跄地走了几步，这才站稳。他眯着浮肿的双眼看了一会儿，愣在原地。

"你……你是？"

"大胆的！这是西厂厂公，还不赶紧叩拜？！"喜乐喝道。

时开表情如在梦中，突然哈哈哈笑起来："西厂厂公？什么西厂厂公，不过是个阉人，也敢在爷爷面前冒充有腿儿的王八？"

他话语极其粗鄙，喜乐、喜平眉头早就擒得老高，这会儿更是恨不得上前把他拿下处置。倒是何安似乎已经预料到会如此，拦了两人，问时开："这么说，时大人您认识咱家？"

"认识，我当然认识你，你化成灰我也认识你！"时开酒还没醒，醉醺醺道，"二十年前陈宝案，是我跟戚志泽把你从江府里带入京城，送进了净身房……你这么问我，难道你是忘了？"

他话音一落，喜乐、喜平脸色都变了。

三

二十年前江府灭门，江家小公子被人抓入了大内。但是，谁干的这事儿，何安从没提过，大家都以为他那会儿不过八九岁，定是不记得了。这会儿看来，抓何安的人就在京城，竟然一直在锦衣卫。而何厂公如此平静，怕是这些年来一直记得，从未忘记过。

"咱家怎么敢忘呢？"何安道。

此时天已全然昏暗，一道霹雳自西北角划过天空，惊雷猛然炸响，狂风大作，将那些个高枝树杈吹得哗哗作响。

时开还神志不清，笑嘻嘻地说："说起来，这些年来，你个小奴才在这大内里往上爬，一会儿当了奉御，一会儿成了太监，最后还去御马监当了个提督。你荣耀加身，还不都是我跟老戚的功劳？你说说，要不是我们兄弟俩，你现在连埋在哪里都不知道哩。"

何安一笑，带了几分嘲讽，还有些冰冷："这么说来，咱家还得感谢时大人不成？"

偏偏时开依旧火上浇油："是啊，你得好好感谢我。你这算是……呃……算是给江家光宗耀祖了！哈哈哈哈……咯咯咯咯……"

他像是说了什么好笑的笑话，笑得上气不接下气，连眼泪都笑了出来。

何安又笑了笑，对喜平道："给时大档头看座。"

喜平应："是。"

待时开坐下后，何安亦不生气，还让喜乐给时开上了碗龙井，等时开飞扬跋扈地喝了茶，他才道："掌嘴吧。"

"把时大人给咱家抽醒。"何安笑吟吟从牙齿缝里挤出一句话。

赵驰从何安家回了自己住所，很快的，圣旨便到了。

郑献宣了圣旨，一边贺喜道："恭喜秦王殿下了，这秦王封地自古有天下第一封藩之说，如今虽然荒废了几代，但若勉励经营，定能重现昨日荣光。"

"谢郑秉笔吉言。"赵驰领了圣旨，又让人拿了银票过来。

郑献贪婪，些微推脱便将一千两银票塞入袖中。他作揖道："那奴婢这就回去交差了。殿下不送。"

赵驰拿着圣旨供奉好，回头去了书房，白邱已在里面候着："殿下什么打算？"

听了这话赵驰一顿，他前一夜安抚何安时态度平静，还真把何安唬住了。然而赵驰知道，王阿这人眼神锐利，更是敏锐多疑，绝不会放任什么不利于他的势态起来。

"王阿瞧出了我和何安之间的关系，断不会让我在此时久留京城。一旦完婚，我会被立马送去西北。"

白邱点了点头，沉吟道："您手里相当于握着开阳的兵，太子想让您留在京城牵制老七，老七和万贵妃亦是这个打算。我关心的是王阿为何突然着急送您走。"

"无非因为……"赵驰道，"皇帝怕是不行了。"

"昨夜中秋家宴，皇上看起来如何？"

"精神饱满，与之前全然不同。"赵驰说完这话，两人对视一眼，回光返照？

"殿下打算怎么办？"

"我现在就去徐府拜会徐小姐，请她出面拒绝指婚。"赵驰道，"婚结不成，还能拖上一拖。至于其他的，等我问过了时开之后，再做打算。"

赵驰牵了星汉，便去了徐府，徐之明不在家，是徐逸春出来迎接，两人聊了几句，赵驰便说想见见徐家幺女。

徐逸春一提自家妹妹就脸色有异："这个……殿下见她做甚？"

"你也知道，皇上要为我指婚令妹，总得见见小姐，问问小姐的意愿是什么吧？"

"既然殿下要见……那就见吧。"

徐逸春领着赵驰进了屋子，又过了会儿，便有人报说是小姐来了。

赵驰起身相迎，就见一似画中仙人一般的女子款款从屏风后走过来，蹲了个福，秀声秀气道："小女子徐玟玉，见过秦王殿下。"

人呢是长得挺不错的，要是搁在以前，赵驰免不得要调戏一二。

"徐小姐，我是有一事和你商议。"赵驰琢磨了一下，这事儿可真不好说，但是又不得不说，"就是这个婚配的事情，嗯……可否……"

徐玟玉抬眼一笑："若是和殿下成亲，殿下想在外面找谁都可以，纳几个妾侍都可以。"

"嗯？"赵驰猝不及防，"这是何意？"

"实不相瞒，我是因为殿下风流之名远播才想和殿下成亲的。"

"……小姐是否脑子坏了？"赵驰忍不住问。

"世人都说女子要相夫教子，最好是大门不出二门不迈，这辈子都守着自己的小院子不要动弹。"徐玟玉道，"我偏喜欢大川大河，想出去看看，可惜生为官家小姐，身份受限。殿下三十了还没结婚，定是也厌烦婚姻束缚的，和我是再配不过。若是和殿下成亲，我想请殿下给我备好休书一封。待我们成亲三个月，便说我生病，最后病死得了。我便带着休书盘缠出去游山玩水，殿下则可以继续自由自在了。世人对女子苛待颇多，这虽然不是最好的办法，但是我也想不出更好的办法了。殿下呢，您觉得怎样？"

徐玟玉倒豆子一样把话说完，赵驰沉默了好久，问："咱们什么时候成亲？"

「三」

清脆的掌嘴声在屋子里响起。

"你好大的胆子——！"时开妄图张嘴辱骂，"呜呜——！你敢打——嗯呜——朝廷——呜呜——命官？！"

何安听着响声一时有点走神……像是回到了二十年前的那一夜。

"我儿，你换了小公子这身衣服。"

他还记得母亲的体温。

"娘，为什么？"

"你记着，换了小公子的衣服，你就是江月。"母亲哽咽道。

"公子呢？"他年幼无知，好奇地问。

"……没什么公子了。"母亲声音沙哑尖锐，仓皇地跟他说，"你跟江月公子从小就一起玩，他的事情你最清楚，谁人问你什么话，你都说自己是江月，记好了，从今往后，你就是江月。这两位大人……"

母亲结巴了一下，去看站在身边的两个人。

"这两位大人答应过，带你偷偷地出去，会好好对你。以后你就跟着两位大人，给他们做牛做马，千万别辜负了他们的救命之恩。"

何安拉回神志，忍不住捏了捏鼻梁。

时开被喜平堵在椅子上，来回扇嘴，喜平看着纤细，几个巴掌下去，就甩得时开脸颊红肿嘴角带血。他想挣扎着站起来是绝不可能的，刚得了空隙就让喜平按回去，又是几个巴掌，直打得时开晕头转向的。不过这酒终于是醒了。

喜乐在旁边看笑了："打的就是你个不知趣的贱骨头。"

时开喘着粗气恶狠狠地瞪着何安。

"酒醒了？"何安不以为意，问他。

时开是认识何安的，他怎么能不认识呢？

"何公公。"

"咱家瞧你这话说得就不对。"何安道，"是不是还想掌嘴？"

时开不情不愿地起来抱拳道："何厂公。"

何安并不在意他这狂妄无理的态度，只道："秦王殿下有些事儿找你问。"

时开问："秦王殿下？哪位秦王殿下？"

"你可真是孤陋寡闻了。"何安道，"昨儿晚上中秋夜，皇上封了五皇子做秦王，你不知道？"

他瞥了时开一眼，又道："你且好好地听殿下的话，你那欠下的赌资、酒钱，还有抵押给人的小妾，回头喜乐都会给你处理妥当。若殿下满意，再送你一万两银票，还有京郊的一所宅子也归你所有。"

他说话之间，喜乐已是拿了一个木匣子过来，打开一看，左边是一套房契，右边是一张一万两银票。

时开虽然是个喝酒喝昏了的，倒不至于为了这点利润昏头。他先是眼睛亮了亮，又转了转眼珠子，哼了一声问："秦王能拿出这么大的诚意来，想必给厂公的疏通费也是不少。就不知道这么多钱，只问个话，要问我什么话？"

"殿下的意思我等怎么可以随便揣测。"

"那我怎么知道自己答不答得出来。"时开呛声道。

"你呢，也别太把自个儿当回事儿。"何安悠悠道，理了理袖子，"殿下迟点问你什么，你就乖乖地说实话。就算是要问你些掉脑袋的事情，你脑袋可以掉，话也得先给我说全乎了！"

听到掉脑袋三个字，时开浑身一震，咬牙笑道："我可什么都不知道！这钱我赚不了。"

"这钱，你收也得收，不收也得收。"何安道。

"何厂公是要强买强卖？！"

何安一笑："时开，你还真当自己是个什么东西了？咱家要你办的事儿，你仔仔细细给咱家办好了，别推三阻四的。"

"我不知道！"时开站了起来，无赖道，"我就不知道，你让我说这个是要我的命！你要是敢跟我来硬的，别怪我把你过往的秘密抖搂出来！"

"秘密？"何安缓缓重复了一遍这两个字，"什么秘密？"

时开逞威地笑了笑："你非要我说出来不可？"

"说什么……"何安哦了一声，"说咱家其实不是江月，也不是什么江家小公子。不过是个冒充的吧？"

时开一愣，看了看左右的喜乐、喜平："你……你不怕别人知道？"

这些年来，时开不是没怕过。何安爬得快升得高，却没找他们兄弟麻烦。他开始是想不透的，胆战心惊，连戚志泽也是惶惶不可终日。可日子久了，也一直相安无事。最后他自以为想明白了，何安本就不是江月，如今位高权重，最怕被人察觉。自己怕他复仇，他何尝不怕欺君之罪惹来杀身之祸？

因了这一点，时开才敢如此有恃无恐，才敢不来西厂报道，他谅何安不敢把他怎么样——一个有把柄在他手里的太监，说点不好意思的，他还做过靠着威胁何安飞黄腾达的美梦呢。

"我死了不过是死个总旗，你死了是死个御马监掌印。我劝你还是冷静冷静，好好把我供在西厂，好酒好肉的，我说什么做什么！不然的话，我就将这事儿说了出去，到时候要死大家一起死！"

"你真以为咱家这些年来没杀你和戚志泽，是因为咱家怕了你们？"何安一笑，"你是不是还做了些美梦，以为咱家是可以随便揉搓的好脾气？"

时开色厉内荏道："你……你什么意思？！"

何安嘴角一翘："你就没问问你自个儿，为什么戚志泽跟你一样，却能升到镇抚司，而你还只是个总旗？"

时开有些蒙："你说什么？"

"有时候吧，人活着不一定比死了痛快。"何安道，"何况你们牵连陈宝案太深，咱家不留着你们，万一殿下有用处呢？这些年嫉妒戚志泽，抑郁不得志的滋味好受吗？咱家不但是压着你不让你升官，还故意找人引诱你赌博喝花酒。你如今家不成家的，连妾侍都被抵押出去了。哼……时开，怎么样，这个中滋味儿可好受？"

"你是说，都是你——"

时开之前的幻想，在何安的质问下统统被碾得粉碎。

这人再不是他们为了保命随便搪塞上去的一个八岁稚子，而是早就成了让人谈之色变的地狱罗刹。

何安脸色沉了下来看着他道："咱家不杀你，是我娘让我报答你们救我一命，是因为你们对殿下还有点用处，还因为乐得瞧着你自己捂烂了自己，这后半辈子都废了。"

"时开，你也好，戚志泽也好，这些年来就没逃出过咱家的手掌心。捧杀一个，踩压一个，才是咱家乐意瞧着的。"何安道，"你若还顾念你那两三个刚出书院的孩子，就老老实实地给咱家听话。殿下问你什么，你届时便回答什么。你呢……反正也是个死，逃不了的。若是殿下心善，咱家就放了你那几个后人。"

何安哂笑："嗨，总不至于让你时家跟江家一般绝了后嘛。"

四

他一番话犹如晴天霹雳，震得时开呆若木鸡，浑身颤抖不已。

此时大雨哗啦啦下了起来，天上跟开了洞似的倾泻水柱。噼里啪啦的雨水飞溅上台阶，时开站在屋里，只觉得背后被雨水打湿了一般地冒着冷汗，再也摆不出之前飞扬跋扈的姿态。

何安知道这番话语敲打得已是够了，挥了挥手："带下去，好好关押，等殿下得空来了问话。"

赵驰从徐府里出来，便瞧见西厂的高彬在外面拿着蓑衣油纸伞候着。

"王爷好。"高彬行礼道。

"高掌刑，这么巧？"

高彬知道这位主儿是何效忠的人，客客气气的："前面弟兄来报说您来了徐府，也没带个伞具，我正在附近巡察就给您送伞具来了。"

"高掌刑贴心。"

"不敢。"

赵驰接过伞来掂量掂量，道："待雨过天晴我给你送过去？不知道府上在何处？"

高彬道："那可不敢劳烦王爷您大驾了。"

"高掌刑客气了，反正我也没事儿，到处逛逛。"

"属下家就在北市后面的胡同里，静候殿下大驾光临。"高彬笑了笑，凑过来低声道，"厂公带着时开也在属下家中等您呢。"

赵驰心头一动，笑道："那我逛逛就过去。"

高彬行了个礼带人走了，赵驰便在街上撑伞随便逛了小半个时辰，等这暴雨差不多停了，便转身去了北市胡同。高彬家不算难找，门口挂着两个灯笼写着"高"字。

敲了敲门，顷刻就有人开门引了他进去。

才过了影壁，就见何安穿着内侍官服站在那边候着，见了他立即过来行礼道："殿下。"

赵驰上前一把将他搀扶住："厂公不必多礼。"

"厂公怎么来的，还能带了时开来？"

"奴婢早买下了后面胡同的一处院子，在地下修了暗道，先把时开带到后面，然后从地下来了高彬家里。"何安答道，"奴婢知道这事儿知道的人越少越好，所以事先也没跟殿下说，请殿下见谅。"

赵驰还要说什么，何安左右看了看，轻声道："殿下若不急，随奴婢进屋再说？"

"好，你领我进去。"

等赵驰在主座上坐定，何安关了门窗，走到赵驰身前，撩袍子跪地叩首道："请殿下治罪。"

赵驰一愣："厂公是因为时开的事儿？快起来。"

"不，不是的……"何安神色不安，咬了咬嘴唇道，"做奴才的原本不该有事瞒着主上，可这事儿憋了这么多年，奴婢不知道怎么和您说。奴婢求殿下治奴婢罪。"

"厂公起来再说。"赵驰道。

"求殿下……"何安惶恐不安，"求殿下让奴婢说完。"

赵驰知道他又是钻了牛角尖，遂不逼他，只道："厂公请讲，不急。"

何安跪在地上，过了半天才开口道："奴婢……入宫前并不是江家公子江月。"

赵驰一愣："厂公不是江月？"

"不是。"何安勉强一笑，"奴婢是江家门房的儿子……"

二十年前。

没人知道当时这事儿是为了收拾谁起的因，然而结果却远远超乎想象，陈宝案犹如荒原野火，瞬间烧遍了整个朝野。

大端朝刑罚本就严苛，但凡牵扯进陈宝案来的，大理寺更是严惩不贷。

皇帝震怒，下面的人当差更严，生怕稍有差池就惹火上身。菜市口砍头的队伍是轮着日子排的，只要是与陈宝案牵扯上的无一幸免，不是斩首就是腰斩示众。

江家不过一个户部郎中，也受到了牵连。抄家那日，锦衣卫登门，江侍郎也不是什么达官显贵，上头就派了戚志泽和时开过来抄家，也是给他们兄弟发财的门路。

也不知道是哪里走漏了消息，江思阮夫妇已是上吊自杀了。两人推门一看，忍不住吐了口吐沫："来迟了，真是晦气！人都死光了吗？！"

"还没有，他们家女儿被关在隔壁，还活着呢。"有人拽着从旁边房间找到的江盈，小江盈不过十来岁，表情懵懂。

戚志泽猥琐地笑了一声："这小姑娘生得水灵，未来怕是要勾栏胡同相见了，带下去吧。"

众人哄笑，把姑娘拽了下去。

"江家小公子，江月呢？"戚志泽问。

下面有人答道："不曾找到，还有他们家门房一家也不见了。"

戚志泽在江家仆役里找了一圈，道："找找看这里面有没有他们家儿子。大理寺那边的文书里写了，男的罚没入宫，女的充作官妓。这可是圣旨，找不到了、人死了，我们都得掉脑袋！"

江月人是找到了，在后院地窖里藏着呢，连同门房一家三口。

那地窖密不透风，一群人藏着早就半昏迷。等把两大两小拽出来，那江家小公子早没了气息，任是怎么救，也没救过来。戚志泽和时开变了脸色。

"这可麻烦了，虽说是个罪臣之子，若是死了，我俩定是要被治一个办事不力的罪。一旦牵扯进去就是菜市口问斩。"时开道，"大哥，这可怎么办？"

戚志泽脸色阴沉，负手在院子里走了一圈，瞧了瞧那门房一家，心里有了计较。走过去问那门房："你是江家仆役？"

门房面色仓皇道："是。"

"江家这次牵扯陈宝案，判的是诛三族，你这样的仆役定是逃不掉的。"戚志泽开口说，"不单是你，你这妻子，还有儿子……都逃不掉。"

门房哪里经过这样的阵仗，求生的本能让他颤抖着开口问："大……大人问我这个，是不是有什么活路？"

戚志泽一笑："你和你妻子是没了，但是你儿子还有活路。我们兄弟俩可怜你一家遭受无妄之灾，可以偷偷把你儿子带出去。你放心，我们一定会好好待他，把他当亲生孩子看待。就看你敢不敢。"

门房不过是一个小小的仆役，他这辈子最辉煌的时候也不过就是在江家给看个大门，算是勉强见识过达官贵人。待他儿子大了，也不过是私塾里读几年书，回来给人看大门。

如此生死关头，他虽然跪在地上抖如筛糠，眼泪不由自主地滑落，可他瞧瞧妻子怀里的稚子，难得生出了万般勇气："求大人指路。"

"事情便是如此，可怜奴婢父母本是为了救奴婢，却不知是把他们家孩子推入了另外一个火坑。"何安说到此处，脸色惨白道，"后来奴婢也查过这门房夫妇的遭遇，说是后来也没判死罪，流放了，死在了去辽东的路上，只知道姓薛，连个名字都没记。这便是奴婢的父母了。"

赵驰万万没料到查陈宝案扯出这么个事。

他沉吟一下问："除了我、戚志泽、时开，还有何人知道你不是江月？"

"没了。"

"盈香不是江家小姐吗，她难道不知道？"

"江月憋死的时候，盈香并不曾在场，她不知道亲弟弟死了。"何安道，"再见面还是上次您去照夕院的时候。这中间二十年，奴婢早就变了模样，她怎么认得出奴婢是谁，只知道奴婢是她弟弟。"

"可你对盈香不错。"赵驰道。

他说着上前拉起了何安。何厂公还在自己的思绪里，浑然不觉地顺着赵驰的动作起身，又在椅子上坐下，变成赵驰站着他坐着的模样。

"不错？"何安一愣，茫然地笑了笑，"是吗，奴婢怎么没觉得。若真的对她不错，奴婢怎么会看着她做这营生不闻不问。"

"是你把她送到照夕院保护。上次陈才发欺负她，也是你出手相助。"赵驰道，"最后陈才发死，也与这个有关联。"

赵驰放柔了声音道："人本各自有命。你已是尽自己所能关照她，还不够？非要为她舍身拼命才叫不错吗？"赵驰的话似春雨润物，让何安的心安定了下来。

"这些年来，人人都说我是江月，可我知道我并不是江月。有时候半夜醒来也怕，恍惚里又觉得自己可能是江月，死的那个才是薛门房的儿子，活下来的就是江月。"何安道，"至于为什么对盈香好……至少盈香……是江月的姐姐。孩童时，江盈小姐也是和奴婢一同玩耍过的人。大概是奴婢孑然一身，也找不到谁能够算是亲近的吧。"

赵驰忍不住又要笑："厂公平日狠厉的名声在外，都说你是笑面虎活阎王，冷不丁的就取人性命，怎么每次在我眼跟前儿都这般柔顺？"

他这话一说，何安顿时心底又有点发虚，连忙说："我……奴婢……这实在是迫不得已。殿下若是不喜，奴婢以后对人便和顺些。"

"这皇城就跟吃人不吐骨头的怪物一般，你若不狠，便会受人欺凌。"赵驰说。

何安红了眼眶："多谢殿下。"

赵驰笑了笑，知道今日的话已经够了，问他："时开人呢，带我去会会他。"

第五章　生变

二

为避嫌，何安并不曾进去。他站在廊下看落花。

身上那个憋了二十多年的大秘密，就这么轻轻松松地告诉了殿下。如今什么藏着掖着的都没了，只觉得周身舒畅。

至于殿下知道了，是要怎么办，未来要怎么做，他也不用去想，反正殿下自有决断。

赵驰在里面待的时间不算长，一会儿就出来了。

"走吧。"赵驰道。

"殿下？"

"没事，厂公莫担心。"赵驰笑了笑，安抚道。

何安送他到了大门口，问："殿下这就回去了？"

"嗯……时开的话我得想想。"赵驰说。

"殿下既然已经问完了话，奴婢斗胆请示下，戚志泽和时开这二人殿下想怎么处置？"何安道，"之前一直没动他们，是留了活口等您回京问话，如今这……"

"二十年前是他们两人伤了江家人，八年前也是他们构陷兰家。"赵驰眉毛都没动一下，"死罪难逃，不殃及家人。"

何安应了声是。

有仆役牵了马出来，何安作揖行礼："殿下慢走。"

赵驰引马走了两圈，本来想跟何安说些体己话，然而实在是没有心情，又看了他几眼，转身就离了高府。

等赵驰走后，高彬和喜平才现身问："厂公，殿下的意思是？"

"时开不用回去了。"何安从大门上收回视线，道，"就地办了。回头问起来就随便找个在通缉的亡命之徒，说是时开大人因公殉职，捉拿要犯的时候被刺杀。戚志泽那边，不是有个厨子是咱们的暗线吗？放点药，仵作去查也说是暴毙而亡。"

"……这么快？"高彬有些发愣，"殿下不留着他们未来对簿公堂？"

"公堂？"何安觉得有点好笑，"哪里有什么公理，又怎么会有公堂？这事儿明摆着是一个局，殿下这些年怎么会琢磨不明白究竟是何人做了这事儿。他不过是想问个清楚，心里有底而已。"

"当年都说是万贵妃嫉妒兰贵妃受宠，指使人做了这事儿。最终也确实是兰家陨落，万柱国与万贵妃收益最大，他们是跑不了干系的。可若是只有万贵妃一人，这供词物证怎能如此滴水不漏？想想就心惊呢。"

太阳到了西边，从低压压的乌云缝隙里露出些许的微光。

雨停了，风一吹院子里有些冷。

喜平拿了披风过来给何安，厂公披上后对高彬道："接着京城还得乱，明儿去西厂咱们好好合计下，把下面的人都妥妥当当地安置了。"

高彬行礼道："属下明白。"

赵驰回了府上，白邱已是得了消息。

"情况怎么样？"

赵驰坐下，沉默了好一会儿，道："也没什么惊喜。"

他平日里都笑眯眯，鲜少露出这种神情，白邱知道他话没说完也不打岔，只等他继续讲。

"这八年来，这事儿其实也琢磨清楚了，我不过是想求个踏实。"赵驰道，"我今天去问时开，你知道他说了什么？"

"说了什么？"

赵驰道："他说他不知道。"

"他不知道？"

"嗯，他不知道。"赵驰重复了一次，"他不知道是谁指使他去的，只知道必须要这么做。"

"殿下有了答案吗？"

"兰贵妃一事，开始不过是她与万贵妃生了间隙，后又传出她有了身孕，并不只我这一个养子。这时候，兰贵妃惹的人便不止万贵妃一人，还有皇后。兰家倾覆，是万贵妃起的头，然而皇后并非没有参与，甚至还曾让内阁推波助澜。"赵驰道，"可真的是他们就能翻云覆雨了吗？兰家那会儿权倾朝野，手握兵权，皇上是什么个态度？若不是他睁一只眼闭一只眼，如此纵容，一个军功显赫的家族又怎么会落到这个地步。前朝后宫都是牵扯，一荣俱荣一损俱损。"

"原本我的仇人是万贵妃，后来分析利弊想明白了，其间还有万柱国、皇后、东宫……甚至老七……最后尘埃落定，回头来瞧，连皇上都是我的仇人。"赵驰惨淡一笑，"小师叔，你说除了翻了这天取而代之，我还有什么办法吗？"

屋子里顿时一片沉默。过了好一会儿，白邱问他："殿下想好了？"

"之前送给皇后的那副消暑汤，皇上应该是吃了有一个月的，如今也就差味药引而已。"赵驰道，"准备好信鸽送消息出去，让师父择日进京面圣吧。"

何安从后面巷子出来，由轿夫抬轿，喜平跟着轿子随侍。

几个人走了一阵子，何安道："这里离勾栏胡同是不是不远？"

喜平说："拐过去就是。"

何安无端想起了盈香，算下来也有一个月没去过照夕院，沉默了一下道："绕去照夕院一趟。"

"是。"

几个人改道绕至照夕院门口，何安撩开帘子从轿子里去看，这会儿还没到照夕院晚市，门庭冷清，一眼能看到照夕院的海棠花影壁。

"师父，是想见盈香吗？要不我进去通报一声？"

何安放下了帘子："不用了，走吧。"

喜平不是喜乐，也不多问，又让轿夫启程，这次是真的往回走。勾栏院周边本来不偏僻，乃是繁华地带，这不知道是怎么的出了巷子路上就冷冷清清，铺子也收得七七八八，来往行人也少了。

喜平眉毛一动，低声道："厂公，不太对劲。"

何安本在自己的思绪里，被他这么一说，也醒悟了过来，眉心微皱道："不对劲儿也迟了，且走着看看。"

又走了这么一两条街，就远远瞧着有群东厂番子打扮的人在那边候着，除此之外还有些亲兵打扮的人站立两侧，严阵以待。

何安的小轿走得近了，便瞧见郑献站在人群前头笑吟吟看他："师弟，东厂查案，你可千万别见怪。"

何安在轿子里问："查案，查什么案？"

"五年前七皇子仁亲王殿下曾在府上遇刺，那刺客一直没抓住，有知情人士指认，你身边这位随堂公公喜平，就是行刺七殿下的刺客。我奉王厂公的指令查案，请喜平公公随我走一趟诏狱。"

"师兄什么意思？"何安问，"喜平来咱家身边正好五年，你意思是咱家包庇行刺七殿下的刺客？"

"咱家可没这么说。"郑献道，"不过是不是包庇，也得请你随我们走一趟，一问便知。来人呐——"

喜平脸色沉了下来，拦在轿前："要抓抓我一人就是！谁敢动厂公！"

"喜平。"何安声音倒还算平静，他撩开帘子道，"抓你是幌子，抓我才是正经的。你现在别管我，速速逃了出去。"

"可是师父你……"

"你糊涂了，咱俩若都被东厂抓去了诏狱，还有命活吗？"何安道，"你去向五殿下报信，让殿下救我，兴许我还有命在。别犹豫了，快走吧！"

前前后后埋伏的东厂探子都冒了头，开始向这小轿聚拢。

喜平咬牙，何安的话说得没错。

他若不走，就是一起死。

他若逃了，何安才有一线生机。

三

赵驰这边话音刚落，窗框外就起一声响，接着向俊落地，急促抱拳道："殿下，急事！"

"讲。"

"何安与喜平公公二人从高彬院子里出来后，绕路去了趟照夕院，在回府路上被东厂的人抓了。"

"你说什么？！谁能抓他？因为什么抓他？你细细说来。"赵驰猛地站了起来问。

向俊把何安被抓一事的前因后果交代清楚后道："是喜平公公逃出来报的信，如今喜平在青城班躲藏。我们班主这会儿正赶来王府，我脚程快，先过来报信。"

他说完这话，外面就有人说华雨泽来了王府。赵驰连忙让人请他进来。

华雨泽前脚进来，就听见赵驰问道："如今何安被安置在了哪里？"

"按照喜平的话，应是送去了诏狱。"华雨泽道，他从兜里取出一块牙牌，"喜平带回来的，是何厂公的牙牌，有了这个，西厂人脉、四卫营一律由你调动。现在事情不止如此，向俊刚走，咱们的人就来报照夕院的盈香在同时也被带走了。"

赵驰接过牙牌，抚摸了一下，瞧见上面何安二字，只觉得心里更是焦急，道："先让人去请高彬过来，再安排探子去各处诏狱，确定何厂公和盈香现在所在。要快！"

华雨泽看了向俊一眼，向俊心领神会抱拳道："我现在就去！"

向俊去办差事，剩下三个人坐在一处，赵驰道："今次这事，怕是因为何安爬得太快所致。郑献和老七联手，也是皇后和万家都有参与。小师叔，师兄，我们把京城这几个势力再盘一盘，计算得失才好走下一步棋。"

何安被他们一路蒙眼抓来，进了大狱又被上了枷刑，七八十斤重的木枷铐在肩膀上，顷刻就出了浑身冷汗。

屋子里黑漆漆的，何安知道这是为了敲打他，找了个不能靠的木凳子坐下，过了小半个时辰，直到他摇摇欲坠，才有人推门进来，亮了灯。

"师弟怎么出了冷汗了呀，莫不是我招待不周？"郑献笑吟吟道。

何安身体本身就不好，这会儿已是快要到极限，又不肯在郑献面前丢了面子，只咬牙硬挺着，瞥他一眼："师兄这是跟七殿下为伍了？太子那边知道吗？"

郑献扑哧一笑，拍拍他的脸："与其担心我，不如担心担心你自己吧，何掌印。"

"有师兄在，我有什么可担心的。"何安表情依旧淡然，心底却已经焦急万分，郑献敢如此明目张胆地行事，必定是早就做好了准备的，他之前跟老七在照夕院见面，怕是就为了这事儿，自己竟然还忽略了过去，真是该死，"我就劝您一句，咱们都是东宫的人，可千万不能受王阿蛊惑，来对付自己人。"

郑献看他半晌，哼了一声："你可真会说话。有了你，太子还要我？"

"您是太子大伴，太子不跟您亲近，难道跟王阿亲近？难道跟我亲近？"何安道，"师兄想多了吧。"

"真的？是我想多了？"郑献反问他，"你看看你最近干的这些事儿，哪一件是为我着想了！如今你已经是掌印，等太子登基后，难保不让你做司礼监老祖宗，届时还有我什么事！"

……也难怪郑献心急，怪只怪自己爬得高升得快。如今皇上怕是也没多少时日了，搁谁不担心呢？

何安看他："那师兄想让我怎么做？"

郑献笑了两声："你能怎么做，难道我让你卸任，你能卸任？"

"这位置是主子爷圣旨给的，不是我说不干就能不干。"

"我就知道你要这么说。"郑献这话说完，何安心里略放心了一些，没料他下一句便道，"你可别忘了，你还有个姐姐叫作江盈，在照夕院里做营生！你说这么一个官妓，咱家得把十八刑用到哪个，你才能服软呢？"

何安只觉得脑子都炸了，怒火在心里一下子就蹿了起来，可这会儿他绝不能在郑献面前表露，只冷笑道："郑献，你真把自个儿当个东西，也把盈香当个东西。我能走到现在这步，我在乎她？二十年前就没有了江月，也没有了江盈，一个官妓，是死是活跟我有什么关系？！我告诉你，别说是我亲姊，就是我亲生父母在世，我也不会多看一眼。"

"是吗？"郑献不信，笑道，"我劝你最好心肠软一点，你知道的……若是盈香不说，你啊，定是跟陈才发一样，有命来无命回了……或者你指望着喜平找谁来救你？西厂？高彬？哼……你最好求他们快点儿来，不然您可就真完蛋了。"

郑献退了出去，有人进来吹了灯，又给他上了一重枷，至少有二十斤以上。

何安靠不能靠，动不能动，坐在椅子上只觉得肩膀和腰都剧烈的痛，冷汗直冒。

这屋子全然密封，没有光线，他既不知道现在是什么时辰，也不知道外面怎么样了。

郑献对他让出西厂位置并不抱期望，时辰一到，他便会在这里死得无声无息……至于他死后，罪名还不是随便东厂捏造。

想来以喜平的身手逃走了是定然的，殿下知道了吗？殿下会不会救他？

想到五殿下，何安便有些揪心起来。他怕殿下知道了自己被抓不当回事儿——毕竟为了一个奴才，费心劳力还得跟老七和郑献对着干，真犯不上。

他又巴望着殿下担心他。他想让殿下来救他，又怕殿下来救他。说来说去，郑献的事儿高彬都来说了，自个儿没上心，是自己办事不力，万万不能牵扯殿下的大计。

万一殿下有个什么闪失，他怎么担当得起这个罪责。

一个奴才而已……不值当。

「三」

何厂公这悲春伤秋得没完没了，秦王府却已是闹腾得人仰马翻，一时间整个青城班在京城的暗探铺天盖地地都派了出去。

喜平被送到了秦王府，因为受了伤，又差人喊了喜乐、喜悦过来照顾他。

沙盘被搬到了堂屋里，逐个排查京城内大小各个诏狱。

到晚上掌灯的时候人都一一回来报了，诏狱里果然没有何安，更没有盈香。

赵驰神色凝重地盯着京城那沙盘。

"看来是在老七的地界里。"他道，"还得再做排查！"

"仁亲王在京城产业众多，暗藏的还有不少，这个难了。"华雨泽说，"若不请西厂的人过来，恐怕这事儿光靠我们的人手不行。"

"……西厂除了四卫营的人，还有不少新来的锦衣卫，那些人都是用不得的。"高彬说，"能派的人都派出去了，剩下的……就怕打草惊蛇。"

"那个……姐姐……"有个怯怯的声音响起，"你们要不要吃了饭再商量？"

众人回头去看，就瞧着喜悦一个人懵懂地站在门口，他瑟缩了一下："饿坏了怎么办？"

华雨泽本来张口想骂人的，瞧见是喜悦，又忍了回来，勉强耐着性子说："我们这儿忙呢，你先去配房照顾喜平公公吧。"

喜悦问他："是不是忙完就能来了？"

"自然。"

喜悦犹豫了一下走到沙盘旁问："王爷和姐姐是要做甚？"

"你家厂公被东厂掳走不知所踪，还有盈香姑娘也消失了，得把人找出来。"华雨泽说，他从桌上拿起呈报给他，"你想看看？"

喜悦作揖接过那呈报，细细看了一次，回头又去瞧沙盘，片刻后指着一处宅子道："厂公应是被关在此处了。"

众人皆是一愣。

华雨泽问："你如何知道？"

"师父被俘时是掳上马车，北市周围的街道就那么宽，马车脚程有限，又能在被人发现前掩人耳目消失不见，那范围也便不会太大。"喜悦道，"粗略测算就可知道最远能达到的位置。西厂有相关仁亲王档案造册，我闲来无事的时候看过，七殿下在京城里的固产及殿下亲信的固产三百一十三处，在这范围内的不到三十处。但若要藏上一群人而不知，街边店面肯定是不行的，定是深幽大宅，也就这一处……"

他说完这话屋里都安静了下来。

"你脑子真的不好？"华雨泽问他。

喜悦点点头，不安地看向华雨泽："嗯，能不能去吃饭了，姐姐？"

华雨泽拍拍他的肩："喜悦公公，你在门外稍等我一下，我马上就来。"

等喜悦走后，华雨泽回来看向赵驰。

"让脚程快的弟兄先过去探探虚实。"赵驰道，"马上安排西厂的大队人马过去，四卫营候着，若是老七安排了亲兵，咱们就上四卫营。"

华雨泽和高彬接了令便都离去。赵驰让白邱去叫了喜平过来。喜平左边胳膊受了刀伤，如今包扎了，还在往外冒血。

赵驰问他："喜平公公，为了救你家厂公，你可愿以命抵命？"

喜平眉毛都没有皱一下，抱拳道："奴婢这条命都是厂公的，若能救厂公，拿去便是。"

"行吧。"赵驰站起来道，"我去大内，找太子。"

赵驰这一去，许久都不曾回来。西厂及青城班众人都布置在仁亲王宅子的周边，就差冲进去。

又等了一阵子，快天亮的时候，赵驰才从宫里出来，他直接去了那宅子附近。

他刚一到，白邱便问："太子那边如何？"

赵驰嗯了一声："如小师叔所料，这事儿是郑献想收拾了何安自己顺位而上，太子那边自然是觉得郑献可靠，睁一只眼闭一只眼。可是我开的价格高，我替东宫灭了老七，孰轻孰重，太子心里清楚得很。"

"这是预料之中。"白邱道，"只是这宅子墙高院深，不好攻入。若是时间一久，有人得了信过来，便麻烦了。"

"不怕，闹得越大越好。"赵驰看着黑暗中那高耸的围墙，"老七这人恃才傲物，又觉得自己是亲王，事情败露也没人敢把他怎么样，我料他就在院子里看戏，闹得越大，才越好浑水摸鱼。"

"殿下打算如何？"

"强攻。"赵驰道，"打他个措手不及。"

白邱于是下了令。黑夜里只瞧见从每个漆黑的角落都有人冒了出来，静悄悄的，犹如一群猫儿，愈走愈快、愈走愈近，转眼就汇拢在了一处。接着有什么嗤的一声燃起来，然后星星点点的火光便连成了一条线。再接着听到一声梆子声，那片火光便猛然向空中飞去，绕过墙头消失不见。

月光下寒光一片，勾爪翻过墙去，抓住了墙壁，有身手利索的十几人开始攀岩，他们刚到了墙头，就瞧见刺眼的火光冲天亮起，接着是地动山摇，爆炸声不绝于耳。

里面传出哭丧尖叫，有人叫走水了走水了！

墙这边的十几个人一跃而下，里面瞬间传来械斗之声，过了没多久，那大门让人从里面打开，外面围着的百余人便冲了进去。

这事起得快，落幕得也快。

半个时辰不到，里面的人就已经被杀得七零八落。赵驰瞧见这般，抬步往里去，众人紧跟其后。

高彬已是满身鲜血，卷了袖子捏着刀柄抱拳道："王爷，都打扫得差不多了。就差一个小院落，仁亲王带了亲兵在里面……"

"厂公和盈香姑娘找到了？"

"只有盈香姑娘找到了。"高彬犹豫了一下，"不太好。这宅子下面好些暗室，里面恶臭，我担心厂公……"

赵驰看了眼喜平："你随我来。"他带着喜平转身往老七所在的院落踏步而去。

这周遭的火烧得旺盛，许多配房都被烧得七零八落，老七那院子早就被推得只剩下一半，残垣断壁随着火慢慢倾倒。

老七带着十几个侍从负隅抵抗。赵驰越过众人，从腰间抽出那柄软剑，加入战局。

喜平右手翻出袖里剑，亦是冲了过去。

二人武艺本就卓越，顷刻间就让对方招架不住，不到一炷香的时辰，十几个侍从便被杀得七七八八，就剩下仁亲王一人孤零零地被围在中间。

赵驰猛地一剑，将一个侍卫捅了个透心凉。

"何安在哪里？"赵驰问仁亲王。

「四」

好像当初也是这么一间漆黑的屋子里。何安那会儿不过直殿监随堂太监，拜了何坚做干爹也才四五年的光景。半夜从配房醒来的时候，就瞧见门开着，喜顺坐在门槛上，从怀里掏出只簪花在月下细赏，末了还饱含深情地亲吻那簪花。

"你这是偷了哪位贵人的簪子？"何安问他。

喜顺道："师父，这不是我偷的，是主子赏我的。"

"赏你的？"

"嗯，安远公主瞧见我喜欢，便赏了我。"那会儿的喜顺眉目间都是少年的温柔，他微微一笑，又有些伤感地瞧那簪花，"可怜我求而不能的苦楚。"

何安一愣，从床上坐了起来："咱家没听错吧？你小子喜欢公主？喜欢安远公主？"

"师父也笑话我不守本分，不自量力？"喜顺问他。

他道："你这是飞蛾扑火，终将引火自焚。"

"我知道的,师父。"喜顺笑，"只不过……我没守住自个儿的心,只瞧着公主……就忍不住陷进去了。就算是做只蛾子，在公主这团火前灰飞烟灭，我也心甘情愿。"

何安久久不曾言语。

他眼瞅着公主亦对喜顺有了好感，两人那藏不住的情感在这深宫大内安静地发酵，每片落花、每次日落、每次眼神相交、每次举手投足间都是情谊……

然而最终事情还是败露了。

仁亲王在院子里瞧见了公主与喜顺相对小酌，公主又从喜顺的杯子里饮酒。仁亲王把这事儿当作笑话告诉了万贵妃，不久之后宫里人尽皆知。

皇后处罚喜顺的懿旨很快便下来了，不出意料，杖毙。

何坚把这脏活儿给了何安。他去狱里提喜顺的时候，喜顺倒是神色平静："师父来啦。"

何安让人送了酒过来，与喜顺对饮，末了喜顺道："我在这世上无牵无挂，只有一个失散多年的弟弟。本来想爬得更高一些能出宫后，托人去寻他。若师父将来遇着他，帮我把这封信给他。"

喜顺拿了信出来给何安："未来我没办法在师父跟前尽孝，若我弟弟能找到，就请他替我尽孝。"

"你恨不恨我？"何安问他，"我保不了你。"

"师父不用愧疚，我求仁得仁而已。只是害得师父也落个管教不力的罪名。"喜顺笑起来，笑着笑着便落了泪，"我还得感谢师父。是您没拦我，还看顾着我，让我跟公主能得了这小半年的幸福日子。徒弟谢谢师父。"

何安看着少年，他似乎还和小时候一样，眼里满是青涩和单纯。然而他又和曾经那个怯生生的小太监完全不同，如今的他，执着、热诚，面对死亡毫无惧色，为了那一只簪花，义无反顾。

那双眸子亮晶晶的，又极平和。像是刚来到世上，又似乎千帆过尽，返璞归真。

何安不敢再看喜顺的眼睛，别过头去，轻声道："开始吧，给他个痛快的。"

自有下面人捂住喜顺的口鼻，压在地上闷棍伺候，果真是痛快的，不消十棍，人便去了。

"何爷，喜顺公公去了。"下面人道。

何安只觉得自己肝胆剧痛，魂都被抽了个七零八落，浑浑噩噩地回了自己的住所，在喜顺的房间里坐着。不知道过了多久，喜乐上来掌了灯，他才回头瞥见八仙桌上那只公主的簪花……孤零零地放着。

喜乐愣了一下道："师父，您……"

何安不明所以，抬手摸眼下一片冰凉湿润……原来不知道什么时候哭了。

再然后安远公主被送去和亲。他托人把簪花还给了公主，公主也没有留下只言片语。

这事儿太小，很快便消失在了这碧瓦朱门之后……只是到了第二年，听说有人行刺了七皇子仁亲王。

他出宫去给喜顺扫墓，站了一会儿要走，回头便瞧见一个跟喜顺眉目相仿的年轻人跪在地上。

"求公公收留我。"那年轻人叩首道，"公公托人给我的信，我收到了。我感谢公公对我哥哥的关照，愿意追随公公，保护公公周全。"

何安那一刻便知道，这人乃是喜顺的弟弟："老七是你行刺的？"

"嗯，若不是他把喜顺与公主的事情说了出去，我哥哥也不会死。"年轻人说，"我本身干的就是刺客营生，所以就试了试。"

"……不愧是两兄弟，都一样的莽。"何安道，"咱家是个太监，终归是要在大内生活的，收留不了你这样全须全尾的人。"

少年人一笑："我已自行去势，只求公公成全。"

年轻人抬眼看他，那双眼睛跟喜顺的一样。

纯若稚子，热似艳阳。

何安清醒了一些，他的头剧痛。梦里又梦见了喜顺的旧事……像是再过了一遭苦楚。

那枷具越戴越重，浑身都在吃力抵抗，诏狱十八刑里，这枷具乃是第一刑。别瞧只是上了重枷，若是一口气憋不住，怕是就折了骨头，人就瘫了。

他太过全神贯注，以至于外面喊杀声隐隐传来许久，他才意识到大约是殿下带人冲了进来。然而这嘈杂之声又恰恰证明，殿下并不打算掩人耳目。

……殿下，来了？

赵谨仁哪里还有半点仁亲王的雍容华贵，只剩下狼藉。

他强笑道："我真是看走了眼，原来五哥对个奴才如此上心，不过一条狗而已！"

赵驰抬手又是一剑，贯穿一人，那人死得无声无息，软葱一般倒了，鲜血飞溅上他的脸颊，他眼也不眨，拔剑逼近赵谨仁。

"何安在哪里？"

"在地府！"老七道，"你自己去问吧！"

赵驰冷冰冰瞧他，忽然笑了："你最好掂量掂量自己说的话。"

老七强笑："怎么了？你这是威胁我？我堂堂仁亲王，你想杀我吗？瞧瞧你那眼神？！你敢？杀你亲弟弟？！"

赵驰看他，就像看一个死物。老七这一刻才忽然意识到，赵驰早就起了杀心。

只见赵驰缓缓地移开一步，在他身后站着的那个不起眼的宫人上前，袖子里寒光一闪，老七再低头，就瞧见一把匕首刺入自己胸口。

他震惊地看向那个宫人。他想起来了，这双眼睛，这个人，就是几年前行刺他的刺客。

喜平安静地看着他，毫无波澜道："你偶然撞见安远公主跟一个叫作喜顺的小太监幽会，回头把这事儿当作趣事儿跟万贵妃说了。最后喜顺被杖毙，安远公主远嫁。我是喜顺的兄弟，我今日替他报仇了。"

喜平拔出匕首，老七便软倒下去。

赵驰去瞧躺在地上死不瞑目的老七："龙有逆鳞，轻易不可碰！"

赵驰看喜平："杀了仁亲王，就是死罪。你可做好准备了？"

喜平退开一步，在袖子上擦拭了一下匕首，接着，刹那间那匕首就消失在了袖子里。

"救了厂公，报了仇怨，虽死不悔。"他回头抱拳跪地叩首，"多谢殿下成全。"

五

外面打杀的声音渐渐小了，何安感觉自己也熬到了尽头。他浑身发抖，大汗淋漓，将衣服皆湿了个透。若一个踉跄倒下去，他后半辈子便废在此处。若真成了瘫子，未来如何为殿下尽忠？他还得再忍忍。

正咬牙坚持着，就听见脚步急来，接着嘎吱一声暗门便开了，外面有灰蒙蒙的光透过来，原来已是清晨。门口背对光的身影，光是看个影子就已经知道是赵驰。

何安心底一松，唤了一声："殿下！"接着便软软地往前栽倒，未曾倒地，就有人一把将他稳稳拖住。

"厂公受苦了。"赵驰声音发闷，马上后面跟上来的人就帮何安摘了锁卸了枷具。

赵驰带他去了一间干净的屋子，急道："除了枷具还用了什么刑？""没了……没了……殿下，奴婢只是受了枷，腰有些酸痛，其他无碍。"赵驰又差人为他细细检查了一番，这才放下心来。

何安本已昏昏欲睡，猛地想起什么，急促问："殿下，奴婢斗胆求殿下再找找盈香。郑献说把盈香抓了过来，可在这宅子里？"

高彬一怔，为难地看了眼赵驰。

何安顿时觉得不好："殿下，盈香怎么了？"

回答他的是一片寂静。

何安急了："殿下？"

他又去看高彬："高彬？！"

"郑献不敢轻易动你，但是却不怕欺负个官妓。"赵驰开口，"我带你过去。"

外面的火势已经被扑灭，青城班的探子都已经撤了，西厂的大部队人马陆陆续续来了在收拾残局。周围死了人，血迹涂抹得到处都是。

这场景跟何安记忆中二十年前的江府别无二致，他有一瞬间的恍惚，心里想着盈香，不祥的预感萦绕心头。

又走过几个院落，在一处偏僻低矮的院子门口停下，那大门破烂，里面一瞧就是一排牢狱。何安心惊，挣扎着往前走了几步，腰间剧痛，差点没站住，一个踉跄被赵驰扶住。

"殿……殿下，"何安有些发抖，"盈香在里面？"

"嗯，我扶你去看。"

迈过院门槛进去，天井中间拉了张草床出来，里面躺了个人。何安看到的第一眼就呆立当场。

过了好一会儿他才在赵驰的搀扶下走过去，有下人送了蒲团过来垫在地上，何安也顾不得地上脏污，俯身坐下去瞧盈香。

盈香身上全是伤口，然而还活着，只是出气多进气少，怕是不成了。

她没有昏迷，眼睛睁得极大，却没有焦点。

"我来了。"何安道，"你受苦了……"

"是……是江月？"盈香抬手来摸。

何安毫不犹豫地紧握住她那只沾满血污的手，低声道："是我。"

"你没事就好。"盈香不安道，"他们给我上刑，问我你的事。我什么都不知道……我什么都……什么都没说……"

"你做得极好。"何安道，"也做得没错。"

盈香松了口气，脸上竟然还露了点笑意："那就好……"

她那笑意让何安无法直视，他垂下眼道："你就不该跟我走得太近……不，怪我心肠太软……要不然怎么能让人瞧出了端倪。"

"这怎么能怪你？"盈香的手松了松，何安连忙用劲握住。

她眼里一片漆黑，已似凝固，茫然地看向前方，问："你可曾记得，小时候，我们在西郊放的风筝？"

"……记得。"何安说，"院子里一群孩子一起去放风筝，那风筝飞得老高了，后来线就断了。它飞着飞着，飞出了城墙，飞到了我们看不到的地方。"

盈香吃力地笑起来，泪如雨下："风筝飞得走，我却飞不走，如今也算是解脱了。待我死了，别把我葬下，把我一把火烧了，大江大河，随意撒了吧。"

"好。"何安答道。

盈香又问："你……你能不能……叫我一声姐姐？"

何安想说我并不是你弟弟，你弟弟二十年前便死了，可他说不出口。面对这么个人，面对这样的期待，他说不出口。

他垂下眼帘，握着她的手低声道："姐姐。"

没人应答。

天边的晨光挣脱了漆黑的地盖，从迷雾中破晓。一只麻雀从院子里窜出去，飞向了看不见的远方。过了好一阵子，何安抬手合上了盈香的双眼。

"何安，人已经去了。"赵驰沉声对他说。

他跪坐在盈香身侧的背影分外的孤零零……

"奴婢……年少时也曾这么叫过她。那会儿都年龄小，并不分尊卑。"何安低声道，他回头，眼睛红着，神情憔悴。

"厂公……"

"这些年来，奴婢也没怎么看护她。"何安道，"但是不知道怎么的，她这一走，奴婢心里却痛得难受，感觉与过去那些个年少的日子之间的羁绊又少了一些。"

他说完这话，只觉得胸口闷痛，忍不住泪便落了下来。

赵驰劝慰道："她走了，也是好事。这苦日子到头了。你不要太自责，便按照江盈的遗愿，把她的骨灰撒到大江大河中，让她未来再不受拘束，永远自由自在。"

他说完这话何安才觉得好受一些，胡乱点了点头。赵驰便连忙搀扶着他出来，再不停留地出了院落，外面早有喜乐带着马车在外面等候。

"我让高彬派了人，一路送你们回去。"

"殿下……"何安撑着最后一丝力气问他，"喜平呢？他早就逃了出去吧。"

赵驰瞧他期盼的眼神，心头一阵犹豫，他刚受了盈香的打击，不知道能否经受得住喜平的事儿。

过了好一会儿，何安见他不回答，心里已经有了预感，垂首道："殿下直说便可，奴婢受得住。"

"有刺客行刺仁亲王，西厂得到了密报过来驰援。然而来迟一步，刺客杀了仁亲王又丧心病狂想要伤害厂公，是喜平公公挺身而出挡下致命一击。如今喜平公公死了，刺客跑了。"赵驰又柔声说，"放心，尸体换了宫外一人的，也是早年间去了势，划花了脸。喜平没事，只是躲藏了起来。"

何安心头一块儿大石头落下，顿时浑身无力摇摇欲坠。

"你好好休息吧。"赵驰道，"尘埃落定后我再去看你。"

"多谢殿下。"

赵驰拍拍他的肩膀，跳下马车，对喜乐道："走吧，送你师父回家。"

喜乐扬鞭吆喝了一声，便带着何安离开了这是非之地。

第四卷 鹊桥仙

第一章 变天

二

刺客行刺的事儿弄得轰轰烈烈。一位亲王被杀，竟然东西两厂连带锦衣卫一起都没有办法阻拦。

皇上震怒之下痛斥王阿、何安，又因何安到了当场，更是要追责西厂。结果太子出来力挺何安，将利害关系一一掰开了讲得清清楚楚。最后皇上只罚了王阿与何安的三年俸禄，又要他们整顿东西二厂，连带着整顿锦衣卫。结果自然是从下面找了一群替罪羊出来问罪。

一时间京城内大大小小的官员，抓的抓贬的贬，菜市口难得一见地又一堆排队等着砍头的。这一折腾便整整闹了小两个月，已是进了初冬。

天儿也冷了，人也懒了。何安那腰也没全然好透，养了小两个月才能在喜乐搀扶下缓步行走。被皇上斥责罚俸后，只能待在御马监里安心当差，不敢去别的地方。

"师父，盈香姑娘的衣冠冢弄好了。"喜乐瞧他确实有些烦闷，便道，"您要不要过去祭拜一下，也好出宫散散心。"

何安在他那几亩地里给江盈弄了个衣冠冢，又将她的骨灰托人带到家乡去撒，算下来也差不多是时候修好了墓。他本就心情不好，听了喜乐这么说，剐他一眼："你是不是糊涂，这两日殿下那边就要迎亲，难不成咱家今儿去祭拜了明儿又去给殿下道喜，带身晦气过去？！怎么这么拎不清的，改日让喜平把你的舌头——"

他刚说出喜平二字，自己就愣了愣。

喜平呢？哪里还有什么喜平？

何安咳嗽一声："喜平有消息吗？"

"高彬差人去问过殿下，殿下说了，如今风声紧，让不必再问，他会妥善安置。"喜乐小心赔笑道，"师父就是软心肠，平日里见着就骂，如今见不到了，又想了。"

何安嘴硬："我可没想他。郑献最近怎么样啊？"

"听说规规矩矩的，什么事儿也不敢犯。手脚都利索了，有人给他送钱，他把人都赶了出来。"喜乐道。

"哼……糊涂。"何安笑了笑，"现在做这个有用吗？死到临头了，再让他喘两日，殿下大喜之时，咱们不做这营生。"

"师父考虑得周全。"喜乐不大不小地拍了个马屁。

何安顿了顿又问："我问你，殿下是明日迎亲吗？"

"是，明日去徐府迎亲。"喜乐笑道，"我前几日路过秦王府的时候看了，张灯结彩，好不热闹。"

他说完这话，何安沉默了好一阵子，只道："你下去吧，我睡会儿，乏得很。"

喜乐给他掖了掖被角："这天凉了，您少睡会儿，别着了风寒。"

明天晚上便要去装饰一新的秦王府赴宴，本来他这身体应该是不去为佳，但是何安执拗起来没人拦得住。

"殿下大婚送什么？"何安一时想起问道，"你跟喜悦挑好了吗？"

"师父您放心。"喜乐回他，"您私库里存了这么些年的宝贝，我挨个都拿出来瞧了，按照制式已经是给五殿下备了厚礼，不会少了您的面子。"

何安是不信的，也不休息了，让喜乐搀扶他去库房里看，皱眉道："怎么才送这些？前些年下面人送我的珊瑚呢？还有东珠，还有……"

"师父呀，这玩意儿您送太多了，就显得太殷勤了，到时候又落人口实。"喜乐劝他，"对殿下不好哇。"

何安被他说得一愣，过了好一会儿才失魂落魄道："那便这样吧。"

晚上张大厨做了一桌子好菜，喜悦让他吃，他也没胃口，随便扒拉了两口便早早睡下了。

第二日到了下午要过去的时候，何安怯了场："喜乐，咱家不去了，你把东西送过去。"

喜乐为难道："这不好吧？之前和秦王府说好了的，您是定要过去的，宴席上也留了座位。"

"咱家说不去就不去！"何安恼怒道，"咱家一个西厂厂公，这种事儿还得顾及旁人的眼光不成？"

"您说得对，说得对。"喜乐连忙哄他，"您莫气，我这就把礼送过去。"

喜乐招呼了仆役收拾了喜礼，又带了十万两银票红包，就要招呼着浩浩荡荡地送过去，刚开了大门，喜悦就跑来了。

"师兄，师父让你等下。"

喜乐烦了，跺脚问他："又闹哪出啊？天天让人哄着，没完没了的！今儿还能出门吗？"

他这边发牢骚，结果就瞧见喜悦又噔噔噔跑回去，扶着何安从里间缓缓走出来。

何安穿好了一身天蓝色银丝竹叶纹的贴里，外面披了件玄色蟒纹披风，戴了顶乌纱描金曲脚帽，黑丝纽金的穗子从脸颊两边垂下，耷拉在胸前。他腰还没完全好，拿了根黄花梨拐杖，那仗柄用银丝翡翠镶嵌，与身上那银纹竹叶相得益彰。腰间挂了一个黑色绸布袋子的锦囊，里面装着殿下送他的珠子。

这身打扮衬得他面容清冷，仿佛不食人间烟火。喜乐看傻了眼。

"怎么了，背后敢嚼舌根子，见了面就哑火了？"何安瞥他一眼，让喜悦去备轿。

"不是……师父您这身太素了。"喜乐道，"您这是改主意，又要去了？咱们这是去赴喜宴，您穿得跟奔丧似的……哎哟！"

何安拿起拐杖抽了他一棍子："口舌没遮拦的东西。这贴里是殿下回京后赐我的衣服，穿着去，是何等的荣耀！"

喜乐这才想起来，这好像是师父跟殿下在京城外面见面后拿回家里的那套衣服。

这衣服做工其实一般，但是穿何安身上就有一种，我这衣服特别贵，是尊贵人送我的东西，你们都没有，你们都高攀不起的感觉。

"行吧，是我错了。"喜乐连忙求饶，轻轻刮了自己一个耳光，"那咱们走起呗师父，不然赶不上了。"

三

西厂厂公前来贺礼，秦王府的人自然不敢怠慢，府上管家安排了上座与他。

王阿坐在旁的位置，见他来了，不阴不阳地笑了一声："何掌印这位置怕是跟您犯冲，走马上任没多久，光是病就生了三场。"

"掌印这些日子去看了万贵妃没有？"何安从身旁拿了碗茶起来，撇了撇浮茶淡淡地问，"她身体可还康泰？"

王阿抬眼瞧他："明知万贵妃少了儿子，每日以泪洗面，又何必来问？"

"仁亲王国之栋梁，自然可惜得很。"何安没甚真心地回答，"不过也请掌印多劝劝娘娘，娘娘又不止仁亲王一个儿子，不是还有十三殿下这个小儿子吗？十三殿下烂漫天真，与五殿下很是亲近。"

王阿笑了："弟弟这伶牙俐齿的，怎么不去说书，在宫里埋没了你。"

"还不都是跟哥哥您耳濡目染学了些皮毛。"何安道，"郑秉笔没来？"

"他？"王阿一笑，"郑献的事情我可不清楚，大约是身体不好不想来了……你应该更清楚才对，你们不是师兄弟吗？"

先是封王赐婚，接着便借着七殿下的事儿抓他，不是王阿授意，何安绝不相信郑献能调动得了东厂的人马。如今这会儿，王阿把自己撇得一干二净，也是厉害。然而七皇子被刺杀一事定是出乎他的意料，让他疲于应付狼狈不堪。如今皇上病危，最可能与太子一争高下的人没了，看王阿这事儿如何收场。

"你呢，也不用太高兴。"王阿末了补充一句，"老七没了，京城里皇子就剩下老十三了。"

何安微微一愣："哥哥说错了吧，五殿下还在京城。"

"弟弟可真是糊涂，结了婚的藩王还不去封地，难道等着过年吗？"

王阿话一说完，何安便再没心思跟他斗嘴了。他早就知道司礼监准备下圣旨了，责令赵驰尽快离京。

门外敲锣打鼓起了乐声，喜庆的唢呐一阵阵响，连鞭炮声都遮不住。有小孩儿喊着"新娘子来啦"在门口讨赏，接着就在一团大红色的喜气中，殿下牵着绣球那头的侧妃娘娘入了大门。

赵驰一身新郎装扮，眉眼之间分外温柔。接下来三跪九叩，等礼毕，又过了阵子，殿下换了喜服出来与众人饮酒。

何安端着酒上前，躬身行礼道："王爷今日大喜，奴婢祝王爷与侧妃白头偕老、百年好合。"

赵驰坐在主位上，神色不动受了何安这一礼，笑道："多谢厂公吉言。"

何安敛目又道："奴婢旁的也没什么拿得出手的，写了幅字，请殿下笑纳。"说着喜乐递上来一幅字，何安接过躬身双手奉上。

旁边不知道哪个官员巴结讨好道："王爷，厂公的字千古风流，绝不送人，赶紧收了回头能传世。"

满堂笑闹。

赵驰让白邱接了过来。

"王爷，打开看看吧！"又有人说，"让我们都沾沾光。"

白邱被上次何安写那扇子弄出了阴影，有点犹豫，看了赵驰一眼。赵驰道："小师叔打开吧，让诸位都欣赏一下。"白邱只好展开那卷轴，只见卷轴上写着四句贺词。

佳期正值小阳春，风暖华堂拥玉人；应是三生缘凤定，漫教相敬竟如宾。

这二十八个字，龙飞凤舞、不燥不润、秾纤得衷、笔底生花，确实好字。满堂称赞不绝于耳。赵驰看了眼下面垂首躬身站立的何安，道："多谢厂公了。厂公身体可好些了？"

"殿下言重。"何安连忙回道，"奴婢身体已是见好，谢殿下垂问。"

后面还有人等着要敬酒，何安没再多说什么，退了下去，想到刚才王阿的话，更多添了一重忧愁。他再没心思多待，又喝了两杯酒，就退席离开了。

回家后，家里少了喜平一人，却已觉得有些冷清。连喜悦都被冷清的气氛感染，也吃不下他们带回来的喜食，没精打采地吃了两口酥糖，问："喜平什么时候回来啊……我想他了。"

喜乐不知道怎么说，瞧何安心情不好，便带着喜悦下去了。

待人都走光后，何安在廊下的椅子上坐了一会儿，也不知道过了多久，手脚都冻得冰凉。接着就瞧见秦王府的方向升起了一束烟花，在空中炸成千万姿色。然后天边轰轰隆响起了喜庆的声音，一时间天空都被这阵子烟花渲染。

他看了一会儿，还觉得不够，撑着拐杖走到院子里看，满天色彩斑斓，何安却感觉到无限孤清寂寥。他正呆呆站着，就听见墙头微动。

"厂公这是怎么了？"

何安抬头去看。

只见赵驰穿着今日那身大红袍子，就站在他面前，笑吟吟地看他。

"殿下！"何安惊诧，"您……您怎么来了？"

赵驰走得近了，站在他的面前，道："跟王妃告了假，偷偷溜出来的。"

"这可不好，您今日洞房，冷落了王妃娘娘，这未来……"何安有些担忧了。

赵驰笑了笑："王妃感兴趣的可不是我啊。"

"刚才席间看你脸色不好，"赵驰道，"便来看看你。"何安有些慌乱地引着赵驰进屋，"奴婢没事，多谢殿下挂怀。"他正帮赵驰备茶，却听赵驰问道：

"厂公可有笔墨？可愿为我执笔？"

"有的，奴婢去拿。"

何安有些疑惑，去屋子里拿了纸墨笔砚出来摆在外面的案几上。

"殿下要笔墨做什么？"

"厂公今日送我的贺词，我真真儿不喜欢。请厂公为我重写。"赵驰笑道。

何安连忙蘸磨抬笔："殿下请说，奴婢为您秉笔。"

"这大逆不道的反诗，厂公可千万别说与旁人听。从此我赵驰身家性命便交付给厂公你了。"他似笑非笑，却实实真心。

殿下柔和悦耳的低沉嗓音娓娓道来，何安提笔一挥，不消片刻便已写成。待置笔来看，只觉惊叹。

这幅字，笔酣墨饱，游龙戏凤。写得正是恰到好处，增之一分则肥，少之一分则柴，何安觉得自己这辈子再写不出这么好的字来——

七星龙渊照夜明，

九转太微一朝倾。

兴亡只待贪狼剑，

袖挽摇光洗甲兵。

这是赵驰的诗，亦是只有赵驰能作出来的诗。

极狂妄。

极潇洒。

又极浪漫。

何安反复揣摩，只觉得心头涌起难以言喻的英雄气概。

他早就下定决心今生唯五殿下马首是瞻。心甘情愿、俯首帖耳，就算让他做尽天下恶事，入无间地狱，亦无悔。

赵驰又笑问："我之前给厂公那珠子还在吗？"

何安连忙道："在的……殿下是要……"

"在哪里放着？"

"在那边。"何安指了指自己的绶带。

赵驰从上面解开锦囊，又拿出那颗珠子，手指在那金镶玉的界面上拨动了几下，"咔嚓"轻微一响，那珠子就犹如一朵莲花层层绽开，露出了里面的一个狭小空间。

"这珠子陪着厂公这么多年，厂公应该看出来是个玲珑锁了吧。"赵驰从那珠子里拿出了一方拇指盖大小的白玉小印。

"这是……"

赵驰半是感慨半是伤感道："是母亲当年留给我的……最后的遗物。"

是他的生辰礼物，亦是兰贵妃最后的遗物。这个女人孤注一掷，将兰家最后的一线希望给了他。

"这是兰家族长私印，见它如见兰家族长，有了它，开平都司都指挥使廖玉成及其麾下二十万大军，由你调配。"

何安一惊："如此重要之物，殿下怎么能当时就随便扔给了路边的小太监？"

"形势逼人，我当时若不送你，拿着这东西，总有一天会被人知晓。等着我的可不是外放八年，而是身首异处了。"赵驰道，"要想让人真的以为我不过是个没什么心气儿的人，就得把戏做足了才好。"

他顿了顿道："我那天把珠子随手扔给了你，回头就传出我要被圈禁的消息。外出八年，这中间的风险自然不必再提，为了活下去，我做了不少脏事儿……"

"殿下，您怎么能这么说！"何安道，"您在奴婢心里是天人一般的，没什么事儿能脏了您。"

赵驰怅然一笑："小安子，除了你，谁还会这么说我？"

"殿下的好，不需旁人言说。"

"我以为杀兰贵妃的是万贵妃。"赵驰道，"也许皇后也暗中参与过。灭兰家的应该是万家，或者说整个内阁，这些事儿，八年间总能琢磨出来。可是我那日问了时才明白了。陈宝案也好，兰家覆灭也罢，都是皇帝纵容、授意、默许……甚至在暗中操纵。我要为兰家复仇，不改天换日怕是不行。"

"宫有凤雏，不飞则已，一飞冲天；不鸣则已，一鸣惊人。您是帝星，就应该是君王。"

赵驰一笑，将那小印塞在何安手中："廖玉成见印如见我。若京城有异动，你手里有四卫营，又操半块兵符，再加上这印，能保你平安稳妥。"

"殿下，这使不得！"何安连忙推却。

"我与廖将军早就相识，有没有这小印对我无所谓，可你却需要这个信物。"赵驰道，"收下，万一老皇帝死了，你也需要廖玉成来控制京城局势，等我回来。"

最后一句话成功说服了何安，他默默收下印，低声问："殿下什么时候走？"

"就这两日。"赵驰说。

夜已深了，商量完大计，赵驰如风一般地从窗子钻了出去，消失在了何安的面前。

敞开的窗户外透进来寒风……一时间，何安只觉得这屋子里冷清下来。

"稀客。"王阿瞧着走进司礼监的何安，"何掌印怎么今儿得空来司礼监了？"

何安作揖道："瞧老祖宗这话说得，司礼监为内监之首，按例也是要定时过来的。"

"今儿个老五出城，你不去送送？"

何安一笑，在王阿下首坐下道："是吗，您不说我都不知道秦王要去封地了。"

"哟，这么薄情。"王阿不咸不淡地说了一句，接着便招呼董芥送了两碗茶过来，何安端茶掀盖，就瞧见里面不是茶叶，红枣配了枸杞人参，还加了些玄米。

"知道你胃不好。"王阿道，"少喝点茶，这个是我问太医院要的方子，喝了养胃。"

"多谢老祖宗。"何安端着茶碗呷了一口。

王阿瞧着他喝完了这茶，才道："今儿这张嘴这么甜，老祖宗都叫上了，是有什么事儿求我？你还是叫我哥哥吧，老祖宗太老气。"

"左右不是什么大事。"何安道，"我干爹何坚入冬的时候没了，准备就在宫外入土。想请哥哥给他写个悼词刻在碑上，也算是天大的荣耀了。"

"何老爷子的事儿我听说了。"王阿点头，"当太监的，六十多岁寿终正寝也算是喜丧。悼词我写好了过两天让人送过去，再顺便替我送一份白包。"

何安起身作揖道："那先谢谢哥哥了。不过就是……"

他这一犹豫，王阿就知道他所托写悼词的事情是假，后面还有别的事等着，果然何安道："就是我那小妈，让郑秉笔带走了。还请哥哥去跟郑秉笔说声，把人送回来，不然送葬的时候连个哭丧的家室也没有，不像话。"

"哦？你的小妈怎么会在郑献处？"

"中秋前，干爹让郑师兄送小妈回乡下省亲，小妈就一直未归。干爹弥留之际我差人去了乡下寻人，一问才知道干爹这房姜室原来根本没回去过，再一打探，才知道是在郑师兄府上。"

"若是如此，你俩师兄弟，自己问他不是更合适？"

何安一笑："嗨，这事儿吧真个不合适。您也知道，他在太子面前差事做得不好，又眼红我升得快，都好久不跟我来往了。别人也管不住郑秉笔的，只能劳烦哥哥了。"

"我也劝不动他呀。"王阿装模作样道，"我给你指条明路吧。"

"请哥哥指教。"

"你那小妈叫什么？"

"叫左秀莲。"

"好，就让左秀莲自己去大理寺告状。若郑献真是做了这种丧心病狂之事，国有国法家有家规，不会没人管的，于我司礼监也是好事一桩。"说完这话，他瞥了何安一眼，端茶送客。

何安行了礼出来。

喜乐随了轿子在外面等着，见他出来连忙掀开轿帘："师父，成了？"

何安坐进去才"嗯"了一声："王阿巴不得郑献落难。这人要睡觉递上个枕头，谁忍得住不接。"

"师父您睿智。"喜乐拍了个马屁。

何安哪里接他的话，靠在轿子里懒懒地说："回御马监吧，好几天没过来了，事儿多得很。"

天气已经逐渐凉了。回去的路上，天上灰云压了下来，没有风，却已经冷得刺骨起来。

"这是要下雪了。"喜乐让抬轿的太监们脚程快点，然而刚到御马监门口，雪已经下了起来，这雪来得快、下得大。鹅毛一样的雪片无声无息地从天上落下来，沾染上何安的圆领官服便化作一汪水。

喜乐招呼门房拿了伞过来要给何安撑，被何安推开："不用了，马上就进去了费什么劲儿。"说完这话何安便率先进了御马监。

喜悦已是从里面迎了出来，笑嘻嘻说："师父，今日真的冷了，中午要不要吃涮羊肉，我让尚膳监去准备。"

何安说了句："你们看着办。"便掀帘子进了屋。

"别总想着吃呀！"喜乐从后面跟进来，嚷嚷，"着紧的，让人把炭火盆子烧起来端过来，别让师父着凉。"说完这话又小声道，"嗨，师父这不高兴呢，你别没眼力见儿。"

喜悦迷糊地问："为什么不高兴？"

"你傻呀，殿下要走啦。"喜乐说，"赶紧生炉子去。"

雪越下越大了，还起了风，冷意更胜了几分。

中午吃了火锅，到后晌的时候，整个庭院都让雪覆盖上了。

"师父，殿下自永定门出城了。"喜乐接了下面人的消息，进屋说，"这会儿去角楼上说不定还能瞧着影子呢。"

何安本来正展开了一封呈报在看，听他说完，怔了一会儿，怅然若失道："不去。殿下往西北走，咱们这儿看不着的，角楼也看不着，你别诓咱家了。"

喜乐一笑："也是，师父，您放宽心了，没多久就要见面的。"

何安没应他，专心地低头看呈报，等他抬头的时候天色暗了下来，他一惊："什么时辰了？"

"刚入申时。"喜乐点着灯道，"今儿风雪大，在御马监歇下吧师父？"

"回去。"何安道。

"啊？"

"回府吧。"何安道，"胸口闷得慌，不想待宫里。"

喜乐没办法，又叫了喜悦，两人准备了厚披风给何安披上，何安到了门口等轿子，周围天色阴暗，寂静无声中，何安听见了"沙沙"的雪落声。

那沙沙的声音，透着种孤单的寂寥，在无数个雪夜里都在他的耳边响起过。

八年来的恐惧、忍耐似乎一晃而过，然而这一刻，一切又似卷土重来。

喜乐和喜悦随着轿子从侧门出来，停在大门外，道："师父，久等了。"

何安问喜乐："殿下他们走到哪儿了？"

喜乐一怔："殿下晌午过了才走的，拖家带口走不快，这会儿应该到前面张家铺歇下了。"

"给咱家把马牵来。"何安道。

"师父你……你要干什么？"喜乐直觉不好。

"牵马过来。"何安又道。

"师父，您不会是想要去追五殿下吧？！"

何安瞧他："怎么了，不行吗？"

"这可使不得啊师父，晚上风雪肯定大的，您过去怎么都得三更往后了，半夜路上出个事儿怎么得了！"喜乐连忙说，"殿下总是要走的，您这会儿见了又能怎么样？"

"咱家想去哪里就去哪里，谁拦得住！"何安一瞪眼，"喜悦，给师父去牵马。"

"好的，师父。"喜悦耿直地去了。

喜乐眼瞅着傻子跟着疯子发癫，只好说，"喜悦把我的马也牵来。"

马牵来了，何安一跃而上，牵着缰绳道："咱家自己去，谁也别跟。"

喜乐这边还没上马，眼瞅着何安一甩鞭子，连人带马一溜烟就出了北安门。

「四」

风雪更大了，雪花被挟裹着在空中旋舞。何安骑着马儿跑得飞快，在城门落锁前出了京城。他紧紧拽着缰绳，匍匐在马背上，回头去看身后大端朝的都城。它在亮白的雪色中，犹如一团幽灵。

一根绳子，这头儿是他何安，那头儿是皇宫大内，栓了他二十多年。他从未有一刻如此畅快，如此肆意妄为。

什么宫廷纷争，什么权力纠葛，这一刻跟他一分瓜葛也没有。这都城被他抛却在脑后，所有人都被他抛在脑后。

安静的世界让他有一种错觉，所有的人和事儿，像是死在了昨日，死在了过往，大雪将他们掩埋，遮盖。

何安满心愉悦，忍不住纵意大笑。他在这雪夜中，恨不得一去不归。

四更天的时候，他到了张家铺。

自西南西北来的官员，一般都在张家铺驿站休息整顿，第二日进京。离京的官员，第一日也都在张家铺落脚歇息。

铺西头设了个驿站，五进五出的四合院，不算小了。如今秦王路过，早斥退了闲杂人等，留了三个院子给王爷一行人入住。

何安到的时候，有随行的亲兵来拦，这些人都是他让高彬从四卫营里挑的，自然是认识他，瞧见了他来，俱是一愣。

"厂公，您怎么来了？"亲兵问道。

"殿下在里面？"何安问。

"在的，已经是歇下了。"

何安这会儿忽然就犹豫了，打扰殿下休息可不好。

"厂公可是有急事才亲自过来。"亲兵道，"您这身衣服都湿透了，要不先进去烤烤火。"

话都说到这个份儿上，何安不再退却，来都来了，不见人一面，还真就这么回去不成？

何安让人领着从偏门进去，原本是打算在配房里生了火，待天明了和殿下见一面就赶回去。可刚走到配房门口，就瞧见西厢房点了灯。接着有婢女提着莲花灯从里面出来问："你们这半夜三更的，走路也不小心点，踩着雪上咔嚓咔嚓的，吵得娘娘醒了。"

亲兵连忙道："姑姑莫气，这边是何厂公有急事自京城赶过来，惊扰了娘娘千万原谅。"

西厢房里传来一个女声，不大不小的声音问："外面是何人？"

婢女道："娘娘，是西厂的厂公来了。"

"哦？是御马监掌印、提督西厂的何安？"

"正是奴婢何安。"何安见她在屋里问话，便连忙躬身答道，"扰了娘娘休息，奴婢罪该万死。"

里面响动了几声，过了会儿嘎吱一响，西厢门开了，那婢女提着灯走在前面，后面跟了位素衣打扮的女子出来，她发髻松散，只披了件貂皮的披风。

何安知道这人就是殿下新娶的侧妃，连忙上前打躬作揖道："奴婢何安见过王妃娘娘。"

没料那王妃也不急着让他起身，走近了几步打量他。过了好一阵子，她才道："何公公乃是国家忠臣，这礼我可受不得。免礼。"

他外面行走，叫他一声厂公的更多，鲜少听见人称呼他公公。这王妃声音不咸不淡的，何安也揣摩不出来她的意思。

"娘娘谬赞了，谢娘娘体恤。"他说了一句，就稍微站直了身子，双手掖在袖笼里，垂目而立，做出洗耳恭听的样子。

果然就听见王妃问："何公公这是追过来的吧。下这么大雪，来得这么急，是有什么事儿？"

"回娘娘的话，殿下有件东西放在奴婢处了，奴婢着急给殿下送过来。"情急之下也没什么好的理由。

"哦……"王妃走得更近一些，上下打量了下何安道，"何公公您这身上都湿透了……请何公公去前面暖阁换洗，我让人去通知殿下。"

何安鞠躬退下，王妃往东厢而去。

她推门进去，赵驰已经起身，瞧见她进来问："何安来了？"

"嗯。这位何厂公啊……当真是不错。"徐玟玉点头笑道。

赵驰见她落落大方，反而有点不适应起来："王妃真不见怪？"

徐玟玉笑道："到了陕西就能装病，过阵子说我水土不服死在那边了。一想着开春了我就谁的王妃也不是，大千世界向我招手，我高兴都来不及。"

赵驰道："王妃这样的女子，本王从未见过。"

"多谢王爷夸奖。"徐玟玉笑道。

赵驰推门出去，徐玟玉又叫住他道："一会儿天亮了我先走。"

"你先走？"

"是的，反正你不是也打算不去陕西，偷偷去开平府吗？"

"王妃说什么呢？"赵驰装糊涂，"我若是去开平，不是抗旨吗。"

徐玟玉哈哈一笑也不戳破，只缓缓行了个礼："总之跟王爷就此别过，以后天高地远千万别惦记妾身就行。"

何安在里屋换衣服，窗户纸糊得密实，只衬得屋子里暗沉。他刚换好了中单，就听见有人推门而入。何安一惊，怒斥道："什么人不要命了！不经过通报就入内！"

就听见身后一声轻笑："是我。"

何安听着这声音，顿时不安起来："殿……殿下。"

"风雪这么大，厂公一个人过来？"赵驰问。何安垂下眼睛："奴婢……奴婢来送殿下。"

赵驰叹了口气，轻笑道："王妃已经带着人启程了，我不去西北。"

"啊？"

赵驰道："你还记得当初我给皇后那副消暑汤的方子吗？"

"记得。"

"皇后把那方子送给了皇上，皇上喝了有一个来月。那方子本来就是个阴凉的方子，皇上身体早就不行，这方子只能让他身体亏空得更加厉害。再过几日天算子入京，你让太子引荐给皇帝。"赵驰道，"陕西偏远，我若去了，得到消息赶回来也迟了。我在开平都司等你消息。一旦你消息来了，我和廖将军就挥师北下，直抵京畿。到时候，大端朝的天，变也得变，不变也得变。"

「五」

赵驰与何安两人出了门，西暖阁人去楼空，连个用人仆役也没剩下。

赵驰龇牙咧嘴地叹气："啧，我这秦王当得可真是落魄，还说是天下第一藩王呢。"

何安忍不住要笑："王妃先去也是好的，秦王府那边多年没人入住，她先行过去收拾收拾，您到时候再……"

"别想了，刚不是说了吗，送你走了我回头就启程去开平。"赵驰道，"而且秦王府多年没有个主君，下面幕僚各自为据，关系错综复杂得很。庙小妖风大、池浅王八多，不去也罢。"

"殿下一个人去开平？"何安左右看了看，"亲兵也都走光了，这怕是不行。喜平在何处呢，让喜平陪着殿下吧。"

正说着，外面便有一马夫装扮的人进来，他取下挡雪的草帽，正是喜平。

喜平走到阶下，作揖道："殿下，您的马匹干粮都备好了。"

接着他才老老实实地唤了何安一声："师父。"

他平日里是三喜中最稳重的，如今再见何安，这声师父也叫得四平八稳，可微红的眼眶还是出卖了他内心的那份情谊。

何安上上下下仔仔细细地打量了他好几圈儿，确认他没伤着磕着，人还算全乎，这才放下心来。

"怎么了，人搁在我这儿还担心呢？"赵驰笑道，"既然如此，厂公便领回去吧。"

何安顿时听出了赵驰的意思，连忙劝他："殿下，您身边得有人伺候，让喜平随您去吧。"

"京城接下来会动荡得厉害，让喜平在青城班潜伏，危急时刻能有个策应。"赵驰摇头。

"奴婢身边儿有高彬，还有四卫营和西厂，应无碍。"何安忧心忡忡道，"殿下孤身一人，奴婢这实在是放心不下呀。"

赵驰一笑，转头问喜平："你怎么想？"

喜平跪地道："师父，我跟你回京。"

"你——"何安生气了，"师父的话也不听了是吧？！"

喜平不接话，沉默跪在地上。

"既然如此，就这么定了。"赵驰道。

"殿下……"

赵驰瞧他："怎么了，我如今说什么也没用了？"

何安一惊，小声道："奴婢不敢。"

赵驰这次没骑星汉，太显眼，喜平给他收拾了一匹普通的大黄马。

三人牵着马到了官道上，何安仍是不忍走得太快，然而再慢也有分别的时候，他有些担忧地瞧了瞧赵驰，欲言又止。

赵驰问他："厂公还有什么要交代？"

"殿下，这次怕是一场血雨腥风。"何安道，"后面的事情还多着呢。"

"不过殿下不必担心，"他认真道，"京城这边尽管交给奴婢便是。"

赵驰定定看着他，点了点头。

终于到了分别的时候。

左边一条直达京城，右面岔路绕道向北便能到开平。

"你活着，等我回京。"赵驰说。

"我等您。"

赵驰一拽缰绳，那马儿便飞驰出去。

在他看不到的身后，何安双腿一软，跪倒在了雪地上。

这一别，再见便是另外一番景象。

也许是黄泉路上，也许是大雄宝殿。谁也说不准，接下来的日子会是哪般模样……

说不害怕是不可能的。

可在何安心里，更多的火烧了起来。他要等着殿下回来，等着殿下坐上龙椅，等着殿下成为天下之主。

殿下要的，殿下求的……他必定做到。

第二章 伪诏

一

喜平本就是刺客出身，隐匿自己才是最好的选择，又加上如今局势动荡，东厂和锦衣卫的探子遍地都是，自然也不好让喜平跟着。最终何安一人回了京城。

刚拐进了巷子，喜乐已经得了消息，在何宅大门口站着焦急张望，见他回来了连忙牵马：“哎哟，谢天谢地，我的祖宗，您终于是平平安安回来了。昨儿晚上把我们吓得呀，高彬半夜得了消息要出去找您，谁敢开城门啊？一群人在城墙根儿下急得团团转。”

“有什么着急的，咱家这不是回来了吗？”何安道。

喜乐迎着他进了门，替他脱了披风，这才小声道：“太子殿下早晨差人来请您去端本宫一叙，催得紧，中午和下午分别又来了一次，让您今儿宫禁前必须过去。”

何安一怔：“这是什么事儿？”“不清楚啊，问了东宫的人，好赖也不松口。”喜乐道，“我琢磨着十有八九跟左秀莲有关系。”左氏就是何坚的妾室。

“她去大理寺了？”“今儿一清早就去了。大理寺已是受理了她的诉状，又把人安顿了下来。”喜乐道，“郑献怕是不妙。”

何安一边换着衣服，一边听喜乐说这个，拽着领子的手顿了顿，道：“怕不是，哪里有这么快的，郑秉笔可不会这么沉不住气。”

他换好了身玄色曳撒，戴好了官帽，别好了牙牌，一边坐上轿子。喜乐催促着赶紧往宫里赶，终于在东安门关门前将将好进了宫门。又走了阵子入了东华门，换了步辇，一行人去了端本宫。

平日里东宫的事宜一律由郑献去办，何安面见太子的时候少，行走得也不算太多。能拜在太子门下，全赖了郑献和太子的关系。这会儿太子要见他，还急着要见，有些稀罕了。进了端本宫，正殿已亮着灯，撩开厚帘子，东暖阁那边屋子里正烧了地龙，暖和得很。

"掌印，殿下在里面读书，您请稍等。"那殿前太监轻言细语道，"容小的进去通报。"

何安一点头，那太监就轻手轻脚地进了东暖阁。然而这一去就跟石沉大海一样，一直没有了动静。

这情景，熟悉得很。他还没当上提督的时候，走到哪里但凡是位主子都敢这么晾着他。太监就该是这个样子，走到哪里都静悄悄的，若主子没发话就在阴影里安安静静地站着，若主子有了令便要立刻动起来。吩咐的是再过分的事儿，也得完成了，不然受罚都是家常便饭。

以前在坤宁宫守夜，怕站着睡着了皇后娘娘起夜自己听不见要挨罚，给自己鞋子里塞松果，一眯瞪，脚底用力就能痛醒。后来松果也不管用了，往脚底塞板栗壳子，那玩意儿扎得实在，稍有不慎就流血。

何安站在正殿内，垂着眼帘，双手掖在袖子里，微微躬身站着，一动不动。

天色渐渐更暗了下来，外面的风雪更甚。

他的腰之前受了伤，昨夜今日一个急来回，本就疲惫至极，这会儿在端本宫里站着，只觉又痛得难耐。

也不知道自己站了多久，有殿内的小太监们上来，灭了大部分的蜡烛。这时候才听见东暖阁里有响动。那刚刚进去的殿前太监悄无声息地出来行礼道："掌印，殿下书读完了，招呼您进去。"

何安缓缓直了身子，瞥了那殿前太监一眼："你叫什么？""小的冯宰。"何安笑道："好名字。"

殿前太监听了还有几分骄傲，嘴里说着不敢，又故意道："这字是殿下赏的。"

"那冯爷可真得太子殿下赏识了。""您过奖了。掌印里面请。"冯宰道。

何安再不同他搭话，心里已经暗暗记了他一笔，回头就要他好看。

进了东暖阁，温度比外面大殿好不少，何安觉得背上腰上的痛稍微好了那么一些,然而也不敢妄自尊大。这东宫太子给他个下马威,不就是要打压他的气焰吗?那就伏低做小让他如意。何安进了暖阁,脚下步子不曾停留,撩起衣袍在门边叩了一个头,道:"奴婢何安。"

待太子轻轻嗯了一声,他才又站起来躬身走到太子榻旁,复又跪下给太子行礼:"殿下,奴婢请罪来了。"东宫拿着本《春秋》装模作样地翻了一页,淡淡道:"哦?何厂公何罪之有啊?"

何安垂着头瞧着地上,道:"殿下今儿有谕让奴婢来端本宫,奴婢在京城外忙着巡查皇庄没赶得回来,实在是罪该万死。"

太子一笑,放下了书道:"这算什么罪,何厂公因公务不曾来东宫,难不成孤还要因为你兢兢业业而罚你不成?"

那是为什么?何安琢磨了一下,知道东宫这个意思就是让自己开口去问……他叩首道:"奴婢愚钝,还请主子示下。"

"哎,这可不敢当。"太子虚意推脱了一下,"孤可担当不起'主子'二字。这天底下除了父皇,怕是也没什么人能做厂公您的主子了。"

"皇上是奴婢的主子爷。您是当今太子,是皇上的嫡子龙裔,自然也是奴婢的主子。"何安说起阿谀奉承的话来也是从不脸红,末了还道,"您若不让奴婢唤您声主子,那奴婢岂非没了主心骨儿了。"

太子不再推却,问他:"你可知道天算子?"

何安眉头微微动了动,原来……是为了这个事儿?

三

太子叹了口气道:"地上凉,厂公起来吧。""是。"

何安起身的时候腰痛,勉强才撑着膝盖爬起来。

"厂公身体不适?"

何安道:"谢主子关心。奴婢上次……出公差,就是七殿下那次……伤了腰。"

他话没说破,太子自然是知道内情,含糊了一声:"郑献上次做得太过分。"

何安笑了笑:"这也不能全怪师兄,毕竟是有些心怀不轨之人从中蛊惑。"

"你这么识大体那是再好不过。"太子点头,竟然是想将郑献这事撇过不提,打定主意含糊过去了。何安表面上没什么,内心滔天倒海地恨了起来。

他被抓了伤了倒还不算什么,盈香无辜受难,算作哪般?因为是个官妓,所以算不得人，死了也就死了？

"冯宰，看座。"太子道。

等冯宰送了椅子过来，何安谢了恩，将将坐在椅子边沿上，恭敬道："殿下刚说到天算子，可是那个倾星阁阁主，号称'通天窥地，占往察来，言无不验，鬼神不测'的天算子？"

"嗯，正是此人。"太子道，"老五刚回来那阵子，送了母后一个消暑方子，因药材奇绝又来自倾星阁，母后便上呈给了皇帝。"

"这奴婢也是知晓的，那日奴婢正好入宫给娘娘请安，听了一耳朵。"何安道。

"这方子吃到夏末，皇上的身体都算不错，太医院那边也说是对了症了，整个夏日连咳嗽都没几声。可是这入秋入冬了，皇上的身体又差了起来，炼的丹药也没什么作用。太医院的药剂喝了也没见起色。"太子继续说，"仁亲王之事前一夜，老五来找过孤，说是天算子来去无常的，他也不知道在何处。不过天算子留了一张推演图，说是藏着他的方向位置，秦王也给孤送过来了。就是如何推演，他也不知道。"

冯宰从旁边端过来一个金色托盘，只见上面放着一只龟壳，龟壳上密布阴阳纹路，何安站起来从怀里掏出条白布帕子，恭恭敬敬地端起来端详了一阵子，放回去道："回太子的话，这推演图奴婢也是看不明白，隐约觉得是周易之数。"

"厂公可有什么办法破解？"

何安道："奴婢有个徒弟，很是擅长数理，若是殿下不嫌弃，让奴婢带回去试一试。"

"若是这样，最好不过。"太子道。

冯宰收拾了只匣子装了推演图给何安。何安便捧着匣子退了出来，刚退出正殿，端本宫门外就传来一阵急切的敲门声。

这时候宫门已是落了锁，来敲东宫大门可谓是无礼至极。

何安不动神色，站在廊下，就听见外面有人喊："快把门打开！不长眼睛的东西，郑秉笔过来了！"

宫人们抬开门栓，刚打开门，从外面涌入的太监就一脚一个将人踹倒在地："怎么这般慢！"接着，穿着绿色蟒服的郑献就慢悠悠地踱步跨入了门槛，左右瞥了瞥，不高兴道："闹腾什么呢，惊扰了殿下休息，到时候都得掉脑袋！"

他说完这话也并不真心实意地去管束自己下属，回头瞥见了何安站在殿外，脸色更是阴冷，走了几步站到何安跟前儿："哟，这可是稀客，什么风把您何厂公吹到端本宫里来了？"

"自然是殿下召唤。"何安道，"郑秉笔这说的什么话，好像您还在这宫里当差似的……还是说秉笔还想做回您的太子大伴？"

何安抱着那匣子下了台阶，走近了才瞧见郑献那张布满阴霾的脸上一片蜡黄，显得更苍老了些。以前爱涂的脂粉这次也是没打半点儿，想必是之前老七死的事情让他担惊受怕了好一阵子。

"何安，大半夜的你在端本宫也要逞这口舌之快？"郑献冷着脸问他，"咱家一直就是太子大伴，这身份一万年也轮不到你。"

盈香惨死时的模样还历历在目，何安心口一阵恶心："嗨，合着师兄还拎不清自个儿的身份呢？"

"你说什么？"

"郑秉笔，您已经是司礼监秉笔了。"何安道，"大伴？回不去了。"

郑献本要发怒，结果听到回不去三个字，又像是戳中了心事，顿时蔫儿下来，咬牙切齿道："何安，你好！你好得很！"

"咱家当然好得很。咱家这个人，最喜欢逞口舌之快，斗嘴皮子、落井下石，心眼儿呢，也是小得很，睚眦必报。哪怕是条狗，咬疼了咱家，咱家也不会放过它。"何安嘴角一翘，"没什么事儿的话，咱家就先告辞了，郑秉笔。"

他最后三个字咬极重，气得郑献浑身发抖。何安心里终于是舒坦了一点，把盒子交给身边的喜乐，趾高气扬地走了。

等回去路上喜乐说："郑秉笔这是急了？"

"嗯，怕是来找太子哭诉。"何安道，"我瞧着他这趟没什么好结果。太子因为之前他要收拾我那事儿没办利索正生气呢，如今被秦王殿下得了先机，仁亲王又死了，太子担心这事儿跟自己撇不清，心里不知道多想离郑献远远儿的。"

"那郑秉笔这次真不行了？"喜乐说。

轿子里何安嗤笑一声："怎么了，你心疼他？"

"师父说哪儿话啊，我高兴还来不及呢！"喜乐连忙道，"就是……就是觉得有点凄凉……您说关爷、陈爷，还有郑爷，这都是咱们太监里的顶尖儿人物，祖宗一样的存在，说没就没了。不知道未来咱们是个什么日子……"

"师父，咱们会不会遭报应啊？"喜乐叹了口气。

何安冷笑一声："遭报应？你以为什么都不做清清白白地下了地府就能投个好

胎，别想了！活着老天爷就不眷顾你，还能指望下辈子？"

轿子嘎吱嘎吱响着，从悠长的巷道走过去。两边紧锁的宫门后，是后宫嫔妃的居所。道路堆积着残雪，被踩得泥泞不堪，不知道从哪儿传来幽幽的女声，唱着些缥缈的调子……

"……眼看他起朱楼，眼看他宴宾客，眼看他楼塌了……把五十年兴亡看饱。那乌衣巷，不姓王；莫愁湖，鬼夜哭……放悲声唱到老……"

再无人言语。

三

赵驰乔装打扮，绕过顺天府，一路向北而去，行了小十日，刚踏入开平界内，就远远有一列甲兵等着他。前面打头的，正是开平都司廖玉成都指挥使。

见赵驰前来，廖玉成已经带头迎上，抱拳道："王爷。"

赵驰连忙下马扶他："廖叔叔多礼，何必烦劳您来接我。"

廖玉成生得魁梧高大，多年驻守在外，风沙染白了他双鬓，他抬眼瞧着赵驰，心中欢喜，哈哈笑道："这么多年不见，末将早就按捺不住了，不来接您不行。"两人又是一阵寒暄，然后上了马往开平军营方向而去。

"京城情况如何？"

赵驰一笑："只待风动。"

京城里如今最大的事情，怕就是何坚妾侍左氏，状告司礼监秉笔郑献的事儿了。左秀莲敲鼓递状，大理寺受审。本来都觉得这事儿也就做做表面功夫，打发了左氏就完了。没想到东厂忽然抓了郑献，他那些个旧事一一被翻了出来。

先是说他陆续娶了六七个姨太太，死的死疯的疯。又说他家宅子大得不合制式，七进八出的，倒快比上王府大小了。家里私库金银烂成泥，玉器堆得都碎了，还有无数珍奇珠宝，珊瑚东珠，什么都是成对的。还有那米仓粮仓，耗子吃得肥头大耳，比猫儿还大上数倍。他那些个地契，算下来，面积足足有小半个顺天府大。

这些谣传越吹越奇，说书的人口水横飞，几天几夜也吹不完。

"谁知道这郑'千岁'是触了谁的逆鳞啊？"有人问那说书先生。

"嗨，这谁知道，或许是皇上呗。"那瞎子老头道，"他郑献富可敌国，藏富于己，皇上不抄他的家抄谁的家呀？他家大门一开，抵上好几年的全国税赋呐。"

喝茶的一片哗然，议论纷纷。

高彬从街上过来，在何安耳朵边道："厂公，诏狱那边安排好了，咱们可以过去了。"

何安嗯了一声，从怀里掏出一颗金瓜子放在茶碗旁边，撩袍子出了茶楼。

高彬护送着他上了轿子。那小轿子嘎吱嘎吱地行了一会儿，便到了诏狱门口，从偏门进了诏狱，何安这才下了轿子。

"郑献关哪儿了？"

"下面地牢里，我带您下去。"那狱头恭声道，"厂公慢走，别脏了您的靴子。"

诏狱内血腥杂乱，打开地牢大门，一股子腥臭味儿就传了上来，那味道刺鼻恶心，连高彬都忍不住皱眉，可何安却一脸平静。

他也不犹豫，朝着地牢大门那黝黑的深处下去。耳边传来或是癫狂，或是凄惨的呻吟声，又不知道是在哪里的刑房，皮鞭声和惨叫声混成一团。恍惚中，何安觉得自己是在往地狱深处走去。

下到最下面一层，连个光线都没，潮湿阴暗中有窸窸窣窣的奇怪声音，狱头点了火把，这黑狱才算是亮堂了些。

前些日子还在太子宫里大呼小叫的郑献，如今被扒去了蟒服，双手锁在墙上，狼狈不堪地跪着。火光往他脸上一打，他仓皇地避开。再看过来，就瞧见了何安的脸，他怪笑起来："哟，何掌印大驾光临了？"

他那模样看了就让人犯恶心，声音更是如老汉拉破车，难听之极。

周围人都皱了眉头，何安却没有，他在监狱门口站定，后面那狱头拿着一张毡毯铺在地上，又有高彬亲自拿了马扎过来打开，末了还在马扎上铺了软垫子。待一切办妥，狱头便退了出去，只留下何安、高彬二人。

何安抬手，在高彬的小心搀扶下坐在那张马扎上。他这副贵人做派在如今的郑献看来分外扎眼，气得直笑。

何安等他笑完了才问："师兄想生，还是想死？"

"大理寺的判书还没下，你就敢问我这个？提督西厂就可以一手遮天了是吗？"郑献沙哑着嗓子问他。

"能不能一手遮天，师兄还不知道吗？"何安轻笑，"难不成您爬这高位，是为了秉公办事？您自个儿滥用职权、大肆敛财圈地的时候，怎么没想过王法公理？如今落了难，倒是记起这茬儿来了。您是，陈才发也是，连关赞都是这样，怎么一到这个关键的时候，都想着要公道，怎么这么拎不清的？"

"要真能这般，你之前弄死的那些个人去哪儿说理去？采青和盈香又去哪里说理去？"他那笑渐渐隐去了，半明半暗的火光中，声音已经阴沉了下来，"若真能如你的意，这老天爷才是瞎了眼！"

"你好意思说我？！你自个儿多干净似的！你就不怕自己有这么一天吗！"郑献咬牙切齿，"你知不知道有一句话叫作'狡兔死走狗烹'？难道以后太子能放过你？"

"殿下若要咱家的性命，咱家便双手送上，绝不会犹豫。"何安道，"况且就算咱家去死，也是死在你后头。师兄你可想清楚了，你这罪，凌迟也不为过。三千六百刀，你受得住吗？"

他嘴里的殿下，并非太子，可郑献又怎么听得出来？别的不说，这凌迟一罪，光是听到名头就让人遍体生寒。郑献沉默了。

地牢一时安静了下来，只有偶尔一两声燃烧火把的噼啪声炸响。

又过了好一阵子，郑献才开口说："那你说说，什么叫选生，什么叫选死。"

"选生，挖了你的眼睛，毒哑了你喉咙，送你去守皇陵，终老一生，也算是师兄弟一场的情义。"何安道，"选死，咱家敬你是条汉子，届时给你弄口薄棺材，争取让你下葬的时候有块儿碑，不至于做个孤魂野鬼。"

这二者都不是什么好的选择，可郑献退无可退。

"我要拿什么换生路？"郑献问他。

"简单得很。"何安道，"咱家听说皇上上个月单独密诏了你去西苑。"

"你怎么知道？"

"皇城里西厂不知道的事儿不多。"何安轻描淡写道，"皇上没找王阿，反而找你，是做了什么？"

郑献犹豫了一下，就听何安道："怕是皇上自觉时日无多，让你去为他秉笔，把立储的遗诏写了。至于为什么不找王阿而找你……那会儿老七还没死，王阿又是七皇子党人，皇上怕生变故。所以只有一个可能，跟之前的谣言不同，太子这位置并无更改。遗诏上继承大统的人的名字，乃是太子名讳。"

郑献一惊："你想干什么？！"

何安一字一句问道："那装了遗诏的建储匣现在藏在哪儿？"

"……你疯了。"郑献喃喃道，"你一个太监，你想干什么？"

"在哪儿？"何安的声音缓和而缥缈，虚无中像是带了无尽的诱惑，"师兄，只要你告诉咱家，就有一条活路。"

郑献内心天人交战，这惊天的秘密绝对是他最后的砝码。可如今，不由得他不选。何安也不急，就等着他，瞧着冷汗从他狼狈的脸上滚落，血污被带走，留下了狰狞的印记。

过了好一阵子郑献道："你，你附耳过来。"

高彬去开了锁，何安走进去，撩袍子蹲在郑献跟前，郑献小声在他耳边说了一句话。何安终于眉目舒展，站起来笑道："原来如此，怪不得宫里搜遍了都找不着。"

郑献困惑道："太子继位已经是铁板钉钉的事儿……你又何必大费周章。"

何安冷笑了一声。

一道闪电从郑献脑海里陡然划过，他惊道："你……你不是太子党人！你不是想保太子顺利登基！"

何安厌弃道："说得好像你挺忠心似的，你若是要保太子，就不该背着老二去找老七收拾我。你该不会以为，老七死也是你的功劳？"

郑献陷入一种茫然的癫狂："你你……你是谁的人？你要保谁？你……你要保的人是秦王？是秦王！"

何安终于忍不住笑了："师兄，笑死咱家了。你到底是怎么坐上秉笔的位置的？！"

高彬从腰间拿出囊袋，又拿出一只羊皮手套戴上，走到郑献身边。

"如今说什么已经迟了。"何安道，"喝了吧。"

高彬用那戴着手套的手，捏着郑献的下巴，迫他张大嘴巴，一顿猛灌，那囊袋里的液体统统进了郑献的嗓子眼儿里。郑献呛得不行，有几滴落地，竟然在地上发出哧的响声，连地面都灼烧出一个洞来。

高彬喂完了那液体，这才退到何安身后。

郑献再说不出话来，他瞪着双眼睛，不甘心地瞧着何安。

"……选生选死，那是师兄你的选择。"何安眉目冰冷道，"可惜你没问问咱家选什么。让咱家选，你只有死路一条。"

他说完这话，郑献猛然一咳，吐出一大口血水，疯狂挣扎起来，铁链子打得噼啪作响，声音又响又乱，还掺着回声，听起来骇然可怖。

郑献不知道挣扎了多久，最终了无生息。

何安掏出块白布帕子，用食指垫着，擦了擦鼻下，像是那处沾染了血污似的。接着他将帕子扔在了郑献的脸上，盖着了他那张尚停留着恐惧的脸。

四

从地牢里钻出来，只觉得人都活了起来。何安站在院子里，将那几口污浊气都轻轻呼了出来，回头瞧了眼高彬。

高彬一笑："厂公，这次我想明白了，您不用劝我。"

何安嗯了一声，两人往外走。坐上轿子的时候，他对高彬说："你府上妻儿，我这两日安排人送走，送去开平，你可愿意？"

高彬心里打了个突。他看了眼身边的轿子，又瞧了瞧抬青色轿子的两个沉默轿夫。

他若说不行，郑献的下场就在眼前，如今都走到这份儿上了，他敢说不行吗？

"自然是愿意的。"高彬道，"如今这局势，早点离京也是更安稳。"

何安在轿子里，隔着帘子笑了一声："咱家是为你考虑，记得咱家这份儿情义就好。"

"那是自然，唯厂公马首是瞻。"

轿子晃晃悠悠回了西厂，何安眼瞅着红墙绿瓦近了，也感觉时间走得更快。

每一次宫闱变动都是一场震荡，一场清扫，血染的台阶上有无数浮萍飘过。有别人杀的，也有他自己动的手，那些人死前的丑态千奇百怪。他有一天总要遭报应的。

他也希望这是最后一次了。从此以后王土就是殿下的王土，臣民也都是殿下的臣民。

殿下的天下，海晏河清，无不公之事，人人安居乐业，没有颠沛流离，也再不要有像他这样的奸佞。

届时，若真的狡兔死走狗烹，他也可以从容地走。若是殿下让他去死，那他也不会害怕。

他不知道自己死前是什么样子，他只希望不要太难看，别让殿下瞧见自己的丑态。

刚进了皇城，西厂的人就来报说："厂公，您之前差大家去找的人找到了。"

"谁？""天算子。"

那可不找到了吗？那什么推演图就是个假货，殿下早跟他约定了哪一日天算子会抵京，总之这事儿得是太子举荐，所以干脆就演了这么一出戏。

"人呢？"何安问。"已经在来的路上了，一会儿就到西厂。"

何安沉吟了一下："那行，咱们加快点脚程，去西厂候着这位世外高人。"

几个人赶回了西厂，刚收拾停当就听有人来报："天算子来了。"何安连忙说："快请仙尊进来。"不知道为何，一想到此人是殿下的师父，他就不由得一阵紧张。一日为师，终身为父。殿下与这师父怕是比皇帝还要亲几分。不管了，总之要以礼相待，恭恭敬敬，别让仙尊觉得自己没教养没底蕴。到时候万一到殿下面前说自己的坏话，那就糟糕了。

喜乐进门报："仙尊到西厂门口了。"何安连忙快步出去，就瞧见一个鹤发童颜道骨仙风的老人刚迈过门槛儿。何厂公迎面而上，一鞠到底："西厂何安，见过仙尊。"

没料他动作快，对面动作更快，也没看清是什么路数，就已经拖住了他的手腕，把人扶了起来。那天算子眼神热烈，已经笑开了花。

"来来来我瞧瞧。"仙尊和蔼可亲地说，"何大人果然名不虚传……"

何安连忙要客套地寒暄，不料仙尊接着下一句就说："长得真是俊俏啊。"

感觉……天算子这话，场合不太对劲儿？

雪又下来了。赵驰站在军帐外看了会儿天气，回来对廖成玉道："将军，大军准备得如何？"

"粮草物资昨日已经出发，大军全部准备好了，只待殿下一声号令，便可南下。"

"按照约定，我师父今日应该已经到了京城。"赵驰说，"我们应该开始向南而去，将兵力布置在开平与顺天府交界之地。一旦宫内有消息传出，才能赶得上策应，不然燕王、辽王会比我们先到。"

廖成玉道："殿下请吩咐。"

"我们启程。"

这边何安与天算子又是一阵寒暄。何安聊了些话，觉得这位天算子跟传说中还是有极大的差距，没什么架子，脾气也是极好，全程笑眯眯，有问必答。

"何大人在想什么？"

何安回神应道："仙尊大名早有耳闻，外界都说您脾气冷硬，对人爱答不理，这传言真是不可信。"

天算子一展袖子："那是自然，我对人对事也是因人而异嘛。喜欢的多说几句，不喜欢的我连看都不想看一眼。"

何安点了点头，屏退左右道："仙尊，您是秦王的师父，自然知道这遭是为了什么而来。"

他见天算子捏搓着胡须点头，这才往下说："这大内皇城固若金汤，您若与皇帝那边为伍，皇上一旦出了岔子，这您的性命怕是堪忧。仙尊已经是成名得道的世外高人，若是真出了事……这……咱家也没脸再见殿下了。"

"大人都说了，老夫乃世外高人，又怎么会在这俗世里过多停留。也就跟皇帝讲讲道，传授传授炼丹长寿心得，三五日就走了。"天算子说，"要不是为了保证何大人你的性命，这事儿我才不想掺和。"

何安一怔："为……为了我？"

天算子神秘一笑，不再多言，何安亦不好追问。两人聊了一会儿，就见喜乐进来道："仙尊，厂公，太子那边已经是通报过了，殿下请仙尊过去呢。"何安道："那行，我们即刻出发。"

西厂去端本宫不算远，天算子这样的人物，自然要走东华门送进去，又绕了点路，等到了端本宫内，何安进去通报了，太子大喜，请天算子速速进去闲聊。

这本可以料到，皇上醉心修仙，天算子又是这世间一等一的高人，谁把他带到皇帝跟前那就是大功一件。何安退出这大殿，瞧见天算子在步辇上坐着，又有些担心了。

天算子笑看他："何大人安心回去吧，我没事儿。"

"仙尊务必保重。"如今在端本宫内，何安也不好再多说些什么，拱手行礼后退了出来。

喜乐自然也叫了辇过来，何安上去坐了一会儿，纱窗外朱色墙壁影影绰绰。如今诸事都定了下来……只差一样。他心下反复琢磨了一下，步辇出了玄武门，换了轿子，本要回御马监，何安想了想道："去司礼监。"

「五」

喜乐一愣："司礼监？""嗯，找王阿。"

没料到去了司礼监却扑了个空，王阿今日在东厂里，票拟也都带过去批了，怕是好几日都不回来这边。

东厂……

喜乐小声道："要不今天不急？东厂那地儿去了出不来的呀。"

何安沉吟："不行，按着之前和殿下的约定，天算子一到，就必须见王阿。殿下在开平应该算准了日子，大军已经开始南下，这异动，若前期不能压下来消息，一定会断送殿下的大计。去东厂，今儿就是龙潭虎穴，咱家都得去闯一闯。"

"要不奴婢把高彬叫来。"

何安瞥了他一眼："再把西厂的番子也都叫来？怎么的，今儿西厂要跟东厂在皇城根儿下面打一架？"喜乐尴尬一笑："我……我不是怕您进去了出不来嘛。"

"哪儿那么多废话，走了。"

喜乐应了声是，又扶着何安上轿，走了不到一刻便到了东厂大门。这大门通体漆黑，与整个皇城的朱红色宫墙风格迥异。像是妖怪的大嘴，要将步入其中的人活生生地吞噬，连骨头都不剩下。何安下了轿，瞧了瞧这黑漆漆的大门，也不犹豫，一甩披风："走。"

两人进了东厂，里面弥漫的那骨子阴森血腥气与西厂倒是有几分相似，可西厂建立才短短几个月，哪里比得上东厂这么些年来攒下的怨恨多。

等过东厂人通报，董芥从里面走出来行礼道："何爷来了。"

"老祖宗可有空？"

"掌印在里面等您。"董芥说着，引了何安入内，七拐八拐到了王阿的院落，推门进去，他正在书房写批红，何安行礼道："老祖宗。"王阿抬起笔又在票拟上写了几个字，合上票拟才道："何厂公找我？""是，有事要和老祖宗商量。""何厂公请讲。"和王阿这样的人也不用绕弯子，何安直道："七殿下已去，老祖宗打算怎么办？""我替皇上办事，替朝廷办事，你问我这个什么意思？"

"皇上身体不好，左右也就是这个冬天的事儿。您之前在政务上处处为难太子党人，内阁六部的面子您从来不给，得罪的人也是最多，待太子继位，您何去何从？"何安道，"您是个聪明人。"

"何去何从？聪明人……"王阿一笑，"你的意思我该选秦王？"满朝上下也只有王阿察觉出他与殿下之间的暗涌，王阿这会儿单刀直入地说出来，他也并不奇怪。"不然还有谁。"何安道，"如今与太子尚有可能一搏的只剩下秦王。"王阿放下了票拟，看了会儿何安。

"我去伺候万贵妃的时候，你才十六七。"王阿突然说，"那会儿吃不饱穿不暖的，你整个人瘦成了一把骨头，乍一看还不如十二三岁的孩子。你还记得下面那群小太监们一起打你的事儿不？"

"……自然记得。"何安一愣，"老祖宗怎么突然说这个？"

"他们打你，抢你的吃食，逼你去倒馊水桶，还有殿各处的便桶。嗨……宫里的小子们有几个纯良的，为了口饭吃，能把人往死了整。我呢，找到空回直殿监看你，你每次都是浑身伤痕。后来终于有一次，你病了，直接送了安乐堂。你烧了好几天，谁管你，不是我知道了求了当时万贵妃身边的大宫女，给你弄了些药，你怕是活不下来，估计那会儿都没了。"

王阿不说……他都忘了。

"我当时就想啊……我若是能往上爬，谁欺负了你，我就能收拾了他。若是大家都知道你有靠山，谁还敢把你往死了整？"王阿一笑，"所以我后来去求万贵妃娘娘了，跪着求她让我做事儿。我在石子路上跪了一整宿，膝盖下面稀烂，整个石子路面儿都染红了，娘娘才松口。她问我是不是什么都肯干，我说是。她问我能不能去死，我说行。她说只要我帮她做了一件事儿，若我死了，她就给我亲近的人一千两银子；我若没死，她定会重用我，在皇上面前保举我。你觉得我做得对不对？"

何安听到这里，怔怔抬头看他。

王阿没什么表情。这个人也从来没什么大架子，一直对谁都这么副和和气气的样子，不自称咱家，也不爱欺负下面的小太监。可做起杀人越货的事儿来，从不曾手软。

"富贵险中求，有这么个机会，当然拼死也要抓在手里。"何安道，"老祖宗做得不错。"

王阿又笑："满朝上下都说你那手字儿写得好，可大家都不知道我字儿也写得不赖，我也是当过秉笔太监的。"

"这我知道，老祖宗的字写得极好。"

"那你知不知道，我不仅自己字写得好，仿写别人的字更是一绝。"王阿说，"我那日应了万贵妃的差事，回头便拿着万贵妃给我的字迹，仿写了十几封来往宫闱和外庭大臣之间的密信。那信的内容，全是大逆不道的事情，一旦被人发现就是抄家灭门。"

何安心头一跳。

"也就是不到九年前，我偷偷把这些信，藏到了兰贵妃住的栖桐宫内。"王阿叹了口气，"后来的事儿你都知道了，宗人府在兰贵妃的寝殿搜到了这些信，字迹确认无误乃是兰贵妃与她父亲的。兰氏被打入冷宫，兰家满门覆灭。那之后，我就成了万贵妃的大总管，又过了不多久，便在万贵妃保举下入了司礼监，随堂、提督、秉笔……最后爬上了这老祖宗的位置。"

何安怔怔地看他："你……你说什么？是你，你造了伪证……"

那可是兰家倾覆案中最先找到，也是绝对的铁证。

"从那以后，再没有直殿监的人敢欺负你。"王阿笑道，"何止直殿监啊，整个大内二十四监，谁不知道我暗中保你。小安子，你以为光靠何坚，你能在这宫里走得如此顺？你自己也争气，狠起来我也害怕，不过我知道你不得不狠，这才能让你入了御马监。"

王阿笑得不行。

"哈哈哈哈……我真以为这就算是太监们最好的归宿，天底下最有权势的人，一个是你，一个是我。那些外臣又怎么样？！就算他们再尊贵，还不是要向我、向你低头叩首、小心讨好！可我万万没想到……"

王阿又笑了几声，他那笑声像是哭："是我……糊涂。我有想要护着的人，才能走得这么不择手段，你又是为何呢……我竟然没想过。是我糊涂！"

"盈香……不是你放任自流，袖手旁观，甚至纵容郑献，她能死？"何安突然问他。

王阿觉得好笑："盈香是你什么人？我又是你什么人！你以为我不知道你的身世？天下没有我王阿不知道的秘密！她若不死，你就得死！我不但袖手旁观，我还授意郑献杀她！我就是要她死！死人才不会泄露秘密。"

何安沉默了一会儿："老祖宗，你若帮了殿下，咱们相识一场，我定保您性命。"

"你怎么还这么天真？"王阿摇头，"老五回来了，我忍了又忍，怕杀了他你伤心。而你呢……你告诉我，你要我去给秦王投诚？我害了他全家，你觉得我真能保得住命？！就算我能，也许我能……他凭什么不费吹灰之力就能抢走我拿一切护着的弟弟，凭什么！"

他猛地推倒了面前所有的票拟，那成山的票拟轰然倒地，有几本砸在王阿自己脚上，砸得他生痛。

王阿说的话，比何安预料的差了十万八千里。他不知道说什么，他也不知道该说什么。

王阿撑着桌子喘了一会儿，那些笑意没了，再抬头看向何安的眼神复杂，何安也看不明白。王阿指了指门口："滚出去。"

何安出来了，喜乐赶紧给他披上披风。外面的雪又纷纷下了起来，何安一言不发地上了轿子。

"怎么样啊……这是……"喜乐嘀咕。

然而何安一路上都没有说话，回了御马监，何安琢磨了一会儿……王阿这边大大出乎意料。殿下的大军拔营扎寨的，定走得急，军部的急报他能压着，东厂那边的密报只能是王阿压着才行。一旦走漏了风声，功败垂成就大大不妙。

可如今跟王阿谈崩了……

他吹了灯躺在床上，翻来覆去地睡不着，怎么都没想到个更好的办法。

过了三更，敲梆子的刚过，御马监就有人砸门，很快喜乐从外面领了董芥进来。他手里还拿着个盒子。"厂公，我家老祖宗让我送过来给您的。"董芥道，等何安收了那匣子，董芥也不等他再说话，抱拳后就离开了。何安让人掌了灯。打开匣子一看，里面是御用的提花织锦面料卷轴，上有九色祥云、五爪衮龙纹。何安一惊，又让喜乐加了两盏灯。他将那卷轴缓缓展开，内里是一封立储遗诏。字迹与郑献一模一样，没有加盖玉玺。

只是在储君之名处，并不是太子的名讳，而是秦王赵驰。

第三章 归来

二

天算子在西苑果然只待了三五日，教了皇帝一些延年益寿的法门。皇上修习后只觉得神清气爽，对天算子再三挽留，可天算子执意要走，皇上让人重谢仙尊，又封了国师的称号。

何安奉命送天算子离京，送到出城五里地的时候，天算子便不让他送了。

"何大人回去吧。"天算子说，"还有再见面的时候。"

"那仙尊一路平安。"何安也知道不能再送。

天算子一笑："你放心，皇帝那边我已处理妥当，定不会让何大人失望。再等三日，便到年前了，众生芸芸，有缘再见。"

说完这话，他再不停留，一路吟歌漫步而去。

腊月二十八，天算子离京三日。天边刚擦亮，就听见急促的脚步进了院子，何安这几日都睡得浅，那脚步声不大，他却已经醒了。

接着就听见吱呀一声，寝室的门被推开，喜乐的声音有些发颤，然而他眼神却极亮："厂公，皇上快了。"

何安从床上坐起来。

喜乐又说："李伴伴差人来说，前几日都还好着，昨天半夜开始，皇上就上吐下泻、四肢发颤，不一会儿就倒了，接着头发开始大把大把地往下掉。开始还清醒，后来时醒时坏，御医看过几回了都没用。"

"拿仙尊留下的丹药喂了吃吗？"何安慢悠悠地问。

"吃了，御医看这不行，早就喂了好几丸，一点用也没有。"喜乐说，"这会儿应该是太医院没人可治了，正商量着要不要通传出去。"

"消息呢？还有谁知道？"何安起来着衫，喜乐过来服侍。

"西苑早让四卫营守得固若金汤，一只苍蝇都飞不出去，那些太医进了也出不来，估计连皇后都不知道。"

何安换了冠服，甲衣加身，他整了整领口，才毫不犹豫道："传咱家的令，东厂、司礼监给咱家按死了，绝不准有人出去通风报信。皇城的门，秦王殿下没到，一扇都不准开，拿铁板给我封上，里面的人都饿死了也不准出去。四卫营各营要提防京畿的卫戍军队攻城。这皇城墙虽高，也架不住五军营猛攻。"

"是，我这就去。"

"另外，让高彬按照计划，马上去端本宫，无论如何要把太子给咱家捉回来！"

喜乐得了令去通传了。何安拿了短剑别在腰间从院子里出来，如平日一般，喜悦伺候他用了早膳，他平日里胃口不好，今日却饮尽了两碗小米粥。

"师父今天吃得好多呀。"喜悦道，"是有什么喜事吗？"

何安微微笑起来："是有喜事，再过几天，殿下就回京城了。"

"真的。"喜悦眼神亮了亮，"最近殿下不在京城，师父您出宫都少啦。若殿下回来了，咱们多多地出去吧，我就可以跟大姐姐常见面了。"

何安也不骂他，让他坐下，给他也盛了一碗粥："你多吃点，过几日免得饿了没得吃。"

喜悦听不懂他的意思，转眼就让这金橙亮堂的小米粥诱惑得忘了疑惑，专心喝起粥来。

何安擦了擦嘴，喜乐已经回来了："师父，都安排妥当了。"

"嗯。"何安道，"走吧，我们去西苑看看。"

何厂公自西华门出了皇城，又径直入了西苑，走了一阵子到了昭和殿。殿外密密麻麻地布置着四卫营的亲兵，看起来只觉得戒备森严。

有些太医院的御医在外面忧心忡忡地讨论着，瞧见何安来了，都纷纷避让行礼。一时间，殿内殿外安静得连根针掉地的声音，都能听得清楚。

何安谁也没瞧，径自进了皇帝寝宫。皇帝躺在床上，整个人干枯苍老，浑身还在冒冷汗。

这个人……就是皇帝？何安一时不太敢认了。

他每次见到这位九五之尊，都是跪在地上，目不敢视。偶尔应答时也只敢用余光去瞧皇帝的脸。原来站着看他……也不过如此。

不过就是个七老八十，行将就木的糟老头子而已，什么威严、龙息，不过都是幻觉罢了。

他病了很久了……久到，不得不把所有的十六宝玺都拿到西苑放着。其中最大、最重要的那个玉玺，"皇帝奉天之宝"就在寝宫里收着，在与床铺对立的那多宝阁中央放着。

何安走过去将沉香木盖子拿开，从里面拿出拳头大小的奉天之宝。

"你……你在干什么……"床上那个虚弱的老人不知道什么时候醒了过来，问道。

何安甚至没理睬他，将奉天之宝放入喜乐带来的更轻便一些的木匣子里，这才回头瞧他。

"狗奴才！你要把奉天之宝拿到哪里去？！你要做什么？你知不知道这是什么罪！"端文帝嘶吼骂道。

"陛下安心养病，就当没有看到，不好吗？"何安问他。

"你这是谋反！是大逆不道！"端文帝还在怒吼。

何安心头不由得一阵烦躁。他走到床边，皇上惊惧地看他，破口大骂："狗奴才你要干什么！"

何安道："本来你也活不过这两日，然而殿下的仇人，我怎么好让你寿终正寝，便亲自送你上路！"他拿起床边的鹅绒枕头，猛地压住皇上的脸。

这老人家已经是在弥留之际，挣扎起来却动静惊人，差点将何安掀翻在地，还是喜乐过来帮忙，这才稳住。

何安拔出短剑猛地刺进他的胸膛。暴溅出的血液，喷到了何安脸上，他也不怕，连表情都未变。不消片刻，皇帝就没了声息。

这个盘踞在大端朝云端的人，在位四十余年，终于还是惨死在了自己的安乐窝中。

何安扔了剑，哐当一声，砸中了金砖之地，血迹飞溅。慢慢站起身，沾染了血污的他，那一瞬间，犹如从地狱中爬出来的鬼魅。

喜乐从未参与如此疯狂的逆反，双手有些抖，却依旧从旁倒了温水拿帕子给何安擦拭了脸手。

"师父，现下怎么办？"

"皇帝薨了，自然是要抬回皇城，小殓后，停灵乾清宫。"何安道，"让李兴安进来给皇帝换衣服。"

喜乐应了一声，出去叫了李兴安进来。

李伴伴一进来，脸色大变，抖如筛糠，跪地道："何厂公饶老奴一命。"

何安道："你知道怎么办。皇上薨了，那尸体也得是在皇城里停棺，不能扔西苑吧。"

李兴安一脸慌乱连声道："厂公说得对，厂公说得对！"

"换了衣服安排送乾清宫吧。"何安道，"我知道你还有兄弟亲戚在宫外，等这事儿了结了，咱家送你落叶归根。"

"真的？"

"李公公，咱家说话什么时候有过食言。"何安道。

求生的希望让李兴安终于镇定了一些，他开始收拾屋子里的血迹，又去准备衣物。何安这才带着喜乐出来。

他虽然脸手干净，可身上的血迹骗不了人。一路出来，那些太医院的人脸色都白了。

走到昭和殿外，有看守的亲兵千户来问："厂公，这些人怎么处置？"

"等李伴伴收拾好了，送陛下和伴伴去乾清宫。"何安道，"剩下这些太监宫女，还有太医院的人都就地处置了，别坏了殿下的大计！"

三

出了西苑，上了轿子，等了会儿，隐隐听见西苑那边传来惨叫声。又过了好一会儿，何安才开口道："走吧，我们先去乾清宫。"

刚进了西华门，就有人来报，说是外面的五军营和锦衣卫已经得了消息，开始往皇城方向来了。

何安早料到这个局面，只说："不用纠缠，让四卫营和西厂的人撤回皇城，牢牢把持这一方天地即可。外面的都留给他们，咱们只要撑住十日，殿下就来了。"

他顿了顿又道："王阿人呢？"

"一大清早就让咱们留住，看在了司礼监，他也没什么异动。"

何安沉默了一会儿道："撤回来的时候，把他也带回来，东厂大印也带着。"

他比众人更早地到了乾清宫，乾清宫前青石板的砖头全部被翻了个遍。接着有小太监已经把东西呈了上来——那是关乎大端朝国运命脉的建储匣。

"掌印，奴婢找着了！"那小太监克制着激动道，"是奴婢挖出来的。"

何安拿了那匣子，道："你办得不错，下去领赏吧。"

小太监千恩万谢地下去了。

何安拿着那匣子进了乾清宫，把建储匣打开一看，里面是立太子为储君的遗诏。他也不发怵，让喜乐点了灯，就将圣旨烧了个一干二净。又摊开王阿帮他写的那伪诏，在落款处盖上了"皇帝奉天之宝"。

天底下唯此一份。

从此以后，秦王赵驰便是这天下的主人。

何安心底一块儿大石头落地，轻松了些许。此时就听见高彬过来报道："厂公，东宫那边人不在，我们没抓到太子！"

何安脸色顿时变了，他放下手里的圣旨，来回走了几步。

"定是有人通风报信。"何安冷笑一声，"高彬，咱们在京城外的人走了吗？"

"厂公，早晨得到消息就命人通知了他们，已是派了最快的马，带着您手里那方殿下的私印出了城，往开平方向去了。"

"那太子就不会有机会出皇城。给我搜，路上所有反抗的统统杀了。太子要留活的，等殿下来了处置。"何安说完这话，将遗诏装入建储匣，"皇上宾天并立秦王殿下为新皇的事儿，找人每天在午门城楼上对着外面喊，让外面的五军营都知道。"

"是。"

"神机营情况如何？"何安问高彬。

"神机营本身就是归御马监统领，整个营的人挡着北安门过来的卫戍部队，死了些人，进了皇城的还有三四千。"

何安从怀里拿了钥匙给高彬："火药局就在北安门里，让神机营的兄弟把局子里的炸药、火铳全部带上，撤入皇城。有了火铳，咱们还能撑得久一些。"

"明白了。"高彬道，他犹豫了一下问，"厂公，开平的军队什么时候能到？"

何安沉默。

"您说殿下十日就到，有这么快吗？"高彬道，"开平过来虽然近，但是就算是急行军，十日怕是也到不了京城……"

"不然呢？"何安说，"粮食就够吃十日左右，若不这么说今日就乱了。如今只能盼着殿下早一日到京城。"

他叹了口气："你忙去吧。太子的事情，要快，一定要在他出去之前抓住他，以绝后患。"

高彬抱拳下去了。

何安走出乾清宫，再往前去是奉天殿，再往后去是东西六宫。很快的，五军营的人就会开始攻城。这皇城要在硝烟炮火中，度过后面的日子。

是城先破，还是殿下先到，这直接决定了所有人的生死。

西厂派出去的番子不多，不过五十多人，一路快马加鞭，从不歇气，跑死好几匹马，比预料中更早一些地遇到了自开平而来的大军。

领头的番子从马上冲下来，瘫软跪地急道："属下有紧急公务参见廖将军！"

这缉事厂番子的打扮可不算少见，众人都认得，又都一直避而远之，如今见一行人狼狈而来，没人去通传，都站在那里瞧着有些茫然。

那番子急行数百里地，已然是强弩之末，气若游丝道："急报，求速见廖成玉。"

正在众人观望之时，自大军后方分出一条道来，有几人骑马而来，到了跟前下马，一把将这番子扶住："京城方面什么动静？"

番子抬头一看，模糊中就瞧见了白邱的脸，他并不认识，结结巴巴道："求……见殿下！求见廖将军！"

"你莫急，秦王在此。"白邱说着让开，赵驰便在那番子前蹲下。

"殿下！"番子唤了一声，从怀里哆哆嗦嗦地掏出一个锦囊，打开来是兰家私印，"属下等……自天算子国师离京之日起就急行出城，一路而来。若算得不错，今日应是变天之日。厂公命我等一定要把这印送到殿下手里。厂公说……说……"

他人已消耗了极大体力，这会儿任务一交只觉得浑身轻松，说到最后马上就要合眼。

"说了什么？"赵驰问他，"厂公说了什么！"

"厂公说……他无论生死都在京城等您。"说完这话，番子再支撑不住，闭眼昏了过去。

赵驰命人安顿此人，又骑马去了中军。廖成玉问他："殿下，如何？"

"我们到京城，就算日夜兼程，也得近半个月，按照西厂番子报来的时间，何厂公怕是坚持不到那个时候。"赵驰心下焦虑，眉头紧皱。

"率先锋部队，轻装急行，或有可能十日内到达京城。"白邱算了一下道，"大军日夜兼程应能跟上，左右差不过十二个时辰。"

"殿下，先锋部队还是由末将麾下之人来带领。您身份尊贵，此时绝不可以冒险。"廖成玉一听，立即劝道。

赵驰犹豫了一下道："不行。不能再等了。"

"殿下……"

"我心意已决。"赵驰道，"廖将军下令吧。"

大军停止半个时辰不到，便又纷纷启程以更快的速度南下，再有两日就能进入顺天府的地界，不消十五日就能围住京城。

「三」

太子消失了并没有多久，第二日清晨喜平就抓着捆得结实的太子赵逸鸣来了乾清宫。

"师父。"

何安心头那块儿大石头终于落地。

他瞧了瞧太子，问喜平："这是怎么回事儿？"

"跟您在京城外分开后，我就乔装潜伏在了端本宫。"喜平道，"别的忙我也帮不上，也就是刺客营生能起点作用。昨日一乱，太子就乔装打扮成太监，和一群侍卫们一起躲了起来。我跟了他们一阵子，晚上天黑了之后，就动手了。"

喜平的表情一如既往的四平八稳。夜间的恶战，他说得轻描淡写，可光是看到他一身的血迹，便已经触目惊心。

何安上下打量了一下他，瞧他身上没什么致命的伤痕才道："把太子关在后面，让高彬找人严加看管，等殿下回来了处置。"

太子挣扎，怒骂道："何安，孤什么时候亏待过你！孤如此信任你，你怎么能做出这种叛主之事？！"

何安听着这话，连日来的倦意涌起，他挥了挥手道："带下去吧。"

喜平应了声是，便拖着太子下去了。

这轰轰烈烈的十二个时辰，已是将整个皇城牢牢把握在手中。

后宫落了锁，皇后及众嫔妃都锁在了东西六宫，内庭二十四监，只要手里有王阿便也不怕。就剩下宫外的斗争，只要这皇城一日不破，便有生还的希望。

五军营与城内四卫营及神机营的斗争每日都在升级。自午门来的战火最是焦灼，整个神机营数千人都压在了此处，每日炮火声不绝于耳。

平日里，十几日时间不过一晃而过，这会儿却每一寸光阴都显得分外难熬，每天最盼望的就是日头低沉下去的那一刻，黑暗中双方都精疲力竭，可以好好地休息一下。太阳再升起来的时候，战火就会又一次点燃天空。

何安一直在乾清宫哪里也没有去，死死地守着圣旨和皇上的灵柩。

龙椅他是万万不敢坐的，让人支了一张矮榻就睡在乾清宫西暖阁里。

后半夜猛然惊醒，背上都是冷汗，这大冬天的更是冷得人浑身发抖。喜乐听见了动静，掌灯进来瞧他："师父，没事吧？"

何安按着腹部，摇了摇头："没事，就是胃痛的毛病犯了。"

"我去给您找药。"

"太医院都被我清了，哪里有药。"何安缓缓道，"不说这个，今儿第几日了？"

喜乐一顿："第九日。"

何安沉默了一会儿："竟然都第九日了。"

"是的。"

何安一笑："再熬两日，殿下便来了。"

喜乐这次没有接师父的话。他们都知道，开平虽然离京城近，但即便如此，开平辖区辽阔，人马有数，绝不可能从天而降。按照之前与赵驰的约定，兰家私印到，则自开平境内发兵，就算是日夜兼程，也需要十五日左右。

"不知道殿下这些日子在外面吃苦了没，天寒地冻的，又赶路，定要瘦了。"何安道，"回来得让尚膳监给好好补补身子。"

"……您先把自个儿照顾好吧。"喜乐忍不住说，"等殿下回来就是万民之主，操心他的人多得是。"

何安不悦："谁能比咱家更操心殿下，嗯？他们都是为了从殿下这里拿好处，才巴结殿下。殿下还是个流放皇子的时候，谁正眼瞧过殿下了？只有咱家！只有我，对殿下是真心实意的，你懂不懂？"

"懂，懂。"敢说不懂吗？

两人闲扯了会儿，何安好受了点。外面天色又亮了一些，风声也小了，甚至雪似乎也停了一般，一切都很安静。

猛地就听见一个急促的脚步从远处跑来："厂公！厂公！"他没等通报推门而入，乃是西厂的档头之一，估计是跑得急了，一脚被门槛绊倒在地，摔了个狗啃泥，此人没有喊痛，反而一脸喜色道："厂公！殿下回来了！回来了！走德胜门回来了！"

何安一怔："你是说……秦王殿下他，回来了？"

他急从乾清宫的门口出去，站在汉白玉的台阶上往外看。前面与后面都是白雪皑皑下的屋檐。外面断断续续下了十几日的雪停了，屋檐下的悬铃被微风吹得叮当作响，零星残雪从屋檐偶然飘落，落在了何安的眉心，"嗖"的化开来，没有了踪迹。

是殿下……回来了。

他这会儿才清楚地意识到这句话的意思。

"喜乐，替咱家更衣，咱家要体体面面地去接殿下！"何安道。

赵驰自德胜门入京，身后携开平都司五千精兵，抬起秦王的旗号，无人敢拦。

说要攻入皇城的是五军营，也是为了保太子，京城里封王的也没有其他皇子了，赵驰一到，自然要听从他的号令。等赵驰在京城内安抚了各处，杀了各路还有别样心思的人，又将各方兵符收归己有。这边青城班华雨泽带着众人也厮杀许久，得到消息后来与赵驰汇合。

快到下午的时候，廖成玉的大部队已经到了顺义，此时大局已定，再没人敢有异动。

"小师叔，我们去皇城吧。"赵驰道。

"我听师兄说，您母族兰家，早年曾与他有恩，所以当日兰家落难，师兄才会施以援手，将你收为他的关门弟子。你当了皇帝，大仇当然得报。这些年来，他也算是终于实现自己当时的承诺。"

"小师叔，你年龄不过二十出头，比我还小了许多，说话倒是老气横秋。"赵驰道。

白邱脸色一红："殿下，应换了衮龙服，戴翼善冠，按照东宫规格入主皇城。此次与往日不同，从此以后，你便是天下之主，再不是普通臣子了。"

赵驰沉默了一会儿道："小师叔说得是。"

"殿下不高兴吗？"白邱问他，"皇位、天下、权力、财富唾手可得，难道这不是殿下要的？"

是吗？他的内心里，真觉得这些是他要的？赵驰此时也说不上来。

他时而觉得自己本就是天枢下凡，应该是得到这些，有时候又觉得自己放荡不羁惯了，懒得受这约束。

如今一切近在眼前，天底下的一切都要匍匐在他的脚下。那么，这是他要的吗？他如今还没想清楚，可这命数推着他走，不由得他细想什么。

在大明门外，赵驰换下了战袍，一身暗黄色的衮龙服加身，戴乌沙金丝翼善冠，配玉带、皂靴。

他行至星汉边。

"走天子大道进皇城，怕不怕？"赵驰问星汉。

那马儿有灵性，蹭了蹭他的脸，打了个呼噜，微微垂首，迎接着他的主人。

赵驰一笑，翻身而上，轻轻拽拽缰绳道："走吧，我们进宫。"

大明门、奉天门、端门、午门依次开启，轰轰隆隆的滚轴声，像是自远古而来，带着无数过往的那些沉淀，源自大端朝自高祖皇帝以来的遗留，这座皇城，即将迎来他新的主人。

四

何安在午门城楼上等了好几个时辰。天冷得不行，夜也深了。

喜乐说也许殿下今晚不入宫。何安不信："把灯都掌了，城楼的宫灯都给我点起来，我要殿下瞧着，就知道午门在哪儿。"

又过了阵子，终于有人来报，说殿下要进宫了。接着远处的奉天门打开了，接着是端门。一路火光依次点燃，照耀着远处的一行人。

何安声音紧了起来："快！快开城门！殿下来了！殿下回来了！"

他再克制不住，一路从城门上小跑下来，午门打开的时候，他站在门拱下，这一路畅通无阻。

他远远地就瞧见了路那头的殿下。

那是他这辈子的命，是让他得以被救赎的菩萨与归宿。

何安眼眶盈满热泪，他撩起衣袍，匍匐跪倒在雪地中。

待那一行人近了，星汉的马蹄在他眼前驻足，赵驰翻身下马。

"地上多冷，厂公快起来。"这是赵驰的声音，永远能让他的心定下来。

终于，一切尘埃落定。天底下再没有人能够阻碍殿下的事，从此以后，他唯一的主人、这天下的共主……回来了。

他哽咽道："奴婢何安参见秦王殿下。殿下安泰！"

皇帝的棺椁，就停在乾清宫。

"陛下走的日子早了，只是小殓怕是不合宜，奴婢便安排人做了大殓。"何安跟在赵驰身后，说了这几日的事宜，连自己怎么杀的皇帝都说得一清二楚，瞧赵驰在看那棺椁，细声细语地解释。

"所以你就亲自动了手。"赵驰回头看了看他的手，"何厂公杀人不是都让下面人办吗？何必自己沾了血，脏了手。"

"那不一样。"何安喃喃道。

"奴婢发过誓，殿下要杀的人，由奴婢来动手，决不能脏了殿下的手。更何况本就是殿下的皇父，怎么能让殿下背上这弑父的罪名。"

赵驰沉默了，眼神灼灼地瞧他，瞧得他有些不自在："殿下，遗诏就在东暖阁，您随我去。"

"好。"赵驰说。

两个人进了东暖阁，那建储匣就在东暖阁的书桌上放着。

"殿下，太子就关在端本宫配房里，您可要去看……"何安道，"奴婢没敢处置太子，等您回来再定夺。"

赵驰想了下："太子的事情宜早不宜迟，明日一早就得恢复朝会，在这之前不如一切尘埃落定。咱们过去瞧瞧。"

离开乾清宫的时候，何安回头看了一眼。

大殿里的那龙椅，闪烁着暗淡的金色。皇帝奉天之宝和建储匣，就在东暖阁的龙案上放着。未来殿下还要龙袍加身，成为真龙天子。

他还有资格跟在殿下身边吗？

太子浑身被捆得结实，每天喜平来给他松松绑，又捆上。这辈子太子都没这么狼狈过。开始还破口大骂，喜平无动于衷，后来威逼利诱，喜平也丝毫不为之所动。浑浑噩噩不知道过了几日，眼看天色又暗了下来，太子本来昏昏欲睡，接着就听见房门开锁的声音。

一盏宫灯照着进来，是喜平。后面进来的人让太子精神一振——秦王。

"五弟，你回来了？！"太子急道，"何安那个逆贼怎么样？斩杀没有？快让这个奴才把我放开！"

赵驰一笑："给太子松绑。"

喜平应了一声，上前割断了绳子，把太子从地上扶了起来。他这几日吃喝拉撒都在这屋里，臭气熏天，狼狈不堪，哪里还有半分太子的模样。

等太子坐定，赵驰才开口道："父皇宾天了。"

太子一怔："我知道。"

"太子哥哥怎么打算？"赵驰问他。

他这话让太子有些犹豫起来："五弟……你什么意思……"

赵驰一笑："也没有别的什么意思，就是父皇的建储匣已经找到了，遗诏上所示，未来的国君是我。"

赵逸鸣一惊："你说什么？！这怎么可能！那天郑献为父皇写遗诏的时候，分明是我的名字！我是太子，你——你——"

赵驰在他对面坐下，安静地看他。

"所以……二哥是知道建储匣里装了什么样的圣旨？"赵驰缓缓问他，"这天底下，只有皇帝、郑献和二哥，你们三人知道了。"

赵驰叹了口气："哎，若是这样……我该怎么做呢？"

赵逸鸣气得浑身发抖，接着他发现自己开始恐惧，这让他抖得更厉害。

"五弟……你……你想要什么？你让我当皇帝，我都给你！"赵逸鸣开口，"摄政王？对！摄政王怎么样？届时整个朝纲都由你把持，你就是九千岁。"

赵驰笑吟吟地看他："我其实只操心兰家那个案子。"

赵逸鸣干笑一声："那有何难。兰贵妃本身就是被冤枉的，要不是万贵妃当时设计陷害她，后面的事儿根本不会有。兰家惨案更是先帝纵容才导致，这都跟我半点关系没有……你要杀谁，要诛谁的九族，我当了皇帝，统统帮你做！"

"那这不是太麻烦二哥了吗？"

"不麻烦，不麻烦。我终归是嫡子，正统，你一个宫女之子，当皇帝名不正言不顺，我做了皇帝，你做摄政王，天下还不是在你掌控之中。"赵逸鸣仓皇地说，说到最后求生的欲望让他失态，什么不该说的话都说了出来。

赵驰瞧着他，有点怜悯。

"所以……整个事情，你都知道得一清二楚。可二哥还是袖手旁观了是吗？"赵驰问他。

赵逸鸣一怔。接着，就有一个冰凉的东西刺入了他的胸膛。

生的气息被切断了，他说不出话来，一开口就有血从嗓子眼里往出冒。

赵驰道："我自己的仇，自己报，就不劳烦二哥了。"

他走到配房的院子里，何安已经让喜平端了盆温水在那里站着，见他过来，沾好了湿的帕子给他擦拭双手。

"太子失心疯，知道陛下最后定下来的储君是我，冲入皇城丧心病狂杀了父皇妄图夺位。幸好厂公带人围追堵截，才没让他得逞。"赵驰道，"后来太子走投无路之下自尽了。"

何安听他说完，应了声是。

"明日上朝便是这么个理儿。"何安说，"史官那里也是这么个记法儿。"

五

喜平进去收拾屋子，何安便随着赵驰出来。

此时天已经全黑了，端本宫外有步辇等着。"殿下今晚上在哪儿安歇？"何安小声问他，"养心殿那边奴婢已经差人收拾好了。"

"不坐步辇，我们一起走走。"赵驰说完，在雪地上走过去。他们顺着端本宫，走到了皇极殿前的广场。

广场里安静得很，月光照得一片光洁。

"殿下很快就要皇极殿登基，到时候，我就站在您身后，瞧着文武百官行三跪九叩的大礼。"何安说，"从此以后，就不能叫殿下了，要叫皇上了……皇上，陛下……您以后就是我的主子爷了。"

赵驰笑看他："总觉得厂公比我还高兴。"

何安不好意思地一笑："不瞒您说，以前怎么好直接叫您声主子，那叫人听去了多不好，叫人忌惮您。如今这好日子来了，我往后想怎么叫，就怎么叫，任他们说去。"

"厂公不怕被人骂奸佞？"

"本就是奸佞，没什么怕的。"何安说，"奴婢这样的人，早习惯了被戳脊梁骨。"

他们走到了广场的正中，赵驰停了下来，问何安："我想把西厂取缔。"

何安一愣，觉得也是正道，点头道："也是，西厂并没有什么大用处了，两厂相斗，于朝廷无益。"

"御马监掌印的大印，你可愿意交出来？"赵驰又问他。

何安毫不犹豫："这印本就是您为我谋来的，交出来有什么关系。"

"那你既不是掌印，又不是厂公，未来怎么办呢？"赵驰瞧他耿直的样子，忍不住问他。

何安想了一会儿，问："那……那奴婢能不能在您身边做个伴伴。别的不行，端个茶倒个水，伺候主子起居，还是可以的。"

赵驰摇头。何安眼神终于黯淡了下来，他觉得主子要处理他也是意料之中，但是会不会有点太快了。

"那主子让奴婢去哪里，奴婢就去哪里。"他最后有点不情愿地说，"要是能离您近点儿能每日请个安那是再好不过。"何安不疑有他。

赵驰瞧他那样子，很是好笑："那我这里真有个差事要给厂公了。"

何安一喜："真的吗？主子给我什么差事？"

"司礼监老祖宗的位置还空着，东西厂合并了也群龙无首，缺个正三品大员。这个差事吧，避免不了遭万人唾骂，唯一的好处便是直接听命于我，每日都要来给我请安，何公公考虑吗？"

何安怔了怔，那王阿……

糊涂了，王阿自然是不可能再坐这个位置，主子自然是要把这无上权柄授给自己的。

"何公公不乐意？"赵驰笑问。

"不是不是，我，我愿意，奴婢愿意，奴婢高兴极了！"何安连忙跪下谢恩："奴婢谢主隆恩。"

第四章 天子

一

"老祖宗。"南华殿现下的殿前太监轻声细语道，"万贵……娘娘想求见陛下。这……"

何安放下手里批红用的毛笔。

"说起来，还真是忘了这么个人。"何安道，"东西六宫锁了多久了？"

他这话是问的喜乐。

"自陛下登基到现在有十多天。"喜乐说，"加上之前的日子，算起来有快一个月了。"

"把后宫收拾收拾，先帝的妃子们都赶去守陵。"

南华殿的太监有点急了："老祖宗，这可使不得呀。娘娘真的是想见陛下，她……您不知道，自从仁亲王没了，她就疯疯癫癫的，说是再见不到陛下，她就投井自尽！"

"……"何安瞥了他一眼，"一个疯妇你都看不住，要你何用。"

那太监吓得浑身一抖："老……老祖宗饶命。"

何安懒得听他求饶，唤了喜乐过来，坐着轿子去了大内。到了玄武门又换了步辇，步辇左边跟着喜乐，右手边是喜平，身后跟着一群司礼监的小太监，所到之处，宫侍们纷纷躬身行礼。这排场不可谓不大。

走了阵子，何安问："坤宁宫那边怎么样？"

喜乐说："那位沉得住气。太子没了，当天她就知道了，这些日子也不见怎么地，吃斋念佛的，一切照旧，怕是等着当太后呢。"

"那是的，比起死了的儿子，她总还能混个太后当当。可这太后的位置……也不是这么好坐的。"

乾清宫现在尚且还入住不了，赵驰最近都在养心殿处理政务。何安在外面下了步辇，又从喜乐手上接过批了红的票拟，跨门进去，就瞧见白邱正从里面出来。

白邱见着他，抱拳道："何掌印来了。"

"白先生。"何安瞧他一身道服打扮，"白先生这是要作甚？"

白邱一笑："来和陛下道别。"

"道别？"何安一愣，"白先生要去何处，几时归来？"

"我在京城本身就是为了辅佐陛下，如今任务已然达成，就回倾星阁去了，不会再回来。"

"这是真要走？"何安有些不太明白了，"苦日子都熬过去了，白先生跟着陛下多年，如今正是加官晋爵的好时机。白先生年龄虽然不大，入主内阁做个大学士也是没问题的。若是先生担忧陛下那里，咱家替你去说。"

"入仕非我所愿，爵位、官职，甚至钱财也不是我所追求的。人生还有许多事情要做，实在等待不得。我行李也收拾好了，下午就走，巧遇上掌印，如此就别过了吧。"

何安犹豫了一下道："若未来有什么难处，来找咱家，咱家必尽力为白先生谋划。"

"多谢掌印。"白邱笑道，"告辞了。"

说完这话，他竟不等何安再说什么，飘然离去。他那背影有几分洒脱，让何安想起了天算子。何安内心里，生出了些许的艳羡之情。

他也好，陛下也好，这辈子怕是要跟这皇城拴在一处，再分不开了。

目送白邱离开，何安在养心殿正殿外等了片刻，便被召了进去。

赵驰坐在龙案后，他今日穿了身绛紫色云肩通袖龙襕直身，又戴了翼善冠，装饰了点翠龙纹金丝，整个人显得精神挺拔。

本在奋笔疾书，见何安进来了，抬头一笑："老祖宗来了？"

他上下打量何安，何安这如今换了御赐的蟒袍，一身曳撒紧紧束着他纤细的腰，深红色的衣服衬托得他面容白皙。

何安捧着那叠票拟，修长的双手扣着下端，只露出些尖尖的手指，像是青葱似的。他垂首而立，几缕不太受拘束的绒发从后颈那里冒出来，卷成蓬松的小卷儿，给他平添了几分慵懒的神色。

赵驰靠在龙椅上，用手撑着自己的下巴，瞧着何安躬身近了，低垂着眼睛："主子，奴婢把这几日的票拟送过来了，有些简单的奴婢就批了红，剩下的还得请您过目再定夺。"

"好。"赵驰道，"放着吧。"

何安嗯了一声，把票拟都放在了龙案一角。

"主子……还有一事。"何安道，"刚万贵妃娘娘那边差人过来……说娘娘想见您一面。"

赵驰一怔，万贵妃……

"南华殿的太监过来说，万氏一直闹，疯疯癫癫的，不成体统。这两天尤其凶。"何安道，"这事儿若是传到前朝里，怕是也不太好。"

"也是该见见她了。"赵驰站起来道，"走吧。"

三

南华殿离栖桐宫并不算远，都在东六宫，左右挨着。

南华殿的太监开了锁，宫门打开，那里面虽然与平日无异，却总让人生出一种颜色已经暗淡下来的错觉。

万贵妃坐在池塘边，披散着头发哼歌，用孔雀羽毛打水花。听见动静，万贵妃回头瞧了瞧赵驰，她头顶发心里有了斑驳的白发，面容也似乎一瞬间苍老起来。

"皇帝来啦。"她笑道。

赵驰无数次地想过这一刻，也想过自己会对她说什么。但是他一直没想到应该怎么说。

他看了看这个似乎是自己的母亲之一的女人。

"前朝的事情你应该都知道了。"赵驰说，"万家这些年来作恶多端，盘踞在大端朝的龙脉上，不会有好下场的。"

万贵妃倒很平静："我的儿子都没了，万家其他人跟我有什么关系。"

"小十三也是你儿子。"赵驰道。

万贵妃一笑："他自幼就送出宫去了，我几乎没怎么跟他亲近过。也许是我儿子，可是终归不是老七。老七没了，我的心就死了。"

她咯咯笑着："你不就想看到我这样狼狈吗？怎么样，让你瞧见了，你高兴不高兴？这是不是你要的！"

赵驰说不上来这一刻的心情，他叹了口气，对何安道："咱们走吧。"

他转身要走，万贵妃的疯病顿时就犯了，扔了羽毛扑过来，抓着他的衣摆问："赵驰，你真的这么狠心！你杀了老七，还要灭我满门，你这么对万家，还要这么对我？！"

他人生的至暗时刻，并不多，然而印象最深的，最久远的也许就来自这个女人。兰家覆灭的那个晚上，他走投无路之下，来了南华殿。

"——五皇子多大人了，还落泪。本宫能帮的自然会帮你。"

"——兰家的事情本宫可管不了，但是只要是驰儿求本宫，本宫定让你母亲在冷宫里不至于受罪。"

"——驰儿还是好好地想一想，圈禁可不是说着玩的。你啊，这辈子……都跟这后宫的女子一样，圈在四角的天空里，再出不去啦。"

赵驰在发呆，何安已经怒了，他瞥了眼喜平："愣着干什么！还不把娘娘拉走。"

喜平应了声是，与殿内太监一起，把她往后拽。

万贵妃哭得撕心裂肺："别拦我！谁敢拦本宫。放肆的狗奴才！你们敢——！何安你敢！"

何安冰冰冷冷道："娘娘，您在御前如此失仪，奴婢不得不如此。"

万贵妃狼狈不堪地被拽开老远，还在喊着："赵驰！你没有心！你禽兽！"

赵驰叹了口气，抬脚走出南华殿。

旁边就是栖桐宫，赵驰抬眼瞧了瞧，栖桐宫早已衰败不堪，大门紧闭，自兰贵妃走后再没人入住。斑驳的朱墙、暗淡的金门，还有翻出院墙的那些树枝……都像是这宫中的日子，稍不留心就被吞在了记忆中，再寻不回来。

很快的，这南华殿也会迅速地衰败下去，像是没有了生命一般。

里面万贵妃的声音闷了下去，像是被人捂住。过了一会儿，何安带着喜平出来了。

"陛下……"何安轻声唤他，"万贵妃娘娘如何处置。送到冷宫里去吗？"

"不急，就让她在这里待着吧，落了锁，与冷宫何异。"赵驰道，"她的报应，已经来了，有些时候，活着怕是比死了更受折磨。"说着离开了这处冷清的宫殿，头也不回。

夜色已近，何安让尚膳监送了晚膳过来，刚让人布上菜，喜乐就进来报："皇上，南华殿那边儿……走水了。"

何安一愣，回头去看赵驰。

赵驰下了榻，两人走出养心殿，往东六宫的方向看去。黑暗的苍穹下，南华殿上空盘旋着滚滚浓烟，火焰烧上了半边天。太监宫女们嚷嚷着走水啦走水啦，混乱之中噼啪作响的木头炸裂声，连在养心殿都能听见。

何安一时怔忡。

万贵妃的穷途末路，并不只发生在她一人身上。她曾受尽荣宠，荣耀加身，万家也曾位极人臣，可最后依旧落得这般结局。上面走着钢丝，下面刀山火海，一步踏空万劫不复……

这宫里就像是住着个吃人的怪兽，什么时候……轮到他呢？

三

前朝后宫的清洗都轰轰烈烈地进行着，万家的倒台在预料之内，支持皇后的内阁首辅於睿诚也告老还乡。空缺出来的一个大学士位置，莫名其妙地安排了国子监下面的博士周元白任职。原本支持了太子和仁亲王的大呼倒霉，谁知道中途窜出个老五继承了皇位。

何安原本以为，这些事儿尘埃落定了自己也能得个清闲，没料到司礼监这位置比御马监更难做，忙得不光没时间吃饭，连跟皇上打个照面儿都难上加难。

转眼就快要立春，何安刚忙完了事儿准备要睡下，就听见有人在院外叩门。喜乐骂骂咧咧地去开门，就见喜乐带着董芥过来了。

何安一惊，还没开口，董芥就跪地道："何爷，求您救救老祖宗……不，求您救救王公公吧。"

"怎么了？"何安问，"是王阿那边出事了？"

董芥道："自从师父被送去看守内教场，一直都安分守己的，未有僭越之心。求您救救公公。"

"到底出什么事儿了？"

"听人说……"董芥擦了擦脸上的泪，结结巴巴道，"皇上要杀公公，圣旨都在龙案上摆着呢。"

"胡说！"何安道，"陛下的圣旨写了什么，你们怎么知道？况且陛下要处置个内臣，需要下圣旨？"

董芥咬了咬嘴唇："不管是怎么知道的，求您了，何爷，救救我家师父。"

何安犹豫，他在屋子里来回走了两圈。

"何爷，虽说我家师父做的事情十恶不赦，可是当初也是为了救您才走上这条路。之前陛下登基那圣旨也是师父所为，您……您真这么狠心？"

何安恨铁不成钢地瞅了眼董芥。

"平日里那么稳妥个人儿，怎么这会儿糊涂了？"他道，"圣旨这种胡话这会儿能说吗？为了救你师父什么都敢乱讲？"

董芥一惊，他垂下头，在地上跪了半晌，肩膀抖动，哽咽起来："那师父是不是就没救了？您最得陛下宠信，这事儿也不能求吗？"

过了好一阵子，何安道："你先别急，这夜都深了，各宫各殿都落了锁。难不成为了这事儿还要夜闯养心殿不成？明日清早咱家就去求求陛下，兴许还有指望。"

董芥一喜，连连磕头道："谢谢何爷，谢谢老祖宗！"

喜乐把人送了出去，回来就瞧见何安坐在床边发愣。

"师父，要不睡下吧。"喜乐道。

何安过了好半天才瞧他："喜乐，你说陛下会不会听咱家的？"

喜乐一笑："嗨，您现在是什么人，您说话不管用，这天下可没人说话陛下会听了。"

"……就怕这个。"何安道，"就怕这个啊。"

"师父，您以前，因为殿下的事儿，忧心忡忡。如今殿下成了陛下，您还这么忧心忡忡，为什么呀？"

何安沉默了一会儿："陛下已经是万民之主，生杀予夺，无人可反抗。可王阿虽然恶事做尽，却是曾经关照我、救过我的……喜乐，咱家也不知道怎么办了。"

"师父……"

"陛下若不听我的，那是陛下圣明。可陛下若听我的……那咱家成了什么？又一个奸佞权宦吗？"何安喃喃道，"可陛下要的盛世呢？太平呢？难道又要走老路？"

"陛下不是那样的人，您要把心放宽喽。"

"我……"何安猛咳嗽了两声。

"师父！"喜乐吓了一跳。

"出去！"何安咳嗽着说。

"师父，天下是陛下的，可身体是您的啊，您悠着点儿……"

"咱家让你滚出去！"何安气急，怒道。喜乐再不敢说话，从里屋退了出来，在门口站着。

后厨房那边传来响动，不消一会儿喜悦就托着个碗过来，里面是热气腾腾的红糖藕粉。

"师兄，给师父准备的夜宵。"

"师父正生气，怕是不吃。"喜乐道。

"为什么呢？吃了也许就不生气了。"喜悦道。

屋子里的咳嗽声消停了，过了一会儿，传来一阵压抑的呜咽声，然后全然安静了下去。喜乐叹了口气："你自己吃吧，师父现在没心思。"

天刚亮，何安寝室的门就开了。外面值夜的喜悦，睡得四仰八叉形象全无。何安瞥了他一眼，也不叫醒他，转身去了司礼监前厅。

几个打扫的小太监见到他连忙行礼。他往大堂那官椅上一坐，便有人端了热茶过来，又有人去唤喜乐。

不消片刻，喜乐急匆匆地过来，衣服扣子都还没扣好："师父，您起了，这么早？"

何安眼下发青，明显是一宿没睡。喜乐看了看他那表情，小心翼翼道："要不先用膳？"

"用什么膳！给咱家备轿，去养心殿。"何安口气不佳道。

喜乐哪儿敢跟他唱反调，连忙安排人去准备。

一路何安都没说话，等到了养心殿外，瞧见喜平问："皇上起了吗？"

"醒来有一阵了。"喜平道，"师父稍等。"

何安静候片刻，就听里面宣他进去，他进了养心殿，往东暖阁瞥了一眼，龙案上果然有一卷圣旨摊开着。看来董芥所说没错。

他心下一急，再来迟一步，这圣旨要真盖了皇帝之宝，那就真是难以收回成命了。

四

赵驰这几日处理政务头晕脑涨的，好不容易是个休沐日，没什么大臣跟苍蝇一样在他耳朵边嗡嗡，早晨起来吃了早饭就靠在寝宫的罗汉榻上，有一搭没一搭地看话本。

皇后如何处置，皇后背后的那几大家族又怎么处置，让他心烦意乱。报仇这事儿在他心里搁了八九年，如今一朝愿望达成，反而落得个空虚，漫无目的。

这偌大的后宫，冷清起来，连根针掉在地上都能听得清清楚楚……可这里住了近两万奴仆，还有近百位主子……他们都是怎么熬过来的？何安……又是怎么熬过来的？

他正想着，就听喜平说何安来了。

"快请他进来。"赵驰一喜，从榻上翻下来，鞋子也来不及穿，两步走出去，正好迎上进来的何安。

何安吓了一跳："皇上，您——"

"吃了早饭没有？"赵驰让他在榻上坐下，何安有些不自在，却拗不过赵驰，只好有些惶恐地坐在了龙榻上。

"吃过了，主子。"何安小声道。

赵驰瞧他神情憔悴，眼下发青，一看就是半夜没睡，亦不像是吃过早饭的，对喜平说："让尚膳监准备早膳过来，清淡一点，你们老祖宗可什么都没吃。"

很快的，尚膳监送了食盒过来，清粥小菜，确实是何安平日的喜好。

赵驰盛了碗小米粥，笑道："朕为老祖宗尝膳。"

何安连忙起身要跪，被赵驰扶住："主子，可使不得。"

吃过饭，何安就开始琢磨该怎么开口，他是为了王阿的事情来，怎么都得先把这事儿解决了……

赵驰看出他有些心神不宁："厂公似是有话要说。"

"主子，奴婢求您个恩典。"何安心一横，"求您饶了王阿，给他一条生路。"

赵驰一愣："你是为了此事而来？"屋里的气氛瞬间冷了下来。

何安起身站到赵驰下首，又撩了袍子，跪地恭恭敬敬叩首道："主子登基一事，王阿亦有几分薄功。请主子爷看着他还算做了点事儿的份上，给他条活路，让他在这宫当个洒扫太监吧。"

赵驰瞧他那跪地求饶的卑微模样，心里烦乱，叹了口气问他："为什么？"

"什么为什么？"何安愣了愣。

"为什么非要替他求情？"

何安安静了一会儿道："他……虽然可恨，但也……可怜。"

"他可怜吗？"赵驰问，"兰家上下一百五十二口人的性命不是命，只有王阿的才是？我母亲在冷宫绝望而死，尸体草草一裹就埋在了外面，永生不得入皇陵，难道不可怜？王阿可怜？！哪里可怜？！"

他又可恨，又可怜。可恨在无恶不作，草菅人命；可怜在……

何安不知道自己在说王阿，还是在说自己。王阿走过的路，他都走过……兔死狐悲、触景生情大抵如此。

他手里沾的血，原本就值得去死，可……

"主子，饶了他吧。"何安凄切叩首道，"奴婢儿时，他救过奴婢的命。若不是为了救奴婢，他不会去做万贵妃让他干的那些腌臜事儿的……"

"奴婢不敢说让陛下看在奴婢的面儿上饶了他，只是若真要追究起来，他那些作为，终归是因为奴婢而起，求陛下让奴婢代他受过！"他连声哀求。

赵驰压着胸口的火气，一把把他从地上拽起来，瞧着他："何安！"

何安一愣："主子？"

"我没有要杀他的意思。"赵驰叹了口气说，"冤有头债有主，我虽然厌恶他，却还不至于糊涂到这个地步。不是他王阿伪造这些信，还有李阿、陈阿……只要他们愿意，总有人会做这杀人的刀。"

"那……那圣旨？"何安怔了怔。

"什么圣旨？"赵驰问他。

"东暖阁里那圣旨……难道不是诛杀王阿的？"

"那圣旨上一字未写。"赵驰道，"谁告诉你这圣旨与王阿有关？"

"是董芥……"何安说完这话，猛然醒悟，"不好！陛下……我先告辞了！王阿那儿怕是要出事！"

他匆忙行礼，不等赵驰出声阻止，已是急匆匆地退了下去。

内教场在皇城西北拐角，离西苑的太液池很近。何安赶到的时候，王阿在五龙亭里席地而坐，他穿了身最朴素的内饰官服，晃晃悠悠地饮酒唱歌。

等他进了亭子，王阿笑了："你来了？"

"你让董芥昨晚去诓骗我，说是陛下要杀你。"何安问他，"你想干什么？"

"这么说，你已经替我去向赵驰求了情，不然你怎么知道赵驰并不想杀我。"王阿道，"哈哈哈……你果然是急了，一大清早就去了养心殿吧。坐。"

何安在他身边盘腿坐下。

"还记得那会儿，夏末秋初里最盼着来清扫太液池。"王阿慢悠悠地说，"因为实在太饿了，扫太液池还能下泥里掏莲藕、挖莲子吃。你记得吗……有一年我受罚手心被打肿没来成，你呀半夜把我叫醒，偷偷从袖子里掏出一大把莲子给我，又去了皮，去了芯，给我塞到嘴里去吃。"

"最后你还不是饿得忍不住，把那把莲芯都吃了。"何安道，"劝你也不听。"

王阿哈哈大笑，笑着眼角有了泪："莲芯可真苦啊。"

"……是啊。"

微风吹来，将五龙亭旁的芦苇撩拨得微微晃动。那些芦苇芯子慢慢地飞腾着，从亭子里看出去，太液池波光粼粼，美不胜收。

可这些美，都不是给奴才们看的，是主子们的盛景，是主子们的天地。谁知道为了这样的美景，有那么群半大不小的少年，每年都来这太液池，为它来年的再次绽放而做了苦工。

"你能为了我去跟陛下求情，我已经知足了。"王阿道，"虽然这事儿是我胡诌的，我就是想……试试你会不会为了我，去做些大不敬的事儿。"

"陛下没有想杀你的意思。"

"我知道。"王阿又喝杯酒，"可是做了的事情终归是做了。"

他俩又盘腿在地上坐了一会儿，好像回到了年少的时候，日子苦得比莲芯还苦，永远没有尽头。然而对于少年人来说，未来总归是美好的，还有些企盼，让他们能活下去。并不如现在这般，一眼能看到尽头。

"我知足了，真的，什么也不求了。"王阿饮尽手里那杯酒道，"你走吧，好好辅佐你的主子，让我一个人走最后一段路。"

何安没再说什么，他站起来，离开了五龙亭。

芦苇还在风中吹荡。金黄色的阳光下，他在荒草遍布的小路尽头回头张望，瞧见了芦苇后五龙亭的屋檐，隐约中听见了王阿的吟唱。

那似乎就是他来时王阿在唱的歌。

山有木兮……木有枝……

在芦苇的那头。

在王阿的心头。

三十年过往的日子，如走马灯一般在眼前过去。他似乎回到了在净事房外的那天，一个七八岁的小孩在低声哭着。

"不怕。"他说，"等入了宫，哥哥护着你。"

歌声戛然而止，一切都安静了下来，只剩下枯黄芦苇的沙沙声。

酒杯从他垂在地上的指尖滚落，咕噜噜地往前滚过去，一路滚入了太液池。

忽然间，惊起一群麻雀。

其中一只，蹿上天空，顺着西北角的宫墙，飞出了这偌大的皇城。

飞向了苍茫的远方。

「五」

何安今日不当值，在宅子里休息。如今这天已经逐渐暖和了，曾经在宫外会翻墙来找他的人，却住进了宫里，再不会翻墙进来，笑吟吟地瞧他。

新发的海棠花打了花骨朵，何安看了一阵子，就得到喜乐来报，说华雨泽来了。

"他来做甚？"何安问。

喜乐一笑："可能有好事儿近了。"

何安再问他，他却不说了，揣着一肚子狐疑去了前面会客厅。刚坐下，华雨泽就起身送上了一只玉如意。

"华老板这是要做什么啊？"何安瞧他那张漂亮的脸，就不高兴，无事不登三宝殿，还送了这么只如意，怕是有些不让人如意的事儿要发生。

华雨泽退后几步，双手抱拳一鞠到底："我想带喜悦走。"

何安眉毛一挑："你说什么？咱家没听错吧？"

"师父……"怯怯的声音从屏风后传来，接着喜悦就从里面走了出来，他瞧瞧华雨泽又瞧瞧何安，低声道，"师父，大姐姐……说如果我跟他一起走，就给我做好吃的。"

说完他抓着华雨泽的袖子不放，回头对何安道："你……你准了吧，师父。"

何安瞧瞧华雨泽，再瞧瞧喜悦那样子。

"华老板可是认真的？"何安道，"这小子痴痴傻傻的，什么也不懂，去了你的戏班子，也是个累赘。"

"他这样的，在宫里也不合宜，索性让我带走吧。"华雨泽道，"还请老祖宗成全。"

何安忍不住叹息一声："罢了罢了，你便带了他去吧。"

喜悦听了这话，高兴地蹦起来，去屋里准备了一大堆的行李，什么都有，多半是吃的玩的。张大厨听了消息说他要走，哭得差点背过气去，又准备了好些路上吃的零嘴儿给他。

过了三天，华雨泽骑高头大马，牵着马车在外面等他，将他那些心爱之物通通放在车上，又扶着喜悦上了车。

喜悦钻进车里，好奇地打量了半天，这才掀开窗帘道："师父，喜乐师兄，那我便走啦，过好日子去啦。"

喜乐本来就憋着泪，听他这么说，呜咽一声，捂着嘴巴别过脸去。

"若你不能善待他，咱家定饶不了你。"何安说。

"绝不可能。"华雨泽道，"不会有这样的机会的。"

向俊一甩马鞭，车子就啪嗒啪嗒地往前去。何安回头去瞧哭得狼狈的喜乐："哭什么？人过好日子去了，你没听见？还是你也想去。"

喜乐拿袖子擦脸上的泪，道："我才不去，这宫里日子还不好吗？我不去，我要陪着您。"

"你也陪不了咱家几时了。"何安道，说着，他便将一块儿牙牌递给了喜乐。

喜乐拿起来仔细一看，那上面写着"御马监掌印太监喜乐"几个大字。他正在发蒙，耳边就听何安："御马监是咱们出身之地，你可给看好喽，千万别出了娄子。等过几日咱家跟皇上请旨，就举荐你做御马监掌印了。"

何安瞧他那又惊又喜的模样，才有了些笑意。

"师父，我行不行啊？"

"不行也得行，不然还能有谁？"何安道。

华雨泽的马车，在京城城门一开的时候，便离了这是非之地，再也没有回头。

从此以后，各人有各人的命，各人有各人的路要走。

往后的日子，少了许多惊心动魄，甚至可以算得上枯燥。

天下太平，寰宇清澈，国强民富，诸夷来朝。曾经的种种许诺畅想，成了真实。日子如此循环往复，一点点地流逝。

何安记得，那是一个极平凡的夏天傍晚。日头渐渐往西去，天上不知道什么时候开始变得阴沉，接着从东边传来一声闷雷，过了一小会儿，雨便渐渐沥沥地下了起来。

雨水飞溅到廊下，打湿了老祖宗的衣袍。他站在养心殿抱厦下，看着雨幕。两侧站着的太监宫女们也不敢多说话，除了喜平，其他人都悄悄退下，不知消失在哪里。

又过了阵子，太阳开始西沉，在阴云中，勾勒出一个明亮的金边。养心殿的门开了。

赵驰从里面跨了出来，何安伏地跪拜，亮黄色的袍子在何安眼前停了下来。

"何安，起身。"赵驰说，"你起来瞧瞧我，瞧瞧这天地。"

他说着，已经将何安从地上扶起来。

何安抬头看他，赵驰头顶那翼善冠已经去了，只有一个发髻盘在头顶。

他笑了笑问道："何安，你想过以后是什么样子吗？"

以后……

"还像现在这样？"赵驰说，"做皇上身边的鹰犬，做我背后的那个人。你甘心吗？"

"奴婢……我……"何安想说是，可他也问自己。

甘心吗？他不甘心……

"你看这朱墙碧瓦，"赵驰让他转身，去瞧春雨后的皇城，"你瞧这飞不出去的大内，一层层的，把人的心都锁死了。总有一天，我成了端文帝那样的老皇上，身边妻妾成群，而你永远在我身后瞧着。"

"这也许是幸运的，"赵驰说，"你还能安享晚年。也许更不幸的是我们都越陷越深，到时候权力和贪欲腐蚀了曾经的君臣之情，怕是要真成了恨。"

"不会的。"何安道，"主子要杀我，我引颈就戮。我不怕的。"

"可我怕。"赵驰说，"我怕我成了那样的人……这皇城，这皇权吃了多少人？每一块青砖，每一片屋檐都是血迹斑斑。我的生母、兰贵妃、王阿、郑献、陈才发、采青、喜顺……甚至是万贵妃，甚至是我那些死去的兄弟们，还有千千万万在这里虚度了时光，最终蹉跎到老的那些人……"

赵驰摇了摇头，笑道："我不适合这里，我也不想让你在这里再待下去。如今天下大定，我能做的已经了结。"

他拿出了一道圣旨："这是那年王阿死前，你看到我放在东暖阁的圣旨，你打开瞧瞧，里面写了什么。"

何安双手接过圣旨，里面是——禅让书。

何安一惊，仔细去瞧。皇上要把皇位……禅让给十三皇子，禅让给赵景同。

"我闲散惯了，不适合这皇城。"赵驰在他耳边缓缓说着，"如今反正也没什么事了，更觉在这宫中无趣。我一直在考虑将这位置给了小十三，自己出去耍耍。你可愿同行吗？"

"主子，可这天下您不要了？"

"天下？"赵驰笑起来，"我的天下早就得到了。"

禅让的旨意一颁，引得朝内轩然大波。

赵驰才不管这些破事，加紧"督促"小十三进了宫，最后人是让喜平押进宫来的。赵驰把那些个什么奉天之宝、皇帝之宝等乱七八糟的十六宝玉玺全扔给了十三，就算是完成了交接。回头就搬到何府去了，好不自在。

又过了几日，收拾了行囊，计划出行的前一日，鞑靼来了使团。有使者送了个蜜蜡封存的匣子进宫，自然是送到了司礼监何安手中。

"使者说这是安远公主的遗物。"喜乐道，"安远公主好像……去年秋天病死了。"

和亲的公主本就没有几个有好结局，这样的结果也在预料之中。

"这是给皇上的吗？"

"不是，是给您的。"喜乐道，"鞑靼的使者说，安远公主说交给您，您看了就知道是怎么回事儿了。"

何安让喜乐融了蜜蜡，打开那匣子。

里面是一只簪花。

通体黄金打造，顶部绿翡翠点缀出一只蝴蝶，落在粉色水晶做出的花朵上似乎展翅欲飞。

他记得这只簪花，是公主送给喜顺的，后来他送还给了公主。

兜兜转转，这簪花又到了他手中。

第二日清晨，何安将司礼监大印放在了大堂上，脱去了内侍官服，将那象征着身份与地位的牙牌也捋顺穗子放在一旁。

他换了身淡蓝色巾服，谁也没有道别，只身一人带着那匣子出了城，在喜顺的墓前挖了个洞，将簪花埋了进去。

安远与喜顺两人活着的时候，再未相见，如今，终于在这不到方寸的地下，依偎在了一处。希望两人地下有知，能在黄泉相见。

何安依次给在这里埋着的众人烧了纸，干爹、盈香、喜顺……以及王阿。

纸钱在风中呼呼作响，烧起了老高的火苗。一切都已经成为过去，未来又托付给了未知。这宫中的黄粱一梦，终归是做到了头。

如今天高地远，皇城在身后的方向。太阳光下，竹林外，是星汉牵着的马车，喜平喜乐正驾着车等着他。

他从林子里出来，赵驰已经从车里掀开帘子跳下马车，靠在车轮上笑嘻嘻地等他。车轮上的泥土弄脏了他的衣袍，他一点也不在意。从此以后，再没有什么规矩，所以他不怕自己失了仪。

何安走近了，还有几分忐忑。

"主子……"

赵驰笑着问："怎么又哭了？"

何安连忙扭过头去擦拭："风大，迷了眼。"

"还是舍不得？"

"舍得，有什么舍不得呢。"何安笑起来，"就是……就是从未有过这一刻这般的轻松自在。"

赵驰笑了笑："走吧。"

"主子……"

"叫我名字。"

"赵……赵驰……"何安鼓起勇气喊出了这两个字。

物华天宝，俊采星驰……正如他的人一般。

"如今去哪里？"何安问他。

赵驰想了想，笑道："我不知道，神州大地这么美，让我带你走一遍这八年我走过的路、品过的酒、见过的人和事。从此以后，不是君臣，而是知己。"

喜平甩了甩鞭子，星汉扬了扬尾巴，似乎有些不习惯，可还是任劳任怨地往与京城相反的方向走去。

过去的都将过去。

而未来都已经托付了期许。

"赵驰。"这一次，他喊得坚定不移。

"天涯海角，我随你去。"

番外一 · 到那时

那年刚出正月，天尚冷得厉害，薄薄的夹棉袄根本抵不住风寒。

王阿听了人说何安又被抓了错处，按在宫墙根儿下罚跪，心头就着急，手里扫雪的动作又快了两分，难免做得毛躁，让上城楼来的何坚抓了个正着。

"做的什么敷衍了事的活计！"何坚拿着手里那条拂尘狠狠地抽了他背脊两下。

那玩意儿浸了桐油，打人痛得很。王阿也没敢吱声，咬牙垂首老老实实地扫雪。

北安城楼的门吱呀开了，一行人马出了北安门，往德胜门而去。又过了阵子，便听见有人踩着雪跑来，喘息急促，不消片刻就上了北安城楼。

"殿下……"

不消说，哭唧唧喊着殿下的还能有谁，只有他那个好弟弟何安。

他抬眼去看，就听见何坚训斥他，过了会儿，便留下少年一个人伤心欲绝地跪在城楼上。他拽着衣摆低声呜咽，连哭都不敢哭出声来。

王阿收了扫帚，过去将自己那件薄棉马甲脱下来，披在他肩头："起吧，寒冬腊月的，膝盖冻坏了就不好了。"

何安带着泪怔怔看他，猛地一把抱住他："哥！殿下走了……"

少年的泪，滴落在他的身上，渗入薄薄的衣服，滚烫的，烫伤了他的皮肤。

"老祖宗，御马监关爷又来了。"董芥轻轻在他耳边道。

王阿醒来。

窗外的知了还在烦闷叫着，这日头刚到中午，就热得让人喘不过气，晚上也睡不好，不然也不至于大中午的在椅子上小憩。

"小的安排了人送冰过来，一会儿就凉快了。"董芥瞧他样子，知道老祖宗怕热，连忙说，又扶着王阿坐起来。

"不顶事儿。"王阿喝了口递过来的温茶，慢吞吞问，"关赞又来做甚？他御马监的事儿自己管不过来？"

"好像是跟何爷有关……"董芥低声道，"我听下面人说，俩人又闹了个黑脸。"

王阿揉了揉额头："烦人。"

"那小的让关爷回去？"

王阿道："回去什么，来都来了。回头人说我司礼监不给御马监面子，给关掌印吃闭门斋，合适吗？"

"那我让人进来。"董芥说完便退了下去。

过了一会儿，就见关赞进来，躬身作揖道："老祖宗万福。"

"这热天儿的，让您关爷来找我，怕不是有什么大事儿？"王阿道。

关赞一笑："也不是什么大事，就是来要个人。"

"要人？要何人？"

"我座下一个小太监，叫喜悦的，犯了错挨罚，结果不知道怎么跑去何安处，一通巧言令色，让何安带走了。"

"何安带走的人，关爷您来找我要人？"王阿瞥他一眼，"何随堂不是您御马监的人吗？"

关赞阴阳怪气道："我要这人，他不给，还带出宫去了。何随堂吧，我也是惹不起的，谁都知道他背后有人。"

王阿一笑："您这话就有些让人听不懂了，我这拿着司礼监大印也没几个月，有些先前的事儿可就不太清楚。"

说话之间，董芥已经奉茶上来。王阿端起桌上那茶，碗盖轻轻撇了撇道："喜悦那孩子挺机灵的，算筹方面独有天赋。我要没记错，当年司礼监的掌印陶峙还曾说过，这孩子可堪大用，未来可期。"

"有天赋也不能不懂规矩吧。"关赞道，"就算是陶爷当年夸奖过的孩子，那也不能不守宫规。"

"宫里的规矩自然是要守。"王阿道，"但是听说前几日他不过是打碎两个杯子，您就喂他喝了鸩酒……是不是有点罚得太重？还是说……您心里忌惮这孩子未来夺了您的大印，找着机会就要把人往死里整？"

关赞心头一惊，抬眼去看王阿。他眼神再不惰懒，反而锐利得犹如一把刀子，直看过来，看透了关赞的内心。

这位新上位的老祖宗，那慢吞吞的做派里透着股瘆人的冰冷。

"小的不敢。"关赞心一慌，起身作揖道。

王阿侧身支靠在座椅上，有一搭没一搭地撇着手里那碗茶，过了一会儿才道："这宫里的太监，无论大小，有一个算一个，都是皇家的奴才，要说起背后有人来，大家背后都有人——就是这皇城的主子爷。咱们做事儿只凭一条，万事以主子为先，万事都是替主子卖命。谁再来司礼监里跟泼妇一样东拉西扯指桑骂槐的……万一传到皇上耳朵里去掉咱们脸子，我平日里虽然没什么脾气，但是有时候也不能怪我太心狠。"

关赞汗已是滚出，躬身低声道："老祖宗说得是，小的记住了。"

王阿端起那碗终于被自己撇凉了的茶，轻呷一口，缓缓道："来人，送客。"

等人走了，下面人陆续送了冰进来，又有小黄门拿着扇子缓缓送风，屋里顿时凉快了些许。王阿放下喝了半碗的茶，拿起桌上东厂那封密报，又瞧了一遍。

——昨夜关赞逼着喜悦喝了鸩酒，结果让喜悦逃了出去，跑去何安门前求救，今日一大早，何安便带着喜悦出城回了府。

王阿忍不住又要揉额头——这是看司礼监事儿不够多，特地给自己找事儿是不是？

"喜悦情况怎么样？"王阿问董芥。

"何爷请了几位大夫去看，情况都不算好。"董芥道，"说是一直昏迷烧着，药喂不下去。"

"把皇上上个月赐我那丸宝行丸给何安送过去。"

"是。"

"等等。"王阿沉吟了一下，"等天色暗一点了，我同你一起去吧。"

他换了身缁衣，让董芥找了顶小轿子，夜色刚临便从偏门入了何府。喜乐领着他入了秋水院，里面房子灯还亮着。

"老祖宗，您稍等，我这就去跟师父通报。"喜乐人机灵，说了两句连忙去召唤何安。

王阿在院子里站了一小会儿，便见何安匆匆掀开帘子从里屋出来，一路小跑而来。

他忍不住一笑，便把手里拿着的宝行丸匣子递过去，刚要开口，就见何安在面前几步站住，恭敬作揖道："老祖宗，您怎么来了？"

王阿的手一顿，过了片刻他才道："起身吧。"

何安应了声是，垂首站直。

"……跟关赞那边能对着干，怎么到我面前了这么老实？"王阿叹了口气，把匣子递过去，"你给喜悦试试这个，应该有点用。"

何安双手接过匣子："多谢老祖宗。"

"咱也不是想跟关赞过不去。"何安开口解释，"喜悦被喂了鸩酒，到我门前儿求救，咱也不能说看人死门外吧，多晦气。"

"一个小太监，死就死了，死你门口又怎么了，非要上赶着跟关赞对着干。"

王阿道,"关赞在御马监当了十几年掌印了,根深蒂固得很,你不过一个随堂,又才去御马监一年,如今得罪了关赞,未来怕是要吃够苦头。"

何安轻声道:"求老祖宗庇佑。"

不冷不热的,带着些距离的讨好,让王阿心里头有些淡淡的暗沉……但是他旋即又把这情绪扔在了脑后。

"我保得了你一时,保不了你一辈子。"王阿接着之前的话题道,"你自己心肠得狠起来,这宫里都是些吃人不吐骨头的怪物,没什么人是值得信任的,越是曾经与你亲近过的……越应该如此。"

"小安子记住了。"何安道。

"该拉拢的拉拢,该巴结的巴结,该罚的罚。"王阿顿了顿,"该杀的……也得杀。"

"嗯。"何安说。

院子里安静了下来,蟋蟀叫了几声,连风都停了。又过了一会儿,王阿道:"如此,我便走了。"

"老祖宗慢走。"何安道,"我送送您。"

王阿进了轿子,等轿子出偏门的时候,他听见何安低声道:"哥,你保重。"

像是叮嘱,又像是道别。他的胸口一瞬间让什么填满,想要再跟何安说什么,千言万语到嘴边化作了一声叹息:"何随堂回去吧。"

轿子走得远了,王阿掀开帘子回头去看,侧门那里,何安穿着一件单衣,提着宫灯站着,瞧过来。

"师父您要是担心,明日再来就是。"董芥在轿子旁边道。

王阿放下帘子道:"不来了。"

"嗯?"

"……以后都不能来了。"王阿道。

董芥不明白:"为何?"

"他现在根基不稳,司礼监老祖宗若给太多眷顾,反而不是什么好事,闹不好就是捧杀。"王阿说,"一路走来如此不易,若走得太近,就是把刀柄往关赞手里送……往其他有心之人手里送。我看小安子也是这么个意思。"

"……那就不见了?"董芥道。

轿子在暮色中嘎吱嘎吱响起来,过了好一会儿,王阿轻笑了一声:"等我这老祖宗的位子坐稳,等他当了御马监掌印,到那时……"

他感叹中带了些期待:"到那时……大概一切都会好起来了吧。"

番外二 · 闲居【端午节特别篇】

北獠关外的清凉村一如既往，即便是临近夏日，依旧不怎么炎热。

喜平在河堤上放哨，眼瞅着何安洗坏了第十件衣服，有点不忍心地说："师父，要不我来吧……"

何安瞥他一眼："回家给二丫洗衣服去！"

喜平乖乖闭嘴。

又站了一会儿，牛家二丫从梯田里下来了，瞧见喜平笑嘻嘻说："喜平哥，我爹妈喊你去吃饭呢。"

喜平沉默，二丫也不羞涩，在身上擦擦手，牵他。

"走呀。"

喜平对二丫说："我的身份，你知道吗？"

二丫："我知道呀。快走吧，我跟爹妈说了，他们都等着见你呢。"

何安急了："你这个木鱼脑袋，还不赶紧跟去！"

二丫哈哈笑起来："谢谢何大爷，回头我提酒过来看您。"

喜平终于被二丫拽走了，何安一个人失落地站在河边："咱家……咱家都这么老了？"竟然被个十几岁的丫头片子叫大爷。

何安悲愤交加，洗坏了手里的第十一件衣服。

当年肩不能挑手不能提的何厂公自暴自弃，把衣服都扔了，提溜了个木盆子上了田堤。

往清凉村里走一会儿，就是学堂。学堂的学生都下课了，一人带着个香包便散了出来。路过大门的时候，里面姓郑的先生端着碗茶站在门口，何安行礼："郑先生。"

郑七回神："何兄弟，从田埂过来，看见我家的褚十一了吗？"

何安想了想："好像有，在山脚下摘艾叶呢。"

郑七一笑："多谢何兄弟。"说完这话，也不顾长衫拖地，转身就上了田埂。

何安提溜着那个精美的木盆子，路上又遇见了猎户、菜户买了不少东西。回家精心准备，还泡了碗雄黄酒。

他厨艺不怎么好，开始连火都不会生。早先时候，还得拜托对门那个叫许路遥的少年才烧起火。后来终于学会了点儿，赵驰也不嫌弃味道，有什么吃什么。

华雨泽在后来的日子里，回忆过好多次，那天他喊过父亲吗？是否哭着哀求过爹爹莫走？然而这一切都不太重要。

因为，父亲拿着银子，转身便走，连看都没看他一眼。

从此，他没有了父亲。

再然后，青城班的老板凌雪来挑徒弟，众人之中瞧见他，叹了口气："又是个可怜见儿的，就是眼神冷冷清清的……不像普通孩子。你可愿入我青城班？"

"青城班？"

"是啊，入了我这青城班，做我凌雪的徒弟，锦缎加身，吃喝不愁。可登琼瑶仙境，可成天潢贵胄。"凌雪笑道，"你可愿意？"

他忘了自己是否愿意。

也许他说过愿意，也许他不曾。

他记得自己的身契被青城班主凌雪买走的那一刻。从此他便成了青城班凌老板的关门弟子，着锦缎，细描眉，贴花黄，本是男儿身偏要让他去扮女红妆。

未来要继承凌雪的衣钵，登台唱女旦。

青城班表面是梨园戏班子，日子确实过得滋润。时间久了，他才知道，这青城班的奢华排场，都是靠着背后的肮脏营生所赚支撑。

凌雪命他杀人。

他起初不肯。凌雪将他吊在院子里曝晒。三个时辰过去，他便只能求饶。

后来的日子里，他只能脏了双手，做些卖命的勾当。他以为从此万劫不复，没想到机缘巧合让天算子看上了，教他武艺。

终于有一日，他杀了凌雪，继承了青城班。

（二）

最开始的时候，他没有名字。

玉楼这两个字是他给自己起的表字。

曾有一次，他潜入一穷奢极欲的贪官府邸，夜深沉时，他手中握一把峨眉刺，将那贪官踩在脚下。

"你是谁？！"

"我是取你性命之人。"

瘫软在地的男人惊恐道："我给你钱！他们给你多少钱，我给你金山银山！你看我这和田玉所做屏风！价值万金，我送你！你不要杀我！"

"大人为何不明白。我要杀你，与金银无关。"华雨泽道。

贪官垂死挣扎："我不信有人不为金钱所动！除非你……你不是人，是鬼！"

"我不是鬼。"华雨泽道。

"那……那你是什么——"他再说不出话来，华雨泽手起刀落，那贪官血溅当场，腥臭的血液喷了他满身，亦飞溅在玉屏风上。月光升起，自屏风后透过光线。

那屏风上的琼楼玉宇栩栩如生，华雨泽一时看得痴了，过了好一会儿，轻笑道："天上白玉京，十二楼五城。仙人抚我顶，结发受长生……白玉京、十二楼……玉楼……"

他收了手中寒光四射的峨眉刺，眉目温婉道："在下青城班班主华雨泽，字玉楼。"

只是地上那具尸体，并不会回答他。

（三）

华老板下台的时候，便瞧见向俊在后门处站着，同什么人说话，然后接过来一个信封。

今儿的戏是《玉簪记》，他穿着陈妙常那一身道姑行头缓缓踱步到了后门处，瞧见了外面眉清目秀的喜悦。

喜悦亦抬头瞧见了他。

本来有点呆呆傻傻的在和向俊说话，瞧见他一怔，眉目舒展，接着笑眯了眼："姐姐！"

喜悦个头不矮，年龄不大，笑起来很暖，像是天光乍破，暖阳铺洒在大地上。树叶舒展，花儿绽放。

喜悦看了他好一会儿，想起了什么一般连忙从内里的锦囊中拿出一大块芙蓉糕："姐姐，这是张大叔早晨刚做好的呢，又香又甜，我给你带了一块过来。"

他拿出来的那块糕点压成了一块饼子大小，上面还有脏污。

向俊回头瞧他，咳嗽一声，默默退到了一旁。这不是喜悦第一次来了。

最开始来那次，他把带的糕点拿出来给华雨泽的时候，华雨泽不接，他便自己打开吃了，遗憾道："真的很好吃的。"

后来隔三差五的便送了东西过来。

华雨泽这样的人物自然看不上，从不曾接，也不理睬他，多数时候是向俊接了送到他的厢房。

只是今日……

华雨泽抬头看看天色。

已经暗了，周遭都掌了灯。

可他却说是早晨出门……

华雨泽走到门口，接过那块瞧不出原样的芙蓉糕，不露痕迹问他："你来就是给我送吃的？"

"哦不是。"喜悦说，"今日喜乐哥还有喜平师弟都在忙，让我送信过来。"

"是何厂公写给五殿下的。"向俊凑到他耳边小声说，"班主要不要查验下？"

"左右都是些风花雪月的酸诗腐句，有什么好看的。"华雨泽瞥他一眼，冷冷道，"要真有什么要紧事儿何安肯定让另外两个徒弟来送信了，也不会让这个傻子来，是不是？"

向俊一时陷入沉思。

"你几时出的门？"华雨泽问。

"几时……"喜悦有些茫然，"我忘了哎，他们说要送信过来，我开开心心地就换了新衣服，带着芙蓉糕出门了。没瞧着时间。只是我太笨，找不到路，认识的路也会迷路……就来得晚了些。姐姐不要生气。"

他有些馋的看了那块乌七八糟的芙蓉糕一眼，期期艾艾地问："姐姐……你……你如果嫌弃它，我便自己吃了。我……我饿……"

在门口灯光下，华雨泽瞧见他浑身污秽，满腿泥泞，脸上还有些脏兮兮的东西。

对于一个贪吃的傻子，最珍贵的，大概就是这块揣了一日，变得冰冷的芙蓉糕。他似乎能想到，这个小公公茫然走了一大圈，饿得不行却不忍心吃的样子。

在这一刻，青城班的东家那颗缥缈在天上十二楼五城中的心，轻轻动了。

喜悦上下瞧他，笑道："姐姐，你今日这身衣服可真好看！"

华雨泽问："真的吗？"

"嗯！"喜悦诚心实意地赞美，"不过我更喜欢姐姐上次贵妃的扮相。更好看。"

别人都说青城班华雨泽是笑面阎罗，他最恨别人说自己"好看"。说过的人，无不血溅三尺。

向俊吓得连忙对华雨泽道："班主，喜悦公公可是何厂公的人。咱们可动不得。"

华雨泽瞥他，冷清清道："我为什么要动他。"

"呃……"

华雨泽说完这话，又去看喜悦，那傻子还笑眯眯地仰头看他。他忽然展颜一笑："胡同口有一家糖炒栗子不错，要不要吃？"

"糖炒栗子？"喜悦吸了吸口水，"要。"

"那你等我一下。"他道，"我换了行头便来。"

他上了二楼换衣服，待洗净容面，抬眼看到柜子里那身水绿色、纹路精致的袄裙。想起了那小傻子的眼神，自然而然拿了出来换上。

下楼的时候，向俊见怪不怪，咳嗽一声，打开大门。

"走吧，我带你吃糖炒栗子。"华雨泽淡淡说。

胡同口的糖炒栗子又糯又甜，塞上一颗，在口腔里一咬，顿时栗香四溢，粘牙得很，喜悦吃上了就停不下来，两只手上都是栗子。

华雨泽自然不会让他只吃栗子，又带了他去旁边的羊汤馆子吃片儿川，出来又买了桂花糖、豆腐皮子包、炸油渣……

这东市梨园附近的小吃最多。他眼看向哪里，华老板便过去直接掏钱。

"姐姐你真好……"喜悦口齿不清地嚼着食物对他说，"在家里，师父和喜乐哥天天管着我，不让我吃这么多呢！我最喜欢姐姐了。"

华雨泽道："你师父师兄大约是怕你吃多了积食。只是你来青城班寻我，便是我的客人，我不能让你挨饿。"

喜悦吃到一半，怔怔抬头，嘴角还挂着一条片儿川，问："真的吗？我是姐姐的客人，不会挨饿吗？"

"对。"华雨泽点头，"以后也不会。"

天色又暗了一些，喜平来寻喜悦，瞧见他俩在东市猜灯谜。

小傻子换了身锦服，倒与华雨泽的袄裙般配。

两个人猜着灯谜笑作一团。

喜平怔了怔，上前行礼："华老板，厂公命我来寻喜悦师兄回去。"

喜悦往华雨泽身后缩了缩，道："我……我还没玩够呢。"

他紧紧拽着华雨泽的腰带。

"回去吧。"华雨泽转身摸摸他的头，"别让何厂公担心。"

"可……"

"待你下次有空了，再来我这里。"华雨泽道，"我还带你去吃糖炒栗子。"

"真的吗？"喜悦问他。

"真的。"

"那我还要吃片儿川，还有烤红薯，豆腐包。"

"好。"华雨泽一一应下，"都带你去吃。"

"姐姐，你真好，我最喜欢你！"

"喜悦公公，你不懂什么叫喜欢。"

"怎么不懂啊。"喜悦冒着傻气又有点执拗道，"想看到姐姐，想跟姐姐再见面，就连吃东西，和姐姐一起吃都更好吃了！"

喜悦的眼睛在灯光月色下显得分外明亮。

一时间连华雨泽都有些失神。

华雨泽忍不住笑了起来，对他道："是，你说得对。"

离清凉村约十里地的地方，是距离北獠关最近的一处城镇。出入北獠关与鞑靼贸易的商贩也多集中在此处，有几分省府的样子。

赵驰、何安兜兜转转走了一圈，东至沧海，北上入鞑靼，见贝加尔湖，回来在这里暂时落了脚。

赵驰对周遭熟稔，何安问起来，他便笑道："当年不少人想要我的命，从广宁卫出来后，就趁机拜托了随身的亲兵，一个人去了贝加尔湖，待人都走散了，偷偷入了关。这边酒肆多，便多待了些日子。"

赵驰的行踪，在八年中时断时续，直到入川拜倾星阁门下，这才稳定了居所。何安怎么能不知道这其中缘由。听赵驰这般轻描淡写，他更有些酸涩起来。

"都说你养尊处优的。"何安道，"我知道陛……您……你在外面的时候，并不比宫里待着舒坦。吃苦受累，尽是些卖命的险境。他们不懂……"

他说话还有些结巴，总是忍不住用些敬语。二十年宫中的烙印不可谓不深。

幸得了赵驰这般的好老师，和他约定——若说错一次，便要罚他。

至于怎么罚……

倾星阁有些产业在此，二人一抵达，便有密信送至。

赵驰打开来一看，皱着眉头翻过第一页，接着又连翻了好几页。

何安有些好奇问他："前面几页为何直接略过了。"

"都是老师骂人的话。"赵驰摸摸鼻头，把信递给他，何安接过来一看——大意是："老夫处心积虑在京城里给你布局，青城班整个暗线都搭了进去，结果你当了皇帝拍拍屁股走了，现在还要老夫和你师兄给你擦屁股，不肖徒弟！"

何安有些赞同，瞥了他一眼。

"怎么，你也这么觉得？"赵驰问他。

何安连忙摇头："没有没有。"

赵驰笑道："言不由衷。"

说完这话他又扫了两眼最后一页，道："倾星阁有些产业在此地，老师让我顺便照顾下。我们便多待些日子？"

"好啊。"何安道，"我最会算账了，若有要算的账目，让我来就是。"

于是二人便停留在此处，有些时日。

兴许是因为两国交界之处，倾星阁的产业多了一些，零零散散各类都有，账目不算乱，但也积压多年，不曾有人问津。何安随口一说，被赵驰人尽其用，挨家挨户地去梳理账目。

这日初秋，阳光灿烂，何安从账本中抬头，没瞧见赵驰。

"喜平，你瞧见陛……赵驰了吗？"他问。

喜平有些困惑地回答："师父，早上走的时候公子还睡着，您说他最近辛苦了，让人别打扰他休息。"

"哦……"何安想了起来，"你不说我可真忘了。他平时里跟我一同进出，一时不见就不太习惯。"

何安从旁边随手抽出一张宣纸，提笔写道——日头已高，知道你喜爱饮酒，饕餮居早晨从关外新运来了几车马奶酒，午间用膳在此处如何？我在长街东头牌楼下等你。

他一手清秀小楷，行云流水，十分俊美。虽是随意所写，亦带着十足的韵味。连何安自己也难得觉得不错。

他两指夹着便笺在空中轻轻晃了晃，又吹了吹，待墨渍干了，抬手交给喜平道："你送回府上吧，请公子出门用膳。"

他话音未落，一阵秋风吹来，将那便笺从他手中吹走。宣纸做的便笺一下子飘上了半空，又往前吹了一阵子，跟一群麻雀混杂在一起，几个旋儿后便消失在了街道的那头。

何安眼睁睁看着便笺从屋子里飞出去，过了好一会儿才"啊"了一声。

"师父再写一张吧？"喜平说。

"如今没了，便写不出来一样的了。"何安有些遗憾，叹息一声，"罢了，你自回去唤公子吧。捎口信也不是不行。"

喜平应了声是便退了下去。

日头终于到了天空正中，何安收拾了账目从铺子里出来，往饕餮居行去。

此时阳光璀璨，日头正好。秋高气爽的天空是蔚蓝色。何安仰头看天。

苍穹一望无际，倒扣在边疆戈壁。

红墙碧瓦没了，束缚他的规矩礼仪也没了，缠绕在他胸膛上的那些枷锁也一并去了，他轻轻呼吸了一口这荒漠中凛冽又带着温柔的秋意，只觉得从未有过的松懈。

然后他看到了站在长街东牌楼下的赵驰。

他戴着飘飘巾，手里拿着一朵野雏菊，正笑吟吟地瞧着何安。曾经权倾朝野的大珰一喜，小步跑到赵驰面前。

"你……你怎么这么早过来了？喜平和你讲了？"

赵驰从怀里拿出一张有些皱巴巴的便笺。

"走在路上，大约是有缘，捡到了这笺。"赵驰轻轻嗅了嗅那笺，"还带些玉兰香。"

从赵驰回京随手一提笔的随着端砚来的云笺，到此时何安一抬手所书的被风吹向半空的便笺。

时光仿佛又是一个轮回。

何安心中一动，眼中有些潮热，感慨的欢愉又让他忍不住轻笑了出来。

"怎么了？"赵驰问他，"我说错了？"

"没错。"何安对他道。

"确实是有缘。"何安道，"命中注定。"

他上前，与他并肩，两人向着长街那头走去。

金色的阳光轻轻铺散在路面，荡漾得周遭都染上了秋意，像极了平凡又让人心生向往的未来坦途。

他想到外出县城办事的赵驰，手里切菜更卖力了几分，土豆下锅时忍不住多放了一勺猪油。

然后他把饭菜热了又热，天都快黑了，赵驰还没回来。

他终于是急了，在大门口往外看了七八趟，又点了灯挂起来，直到天黑透，才瞧见远远有个人影唱着歌，提酒而来。

赵驰推门而入，就瞧见何安瞪他："怎么才回来！"

赵驰揉揉鼻子，心虚说："酒瘾犯了，去老张头的酒馆儿打了二斤酒。"

"天都大黑了，你也不怕掉坑里。"老祖宗的阴阳怪气堪比以往。

"不怕，走哪儿，心里都揣着一盏灯。"大端"先帝"厚颜无耻的浪荡劲儿依旧信手拈来。

说罢，赵驰便带着他飞上了房顶。

天空繁星已起，一如在皇庄那夜。赵驰感慨道："你瞧夜色如此好，不喝一杯，岂非辜负。"

图书在版编目（CIP）数据

阶下臣／寒鸦著 .-- 武汉：长江出版社，2022.4
ISBN 978-7-5492-8212-8

Ⅰ. ①阶… Ⅱ. ①寒… Ⅲ. ①长篇小说－中国－当代
Ⅳ. ① I247.5

中国版本图书馆 CIP 数据核字 (2022) 第 037398 号

阶下臣 / 寒鸦 著

出　　版	长江出版社			
	（武汉市解放大道1863号　邮政编码：430010）			
选题策划	漫娱图书　唐新雅			
市场发行	长江出版社发行部			
网　　址	http://www.cjpress.com.cn			
责任编辑	李　恒			
特约编辑	姜　悦　张项杰　巴　旖			
总 策 划	重塑工作室	开　本	710mm×1120mm　1／16
装帧设计	殷　悦 许　颖	印　张	17
印　　刷	武汉鸿印社科技有限公司	字　数	313千字
版　　次	2022年4月第1版	书　号	ISBN 978-7-5492-8212-8
印　　次	2022年4月第1次印刷	定　价	46.80元